쇼아

SHOAH

쇼아

클로드 란츠만 Claude Lanzmann 지음 | 이채영 옮김

P 필로소픽

차례

서문

공포의 기억

〈쇼아〉*에 대해 이야기하기란 쉬운 일이 아니다. 이 영화에는 마법 같은 힘이 있다. 그러나 마법은 말로 설명할 수 없다. 전쟁이 끝난 뒤 우리는 게토와 절멸 수용소에 관하여 셀 수도 없이 많은 증언을 읽어왔다. 가슴이 무너져 내렸다. 그러나 오늘날 클로드 란츠만의 훌륭한 영화를 보며 사실은 그동안 아무것도 알지 못했다는 것을 깨달았다. 우리가 안다고 생각했던 그 모든 지식이 무색할 만큼 당시의 끔찍한 경험은 우리와 동떨어져 있었다. 이제야 우리는 처음으로 머리와 마음과 몸으로 그 이야기를 몸소 체험하게 된다. 이야기는 우리의 경험이 된다. 가상으로 지어낸 이야기도, 다큐멘터리도 아닌 〈쇼아〉는 장치들—장소와 목소리, 얼굴—을 놀라울 정도로 절제하며 과거

---

* Shoah. 히브리어로 '재앙', '파괴', '절멸'을 뜻하는 단어. 유대인들은 '(신에게 바치는) 희생 제물'이라는 뜻의 '홀로코스트Holocaust'가 제2차 세계대전의 나치 독일을 마치 희생 제의를 집례하는 사제로 묘사한다면서 그 용어의 사용을 거부한다. 대신 당시의 참상을 의미하는 '쇼아'를 사용한다. 이하 [저자 주] 표시가 없는 각주는 모두 옮긴이의 주석이다.

의 재-창조를 성공적으로 이루어낸다. 클로드 란츠만의 탁월함은 장소로 하여금 말을 하도록 하고, 말 이상의 무언가를 표현하는 목소리를 통해 그 장소를 되살리고, 말로 설명할 수 없는 것을 등장인물의 얼굴을 통해 표현하는 기법에 있다.

장소. 나치의 가장 큰 관심사 중 하나는 남아 있는 흔적을 모두 지우는 일이었다. 그러나 그들은 기억까지 전부 말살하는 데는 실패했고, 클로드 란츠만은 어린 숲과 새로 돋아난 수풀의 위장 아래에서 끔찍한 실체를 찾아내는 데 성공했다. 저 푸르른 들판에 수송 도중에 질식해 죽은 유대인들을 쏟아 버리는 깔때기 모양의 구덩이들이 있었다. 저토록 아름다운 강에 소각된 시체들의 뼛가루가 뿌려졌었다. 여기 폴란드 농부들이 수용소 안에서 무슨 일이 일어나고 있는지 들을 수 있고 심지어 볼 수도 있었던 평화로운 농장들이 있다. 여기 유대인 인구 전체가 강제로 수용당한, 오래된 아름다운 집들이 있는 마을들이 있다.

클로드 란츠만은 우리에게 트레블링카† 와 아우슈비츠, 소비부르‡ 의 기차역을 보여준다. 지금은 풀로 뒤덮인, 수십만 명의 희생자들이 가스실로 내몰린 '램프'〔차량을 정차하고 짐을 싣고 내리는 공간—옮긴이〕를 그는 자신의 발로 밟으며 걷는다. 나에게, 이 이미지들 중 가장 비통한 것 중 하나는 여행 가방들이 쌓여 있는 모습을 재연한 장면이다. 소박하거나 화려한 가방들 위로는 가방 주인의 이름과 주소가 그대로 적혀 있었을 것이다. 아기 엄마들은 그 안에 분유와 땀띠약, 이유식 같은 것을 정성스럽게 챙겨 넣었을 것이다. 그중에는 옷가지와 먹을 것, 비상약을 챙긴 이들도 있었을 것이다. 하지만 결국 그것들은 그 누구에게도 아무런 쓸모가 없었다.

목소리. 목소리에는 이야기가 담겨 있다. 영화에서 흘러나오는 목소

---

† Treblinka. 폴란드 수도 바르샤바에서 북동쪽으로 약 100킬로미터 떨어진 도시.
‡ Sobibór. 우크라이나와 국경을 맞닿고 있는 폴란드 동부 지방의 마을.

리들은 대부분 똑같은 이야기를 전한다. 기차가 도착하고, 이미 시체들이 널브러져 있는 기차 칸이 열리고, 사람들은 목말라하고, 앞으로 무슨 일이 일어날지 아무것도 모르는 공포에 사로잡히고, 옷이 벗겨지고, '소독'을 당하고, 마침내 가스실 문이 열리는 그런 이야기다. 그러나 이미 들은 이야기를 반복해서 또 듣는 듯한 느낌은 단 한 번도 들지 않는다. 가장 큰 이유는 이야기를 전하는 목소리가 다르기 때문이다. 그중에는 트레블링카 수용소에서 근무했던 SS 하사 프란츠 주호멜Franz Suchomel◆의 목소리가 있다. 인터뷰를 시작할 때 미세한 감정의 동요가 아주 어렴풋이 느껴지는 부분을 제외하고는 그는 대체로 냉정하고 객관적인 목소리를 유지한다. 수송 열차를 타고 트레블링카에 도착한 유대인들이 어떻게 학살당했는지를 가장 정확하고 자세하게 설명해 주는 사람도 바로 프란츠 주호멜이다. 그리고 조금은 혼란스러워 보이는 듯한 몇몇 폴란드 사람들의 목소리가 있다. 그중에는 갈증을 호소하는 어린아이들이 울부짖는 소리를 힘겹게 견디기 위해 독일 병사들이 건네는 보드카를 받아 마시며 일해야 했던 기관사와 기차역 바로 옆에 위치한 수용소에서 갑작스러운 정적이 찾아오면 걱정스러운 마음이 들곤 했던 소비부르 기차역의 역장이 있다.

반면 폴란드 농부들의 목소리는 대부분 무관심하거나 심지어는 조금 빈정대는 듯한 말투로 들린다. 마지막으로 그 학살 현장에서 극히 드물게 살아남은 유대인 생존자들의 목소리가 있다. 그중에서 두세 사람은 겉으로 보기에는 평온을 되찾은 듯 보인다. 그러나 여전히 많은 생존자가 겨우겨우 힘들게 말을 이어 나간다. 무너지는 가슴에 끝내는 울음을 터뜨린다. 똑같은 이야기가 반복되지만 절대로 질리지 않는다. 그것은 흡사 어떤 노래에서 특정한 멜로디나 주제를 의도적으로 되풀이해 놓은 것과 같다. 실제로 〈쇼아〉는 당시 공포가 절정에

◆ 원서에는 없지만 인명 옆에 해당 표시가 있는 인물은 인명 색인에 별도의 해설이 되어 있다.

이르렀던 순간들과 주변으로 펼쳐지는 평화로운 풍경, 그때의 슬픔이 담긴 노랫가락, 생명력이라곤 느껴지지 않는 강가의 모습을 마치 한 편의 음악을 작곡이라도 하듯이 섬세하게 배치한다. 그렇게 완성된 전체 작품은 수용소를 향해 달려가는 기차들의 참을 수 없을 만큼 요란한 굉음과 함께 박자를 맞춰 나아간다.

얼굴. 얼굴에는 대체로 말보다 더 많은 이야기가 담겨 있다. 폴란드 농부들의 얼굴에서는 연민이 느껴지기도 한다. 그러나 대부분은 무관심하거나 빈정거리며 심지어는 고소해하는 듯한 표정을 짓는다. 유대인들의 얼굴은 그들이 하는 말과 일치한다. 가장 희한한 것은 독일 사람들의 얼굴이다. 트레블링카의 영광을 기리는 노래를 부르며 두 눈이 번쩍거릴 때를 제외하고는 프란츠 주호멜은 그저 무덤덤한 표정이다. 반면 다른 독일 전범자들의 거북해하면서도 간교한 표정은 자기들은 몰랐다고, 죄가 없다고 항변하는 모습과 상반된다.

클로드 란츠만이 가진 훌륭한 재능 중 하나는 홀로코스트의 역사를 비단 희생자의 관점에서뿐만 아니라 그러한 역사를 실행으로 옮기는 데 일조하였으나 그와 관련하여 본인의 책임을 전면으로 부인하는 '기술자들'의 관점에서도 이야기한다는 것이다. 그중에서도 유대인들의 수용소 수송을 관리했던 행정 관료 한 명이 특히 기억에 남는다. 그의 설명에 따르면, 당시에는 단체로 짧은 여행이나 휴가를 떠나는 사람들이 보통 운임의 절반 비용만 부담하고도 탈 수 있는 특수 열차가 존재했다고 한다. 그리고 그는 유대인들을 수송하는 데도 바로 그 특수 열차가 사용됐다는 사실을 부정하지 않는다. 다만 본인은 그때 당시 수용소라는 곳이 절멸을 의미한다는 걸 알지 못했다고 주장한다. 그저 힘없는 사람들은 버티지 못하고 죽어버리는 노동 수용소라고 생각했다는 것이다. 그러나 자기는 몰랐다고 변호하는 동안에도 무언가 거북해하고 회피하는 듯한 남자의 표정은 모순적이다. 이후 역사학자 라울 힐베르크Raul Hilberg◆는 당시 독일 여행업체에서 수용소로 '수송당하는' 유대인들을 휴가를 떠나는 사람들과 같은 부류로 간주했다고 설명한다. 수송 열차의 운임은 게슈타포가 그들에게서 탈취한 돈으로 치러졌기 때문에 당시 그러한 사실을 알고 있었을 리가 없는 유대인들은 본인들의 강제 수용 비용을 직접 낸 것이나 다름없었다.

말하는 사람의 표정과 말이 완전히 모순되는 또 다른 충격적인 사례로는 바르샤바 게토에서 '행정 관리직'을 지냈던 한 남자의 경우를 들 수 있다. 그는 당시 본인은 게토의 유대인들이 생존할 수 있도록 돕고 싶었으며 티푸스라는 병으로부터 게토를 보호하려고 했다고 말한다. 그러나 클로드 란츠만의 질문에는 말을 더듬으며 대답을 우물쭈물하는가 하면 얼굴은 일그러지고 시선을 피한다. 자가당착에 빠진 모습이다.

클로드 란츠만의 영상 편집은 각각의 사건이 시간의 흐름에 따라 실제로 일어난 순서를 그대로 따르지 않는다. 이런 단어를 사용해서 설명해도 될지는 모르겠지만, 그의 편집은 한 편의 시詩와 같은 구조를 띤다. 그러한 구조를 가능하게 하는 울림과 대칭, 비대칭, 조화의 요소들을 하나하나 정확하게 짚어내고자 한다면 이보다 더 정교한 차원의 분석이 필요할 것이다. 바르샤바의 게토가 오직 영화의 후반부에 이르러서야, 즉 그곳에 유폐됐던 유대인들이 어떤 가혹한 운명을 겪어야 했는지 관객들이 모두 알게 된 시점에서야 묘사가 되는 것도 이러한 관점에서 설명할 수 있다. 영화의 이야기는 오로지 한 방향으로만 진행되지 않는다. 이는 마치 여러 사람의 목소리가 서로 교묘하게 어우러져 만들어내는 한 곡의 슬픈 칸타타를 듣는 것과도 같다. 당시 폴란드 망명정부에서 밀사의 역할을 맡았던 얀 카르스키Jan Kar-ski◆는 유대인들을 대표하는 중요한 간부 두 사람이 하는 부탁을 거절하지 못하고 끝내 게토를 방문한다. (결국에는 헛수고로 돌아가기는 했지만) 그곳에서 보고 들은 바를 바깥세상에 전하기 위한 목적이었다. 그리고 그곳에서 카르스키는 죽어가는 게토의 끔찍하게 비인간적인 모습만을 목격한다. 독일군의 폭탄으로 완전히 좌절된 봉기에서 비록 드물기는 하지만 목숨을 건진 몇몇 생존자들은 당시 이미 죽음을 선고받은 것이나 다름없었던 유대인 공동체에서 그나마 남아 있는 인간성을 지켜내기 위해 어떻게 발버둥을 쳤는지 이야기한다. 영화에서는 저명한 역사학자 라울 힐베르크가 아담 체르니아쿠프^{Adam Czerniaków}의 자살에 관하여 란츠만과 함께 오랜 시간 대화를 나누기도 한다. 체르니아쿠프는 본인 스스로 바르샤바 게토의 유대인들을 도울 수 있을 거라고 믿었으나 첫 번째 강제 수용이 이루어지던 날 가슴에 품고 있던 모든 희망을 잃게 된 인물이다.

개인적으로 영화의 마지막 장면은 감탄스러웠다. 바르샤바 게토의 봉기에서 비록 얼마 되지는 않지만 죽음을 면할 수 있었던 생존자 가운데 한 명인 사내가 어느 폐허 한가운데에 홀로 우뚝 서 있다. 그는 마음에서 어떤 고요한 기분을 느꼈으며 스스로가 거기서 살아남은 마지막 유대인으로서 독일군을 기다리리라 생각했다고 말한다. 이어서 새로운 화물을 실은 기차 한 대가 수용소를 향해 달려 나가는 장면이 펼쳐진다.

나 또한 영화를 본 다른 관객들과 마찬가지로 과거와 현재를 혼동하고 있다. 〈쇼아〉가 기적적인 작품으로 남을 수 있는 이유는 바로 이러한 혼동이 존재하는 덕분이라고 언젠가 말한 적이 있다. 이에 공포와 아름다움이 이렇게까지 완벽하게 결합할 수 있으리라고는 이 영화를 보기 전까지는 감히 단 한 번도 상상해 보지 못했다고 덧붙여 말하고 싶다. 물론, 아름다움이 공포까지 가리지는 않는다. 유미주의를 지향하는 작품은 아니기 때문이다. 오히려 풍부한 창의력과 정확성을 갖춘 아름다움이 공포의 역사를 더 선명하게 조명해 줌으로써 우리 관객들은 한 편의 훌륭한 작품을 보고 있다는 사실을 여실히 체감하게 된다. 그야말로 흠잡을 데 하나 없이 완벽한 걸작 한 편을 말이다.

시몬 드 보부아르

머리말

이 책을 빌려 독자 여러분께 영화 〈쇼아〉의 전체 텍스트를, 즉 영화의 대사와 자막을 소개합니다. 이는 영화 촬영을 하며 폴란드어나 히브리어, 이디시어*와 같이 제가 이해할 수 없었던 언어들을 프랑스어로 번역한 것입니다. 프랑스어 통역을 맡아준 바르바라 야니츠카Barbara Janicka, 프랑신 코프만Francine Kaufmann, 아펠바움Apfelbaum 부인의 모습은 영상에서 직접 확인할 수 있습니다. 영화에서는 세 사람의 통역을 토씨 하나 빠뜨리지 않고 그대로 전달하기 위해 그분들이 말을 하기 전에 잠시 머뭇거린다거나 똑같은 표현을 반복하는 부분, 입에 배어 자주 쓰는 말버릇까지도 모두 정확히 옮겨 표시했습니다. 통역하는 도중 제가 끼어들어 말을 가로채는 부분까지도 손대지 않고 그대로 옮겼습니다. 반대로 인터뷰 대상자와 제가 통역가의 도움 없이 독일어나 영어로 소통할 수 있었던 경우에도 영화를 보는 관객을 위해 프랑스어 자막을 제공했습니다. 이는 제가 오데트 오드보-카디에Odette

---

* '아슈케나짐Ashkenazim'이 사용하는 언어. 아슈케나짐은 중세 이후 예루살렘을 떠나 중유럽과 동유럽에 정착하여 혈통을 이어나간 유대인을 지칭한다.

12

Audebeau-Cadier, 이리트 레케르Irith Leker와 함께 작업한 것으로 이 책에도 그대로 담았습니다.

　책의 면 구성은 영화 속 자막 배치를 따른 것입니다. 본래 자막이란 화면에 차례대로 등장하는 순서에 따라 들리는 대사와 아주 근접하게 맞아떨어지는 것이지만, 그렇다고 해서 언제나 그 대사 자체를 대변한다고는 볼 수 없습니다. 자막 한 줄당 허용되는 글자 수는 말하는 사람의 감정이 차분히 가라앉은 상태인지 아니면 격분에 차 있는지에 따라, 말하는 속도가 점점 빨라지는지 또는 느려지는지에 따라 매우 달라질 수 있습니다. 이는 각각의 자막마다 관객이 그 의미를 풀어서 이해하고 읽는 시간이 일정하도록 하기 위해서입니다. 말하는 사람의 얼굴과 표정, 몸짓, 간단히 말해 우리가 화면으로 보는 영상은 자연스럽게 자막의 배경화면이 되는 동시에 그 자체로 자막의 화신化身이 된다고 할 수 있습니다. 왜냐면 이상적인 관점에서 자막은 해당하는 대사를 앞서거나 뒤서지 않고 그와 정확히 일치해야 하며 대사가 시작되는 바로 그 순간 화면에 등장해야 하기 때문입니다. 따라서 가장 훌륭한 자막이란 번역되어 자막으로 처리된 외국어를 완벽하게 구사할 줄 알아 자막이 없어도 영화를 이해할 수 있는 관객과 그 외국어의 단어 몇 개만 겨우 알고 있지만 자막의 도움을 받아 그 언어를 완벽하게 이해하고 있다고 착각하게 될 관객을 동시에 만족시키는 자막일 것입니다. 쉽게 말하자면, 그것은 바로 잊히는 자막입니다. 본디 자막은 스크린 위에서 태어나며, 생명을 얻은 지 얼마 지나지 않아 자기와 똑같은 방식으로 짧은 순간을 살다 갈 또 다른 자막에 의해 곧바로 쫓겨나 죽음을 맞이합니다. 자막 하나하나는 우리가 보는 앞에서 번개처럼 스쳐 지나가며, 잠깐 그 모습을 보이기가 무섭게 무無로 돌아갑니다. 폭포 줄기처럼 쉴 새 없이 쏟아지는 대사는 자막에 갑작스러운 사형 판결을 내리는 것이나 마찬가지입니다. 그러므로 자막을 이루는 한 문장의 길이, 그리고 대부분 거칠게 이루어질 수밖에 없는 문장들 사이의 분절은 그 자막을 읽는 데 걸리는 시간과

한 장면에서 다른 장면으로의 전환에 따라 할당되는 글자 수로 결정됩니다.

따라서 스크린 속에서 자막은 본래 중요한 부분을 차지하지 않습니다. 오히려 자막을 모아 한 권의 책에 담는 작업이야말로, 자막을 원래는 중요하지 않았던 요소에서 절대적으로 필요한 요소로 바꾸어주며, 자막에 또 하나의 새로운 지위와 품위를 부여하고 일종의 영원성을 보증해 주는 방법이 될 것입니다. 이는 영화 속에서는 영상이 제공되는 순서에 따라 끊어서 읽을 수밖에 없었던 일련의 순수한 순간들을 페이지 한 장 한 장에 기록하는 작업입니다. 자막이란 오로지 그 자체로 존재해야 하며, 그 어떤 연출상의 지시사항이나 영상, 풍경, 말하는 사람의 얼굴, 그 위로 흐르는 눈물이나 침묵이 없이도, 하물며 〈쇼아〉를 이루는 9시간 30분이라는 시간의 도움을 받지 않고도, 그 자체로 온전해야 합니다.

의문을 품은 채, 핏기 하나 없이 창백하고 벌거벗은 글자들을 읽고 또 읽습니다. 정체를 알 수 없는 어떤 힘이 문장들 사이 이곳저곳을 가로지르고 있으나, 텍스트는 그에 굴복하지 않고 자기만의 고유한 삶을 펼쳐나가고 있습니다. 이것은 재앙을 기록한 글이며, 저에게는 또 하나의 불가사의입니다.

클로드 란츠만

"그들에게 영원한 이름을 주어 끊어지지 아니하게 할 것이며."

〈이사야〉 56장 5절

SHOAH

1부

이야기는 오늘날의 폴란드

헤움노 나드 네렘 마을에서 시작한다.

우치Łódź에서 북서쪽으로 80킬로미터 떨어져 있고

한때는 유대인이 많이 살던 지역의 중심에 위치한

헤움노는 폴란드에서 최초로 가스를 이용하여

유대인을 몰살한 장소였다.

작업은 1941년 12월 7일에 시작됐다.

40만 명의 유대인들이

1941년 12월과 1943년 봄 사이,

1944년 6월과 1945년 1월 사이,

두 차례에 걸쳐 헤움노에서 말살당했다.

학살을 집행하는 방식은 처음부터 끝까지

가스트럭이었다.

헤움노로 이송된 40만 명의 남녀노소 가운데

모르데하이 포드흘레브니크Mordechaï Podchlebnik와

시몬 스레브니크Szymon Srebnik,

단 두 명만이 살아남았다.

2차 학살의 생존자 시몬 스레브니크는

당시 겨우 열서너 살 정도밖에 되지 않은 어린아이였다.

아버지는 우치의 게토에서

그가 보는 앞에서 맞아 죽었고,

어머니는 헤움노로 가는 트럭 안에서 질식해 죽었다.

SS는 '유대인 작업반' 중 한 부대에 그를 집어넣었다.

이미 죽음의 운명이 정해진 채로

절멸 수용소를 정비하는 일을 하는 곳이었다.

아이는 작업반의 다른 동료들과 마찬가지로

발목에 사슬을 찬 채로
매일 헤움노 마을 이곳저곳을 돌아다녔다.
운동 신경이 아주 좋았던 아이는
다른 사람들보다 더 오랜 시간 살아남을 수 있었다.
사슬을 차고 있는 유대인들을 대상으로
나치가 열곤 했던 높이뛰기나 빨리 달리기 같은 시합에서
아이는 매번 1등을 차지했다.
듣기 좋은 목소리를 가진 덕을 보기도 했다.
시몬 스레브니크는 SS가 키우는 토끼들에게
일주일에 여러 차례 밥을 주는 일을 맡고 있었다.
경비 한 명의 감시를 받으며
그는 바닥이 평평한 작은 배를 타고 네르강을 거슬러 올라가
마을의 경계선 주변에 펼쳐진 들판으로
자주개자리 풀을 뜯으러 다니곤 했다.
그가 폴란드의 민요를 부르면 경비는 답가로
프로이센 군대에서 부르던
군가의 후렴구를 가르쳐 주곤 했다.
헤움노에서는 아이를 모르는 사람이 없었다.
폴란드 농부들은 물론
독일 민간인들까지도 그를 알고 있었다.
헤움노가 속해 있던 폴란드 지역이 바르샤바의 붕괴 이후
바르텔란트Wartheland라는 새로운 독일식 지명으로
나치 독일에 병합된 상태였기 때문이다.
그렇게 나치는
헤움노를 쿨름호프Kulmhof로,
우치를 리츠만슈타트Litzmannstadt로,
코워Koto를 바르트브뤼켄Warthbrücken으로
바꾸어 불렀다.

바르텔란트 어디를 가나 독일인 정착민들이 있었고
헤움노에는 독일 초등학교도 있었다.

1945년 1월 18일 밤, 소련군이 도착하기 이틀 전
나치는 뒤통수에 총알 한 발씩을 쏘아
마지막으로 남아 있던 유대인 작업자들을 처형했다.
그중에는 시몬 스레브니크도 있었다.
총알은 그의 머리를 비껴갔다.
이후 정신이 돌아온 그는
돼지우리가 있는 곳까지 기어갔다.
그리고 어떤 한 폴란드 농부의 손에 거두어졌다.
붉은 군대에 소속된 어느 한 군의관의 치료로
그는 목숨을 구했다.
그로부터 몇 달 후, 시몬은 다른 수용소의 생존자들과 함께
텔아비브로 떠났다.
그를 만난 곳도 이스라엘이다.
헤움노의 노래하는 아이에게
그곳으로 함께 돌아가 보자고 했다.
그의 나이 마흔일곱이었다.*

　　　작고 하얀 집 하나
　　　내 기억 속에 남아 있네.

---

* [영상 주] 1부의 시작부터 여기까지는 헤움노 절멸 수용소의 생존자 시몬 스레브
니크의 이야기와 영화의 제작 배경을 설명하는 인트로 부분에 해당한다. 영화에서
는 검은색 화면에 흰색 자막이 아래에서 위로 느리게 올라간다.

그 작고 하얀 집
매일 밤 꿈을 꾸네.

헤움노의 농부들

열서너 살쯤 되는 애였어요.
목소리가 참 고왔죠. 노래를 예쁘게도 불렀고요.
우리한테까지도 노래가 들렸거든요.

　　작고 하얀 집 하나
　　내 기억 속에 남아 있네.
　　그 작고 하얀 집
　　매일 밤 꿈을 꾸네.

아까 그 노래가 다시 들리니까
심장이 엄청 빠르게 뛰더라고요.
그때 이곳에서 일어났던 일은 학살이었으니까요.
마치 과거로 다시 돌아간 듯한 기분이었죠.

시몬 스레브니크
헤움노 절멸 수용소 2차 학살 생존자

지금은 알아보긴 어렵지만 여기였습니다.
여기서 사람들을 태우곤 했죠. 여기서 많이 불타 죽었어요.
네, 바로 여기입니다.

아무도 이곳을 다시 벗어나지 못한 거죠.

가스트럭들이 여기 도착했어요….
거대한 소각장이 두 군데 있었고요….
시체들을 소각장 안으로 바로 던졌어요.
불길이 하늘까지 치솟아 올랐고요.

하늘까지요?

네. 끔찍했죠.

그때 일을 말로 설명한다는 건 있을 수 없는 일입니다.
이곳에서 있었던 일은 그 누구도 재현해 낼 수 없어요.
불가능하죠. 아무도 이해할 수 없으니까요.
지금 여기에 다시 와 있는 저 자신조차도….

이곳에 와 있다니 믿을 수가 없네요.
아니, 정말로 믿기지 않습니다.
늘 조용한 곳이었어요. 항상요.
매일 2000명이나 되는 유대인들을 태울 때도
그때조차도 조용했죠.
소리 지르는 사람 한 명 없어요. 각자 할 일을 했습니다.
고요했어요. 평화로웠고요. 꼭 지금처럼요.

어여쁜 아가씨, 울지 말아요.
그리 슬퍼하지 말아요.
다가오는 사랑스러운 여름에
저도 다시 돌아올 테니까요.
포도주 한 잔과
구운 고기 한 점

우리 함께 들어요.
어여쁜 아가씨들이여
우리 병사들의 행진에
창과 문을 열어요.

헤움노의 농부들

사람들은 독일 병사들이 애한테 강가에서 노래를 부르라고
일부러 시키는 거라고 생각했답니다.

그 사람들한테는 재밌는 장난감 같은 거였죠.
애는 시키는 대로 할 수밖에 없었고요.
노래를 부르면서도 가슴으로는 울고 있었을 거예요.

그때 일을 다시 생각하면
아직도 슬프신가요?

그럼요. 울컥하죠.
가족끼리 모이면 아직도 그때 이야기를 꺼내요.
길가에서 대놓고 그런 일이 일어났으니 모르는 사람이 없었죠.

실제로 독일 병사들은
빈정거리면서 웃어대기도 했어요.
자기들은 사람들을 죽이는 마당에
애는 노래를 불러야 했으니까요.
전 그렇게 느꼈습니다.

모르데하이 포드흘레브니크

헤움노 수용소 1차 학살 생존자 | 이스라엘[*]

선생님께서는 헤움노에서 무엇을 잃으셨죠?

모든 걸 잃었죠.

모든 게 사라지고 없지만,

그래도 사람인지라 살고 싶더라고요.

이젠 잊어버려야죠.

남아 있는 것에 대하여,

그 일을 잊을 수 있게 된 것에 대하여

신께 감사드리신대요.[†]

그 이야기는 더 하고 싶지 않으시고요.

그때 일을 다시 꺼내는 게 별로이신가요?

기분이 좋지는 않죠. 전 그렇습니다.

그래도 지금 이야기해 주고 있으시잖아요?

계속 물어보니까 뭐라도 답을 해야 하니

이야기하시는 거랍니다.

직접 증인으로 서셨던 아이히만 재판에 관해서도

책을 몇 권 받으셨는데

읽어보지도 않으셨대요.

그때 살아남은 게 실감이 나셨을까요….

그 당시에는 죽은 거나 다름없다고 생각하셨대요.

살아남을 거라고는 한 번도 생각하지 못했으니까요.

그런데 지금 이렇게 살아 있죠.

---

[*] 인터뷰 대상자 정보 옆의 지명은 인터뷰 장소를 뜻한다.

[†] 통역자는 때때로 인터뷰 대상자의 말을 있는 그대로 통역하지 않고 3인칭 주어를 사용하여 간접적으로 전달하는 방식을 취한다.

왜 계속 웃고 계시는 거죠?

그럼 어떻게 하기를 바라세요? 울기라도 할까요?

사람이 웃을 때도 있고 울 때도 있는 거죠.

이렇게 살아 있으니까 기왕이면 웃는 게 낫고요….

한나 자이들 Hanna Zaïdl

빌뉴스 학살 생존자 모트케 자이들 Motke Zaïdl **의 딸 | 이스라엘**

이 역사 문제에는 어떻게 관심이 생기신 거죠?

이야기하자면 꽤 긴데요.

제가 아주 어렸을 때는

아버지와 교류가 거의 없다시피 했어요.

일단 항상 일하러 나가 계셨기 때문에

얼굴을 보는 날이 드물기도 했고

또 무뚝뚝한 분이셔서

저한테는 먼저 말도 걸지 않으셨거든요.

그러다가 제가 조금 더 나이를 먹고

아버지와 서로 마주 볼 수 있게 되면서

그때 일을 물어보고, 또 물어보고, 계속 물어봤죠.

제게는 차마 말하지 못하시는 진실의 모든 파편을

아버지께서 끄집어내실 수 있을 때까지요.

사실 처음에 답을 해주셨을 때는

문장을 끝까지 이어 나가지 못하셨어요.

자세한 사항은 정말이지 억지로 붙잡고

늘어져야 들을 수 있었죠.

결국에는 란츠만 감독님께서 우리를 처음 찾아오셨을 때가

아버지께서 겪으셨던 일의 전체 이야기를

들을 수 있었던 두 번째 기회였던 것 같네요.

모트케 자이들과 이즈하크 두긴 Itzhak Dugin
빌뉴스 학살 생존자 | 이스라엘

여긴 여러모로 파네리아이 Paneriai 와 비슷합니다.
숲이며 땅에 파여 있는 구덩이들까지요.
이런 곳에서 시체를 태우곤 했다고 할 수 있습니다.
다른 점이 하나 있다면
파네리아이 숲에는 돌이 없었다는 겁니다.

> 그런데 리투아니아의 숲은
> 이스라엘 숲보다
> 나무들이 훨씬 더 빽빽하게 나 있지 않은가요?

그렇죠.
겉으로 봤을 때 비슷하기는 한데
리투아니아 숲에 있는 나무들이 키도 더 높고 통도 더 크죠.

얀 피본스키 Jan Piwonski
전前 소비부르 기차역 철도 보조 관제사 | 소비부르

> 지금도 여기 소비부르 숲에서
> 사냥하는 사람들이 있습니까?

네, 아직도 있죠.
이런저런 짐승들이 꽤 많거든요.

> 당시에도 사냥하는 사람들이 있었나요?

아니요. 그때 여기엔 인간 사냥만 있었죠.

탈출을 시도하는 사람들이 있긴 있었는데
이쪽 지리를 잘 몰랐던 거예요.
가끔 지뢰밭 부근에서
뭔가 폭발하는 소리가 들려서 가보면
어떤 때는 노루 한 마리가 있었는가 하면
또 어떤 때는 도망치려다가 운이 없었던
유대인을 발견하곤 했죠.

이게 바로 여기 숲의 매력이에요.
고요하고 아름다운 곳이죠.

그래도 한 가지 말씀드리고 싶은 건
이곳이 항상 고요하기만 한 건 아니었다는 겁니다.

한때는 우리가 서 있는 바로 이 자리가
총성과 사람들 비명, 개 짖는 소리로 가득했죠.
당시 이 근처에 살았던 사람들의 기억에는
그 시기가 특히 더 인상 깊게 남아 있을 겁니다.

봉기가 있고 나서
독일군에서는 수용소를 폐쇄하겠다는 결정을 내렸습니다.
그리고 1943년 초겨울에
이곳의 흔적을 모조리 숨기기 위해
3~4년 정도 자란 작은 소나무들을 심었죠.
그게 저 나무들일까요?
네, 맞습니다.
저기가 옛날에는 전부 구덩이들이 파여 있던 곳이라고요?
네. 1944년에 이 숲을 처음 본 사람도

그전에 여기서 무슨 일이 있었는지는
짐작할 수 없을 정도였어요.
저 나무들이 이곳이 절멸 수용소였다는 비밀을
숨기고 있다는 건 꿈에도 몰랐을 겁니다.

모르데하이 포드흘레브니크

헤움노 수용소 1차 학살 생존자 | 이스라엘

가스트럭에서 시체들을 처음으로 내려야 했을 때,
그러니까 첫 번째 트럭의 문이 열렸을 때,
어떤 심정이셨는지요?

어떤 심정이었겠어요? 그저 눈물이 났죠….
3일째 되는 날에는 아내와 아이들을 보셨대요.
아내를 구덩이에 내려놓으면서
자기도 같이 죽여 달라고 하셨고요.
그러니까 독일 병사들이 하는 말이
아직은 일할 힘이 남아 있으니
지금 당장은 죽여줄 수 없다고 했답니다.

날씨가 많이 추웠습니까?

1942년 1월 초니까 한겨울이었죠.

당시에는 시체를 태우지 않고
그냥 땅에 묻기만 했나 보죠?

네. 시체들을 쭉 묻고 나서
한 층씩 쌓일 때마다 그 위를 흙으로 덮었어요.
아직은 소각을 하지 않는 시기였죠.
보통은 네다섯 층 정도로 시체가 쌓였는데

그러고 나면 구덩이 모양이 꼭 깔때기처럼 되곤 했고요.

구덩이 안으로 시체들을 던진 다음
통조림에 든 정어리들처럼
머리와 다리가 엇갈리도록 정렬해야 했죠.

모트케 자이들과 이즈하크 두긴
빌뉴스 학살 생존자 | 이스라엘

그러니까 이 두 분께서는 구덩이들을 다시 파내서
그 안에 있던 빌뉴스 출신
유대인들의 시체를 태우는 작업을 하신 건가요?
네.
1944년 1월 초부터 시체들을 꺼내기 시작했습니다.

마지막 구덩이를 열어보니까 제 가족들이 나오더라고요.
가족 중 누구를 발견하신 거죠?
어머니와 누나들이요.
누나 세 명에 조카들까지 전부 그 안에 들어 있었어요.
어떻게 알아보실 수 있었나요?
땅속에 묻힌 지 고작 네 달밖에 안 된 데다가
아무래도 겨울이다 보니 보존이 아주 잘 되어 있었어요.
얼굴과 옷차림새를 보니까 알아보겠더라고요.
그러면 시기상 비교적 마지막에 돌아가신 거네요?
그랬죠.
그게 마지막 구덩이였나요?
네.

> *그러니까 나치에서는 구덩이를 파낼 때*
> *가장 오래된 것부터 열겠다는*
> *구체적인 계획이 있었던 거네요?*

그렇죠.

마지막으로 열었던 구덩이가 가장 최근에 만들어진 거였고.

가장 오래된 첫 번째 게토의 구덩이부터 파기 시작했으니까요.

처음으로 파헤친 구덩이에는 시체가 2만 4000구나 들어 있었어요.

바닥을 깊이 파고들수록 시체들은 더 납작한 상태였어요.

거의 평평한 널빤지나 다름없었죠.

시체를 집으려고 해도 곧바로 으스러져 버려서

들어 올리는 게 불가능했고요.

구덩이를 다시 파내라는 명령을 받았을 때는

도구 사용이 금지돼 있었어요.

"이제는 익숙해져야지. 손으로 직접 하라고!"라는

소리를 들으면서 작업했죠.

> *그냥 맨손으로요?*

네. 처음 구덩이를 열었을 때는 도저히 못 참겠더라고요.

모두 울음을 터뜨렸죠.

그러니까 독일 병사들이 가까이 다가와서는

사정없이 우리를 때렸어요.

그렇게 이틀 동안 말도 안 되는 속도로 작업을 이어나갔어요.

쉬지도 않고 구타를 당해가면서

연장 같은 것도 사용하지 않고요.

> *모두 울음을 터뜨렸다고요.*

심지어 독일 병사들은

'시체'나 '희생자'라는 말도 쓰지 못하게 했어요.

실제로도 나무토막이나 마찬가지였죠.

그 사람들한테는 쓰레기처럼
정말로 아무런 가치도 없는 하찮은 것이었으니까요.

'시체'나 '희생자'라는 단어를 입에 올리면
누구든지 구타를 당했어요.
그 대신 '피구렌figuren'이라고 부르게 했죠.
그러니까 그게… 꼭두각시, 인형이라는 뜻이거든요.
아니면 누더기를 뜻하는
'슈마트schmattes'라고 부르라고 했어요.

       그렇다면 당시 작업을 시작하실 때
     거기 있는 구덩이들을 전부 다 합쳐서 '피구렌'이
      얼마나 있다고 이야기를 들으셨습니까?

빌뉴스 게슈타포의 책임자가 그러더라고요.
여기 아래 9만 명이 묻혀 있으니
아무런 흔적도 남지 않게 모조리 없애야 한다고요.

리하르트 글라차르 Richard Glazar
트레블링카 학살 생존자 | 스위스 바젤 Basel

1942년 11월 말엔가
우리를 작업장에서 쫓아내더니
막사로 돌려보내더라고요.
그때 갑자기 죽음의 수용소라고 부르던 곳에서
불길이 확 솟아올랐죠.
엄청 높이까지 치솟았어요.
한순간에 수용소 전체와 그 주변이
불길에 휩싸였습니다. 이미 날이 저문 뒤였고요.

우리는 막사 안으로 들어가서 밥을 먹으면서
저 멀리 활활 타오르는 불길을 창밖으로 계속 쳐다봤어요.
그 안에서 색이란 색은 다 보이더라고요.
빨간색부터 노란색, 초록색, 보라색까지요.
그때 갑자기 우리 무리 중 한 명이
자리에서 일어나는 거예요….
그 친구가 바르샤바의 오페라에서
노래를 부르던 가수였다는 걸
모두 알고 있었어요.
살베 Salve 라는 사람이었는데,
글쎄 저 멀리 솟구치는 불길을 바라보면서
노래를 부르기 시작하는 거예요.
저는 처음 들어보는 노래였고요.

   오 나의 하나님, 나의 아버지,
   어찌하여 우리를 버리십니까?

   우리를 불구덩이로 내던지셨을 때도
   단 한 번도 당신의 거룩한 율법을 부정하지 않았는데요.

이디시어 노래였어요.
그러는 동안에도 창밖으로는 불길이 계속해서 활활 타올랐죠.
그러니까 그때가 1942년 11월이었는데
그때부터 트레블링카에서는 이미 시체를 태우기 시작했던 겁니다.
그날이 처음이었어요. 그렇게 그날 밤 알게 됐죠.
이제부터 시체를 더는 땅속에 묻지 않고
태워서 처리할 거라는 걸요.

모트케 자이들과 이즈하크 두긴
빌뉴스 학살 생존자 | 이스라엘

모든 준비를 마치면 연료를 붓기 시작합니다.
그리고 불을 붙이죠. 바람이 세게 불기를 기다리기도 했어요.
보통은 7~8일 동안 계속 불이 붙어 있곤 했죠.

시몬 스레브니크
헤움노 절멸 수용소 2차 학살 생존자

저쪽으로 더 가면
평평한 콘크리트 받침대가 하나 있었는데요.
다리뼈처럼 크기가 꽤 커서
불에 타지 않고 그대로 남아 있는 뼈는 우리가…
그때 양쪽에 손잡이가 달린 상자가 하나 있었는데,
우리가 그 안에 뼈를 담아서 그리로 가져가면
다른 작업자들은 그걸 부수는 일을 했어요.
아주 고운 가루가 될 때까지요.
그렇게 나온 뼛가루는 자루에 담습니다.
자루가 어느 정도 모이면 네르강까지 가지고 가지요.
강에 다리가 하나 있었는데
그 위에 올라가서 자루를 털어냅니다.
그러면 강물과 함께 쓸려 내려가니까요.
강 하류로 떠내려가 버리는 거지요.

작고 하얀 집 하나
내 기억 속에 남아 있네.

그 작고 하얀 집

매일 밤 꿈을 꾸네.

파울라 비렌 Paula Biren

아우슈비츠 학살 생존자 | 미국 신시내티

　　　　　　　　　그 후로 폴란드에는 다시 돌아가지 않으셨나요?

네. 그리고 싶은 마음은 자주 들었죠.

그런데 설령 간다고 해도 뭘 보겠어요?

그걸 어떻게 감당해요.

할아버지와 할머니께서 우치에 묻히셨는데

나중에 거기에 가본 사람이 하는 말이

사람들이 묘지를 밀어버리려고 한다는 거예요.

완전히 없애버리려고요.

그런 곳을 어떻게 다시 돌아가서 둘러보겠어요?

　　　　　　　　　조부모님께서는 언제 돌아가셨죠?

제 할아버지, 할머니요?

게토에서요. 일찍 돌아가셨어요.

나이가 꽤 있으셔서 1년 뒤에 할아버지가 먼저 돌아가시고

그다음 해에는 할머니가 돌아가셨죠. 게토에서 지내시다가요.

파나 피에티라 Pana Pietyra
아우슈비츠 출생 주민

　　　　　　　　피에티라 부인, 아우슈비츠에 사시나요?
네, 태어난 곳도 여기고요.

　　　　　　　아우슈비츠 밖으로 나가본 적이 없으세요?
네, 단 한 번도 없어요.

　　　　　　전쟁 전에도 아우슈비츠에 유대인들이 살고 있었나요?
인구의 80% 정도가 유대인이었죠.
시나고그*도 하나 있었고요.

　　　　　　　　　　　　딱 하나요?

그렇다고 알고 있어요.

　　　　　　　　　아직도 남아 있나요?

아니요. 예전에 무너졌죠.
지금은 그 자리에 다른 게 들어서 있어요.

　　　　　　아우슈비츠에 유대인 공동묘지가 있었나요?
공동묘지는 아직도 남아 있어요. 지금은 문이 닫혀 있지만요.

　　　　　　　　　아직도 있다고요?

---

* Synagogue. 유대교의 회당. 유대교의 예배 의식뿐만 아니라 유대인 공동체의 각종
　집회나 교육이 이루어지는 곳이다.

네.

달혀 있다는 게 무슨 뜻입니까?

더는 죽은 사람을 묻지 않는다고요.

판 필리포비치 Pan Filipowicz
폴란드 브워다바* 주민

브워다바에도 시나고그가 있었습니까?

네, 하나 있었죠. 건물이 아주 예뻤어요.

러시아 황제가 폴란드를 지배하던 시절에도 이미 있었죠.

가톨릭교회보다도 더 오래됐고요.

이제는 쓸모가 없죠.

거길 드나드는 신자가 없으니까요.

여기 있는 건물 모두 그때 그대로인가요?

네, 전부 그대로입니다.

유대인들이 큰 청어 상자들을

여기 쌓아두고 장사를 하곤 했죠.

정육점과 작은 상점들도 있었고요.

어떤 사람이 그러더라고요.

여기는 유대인 상권이었다고요.

여기 이 건물은 바렌홀츠 Barenholz 씨네 집이었어요.

---

* Włodawa. 폴란드 동부의 국경 지역에 있는 도시로 제2차 세계대전이 발발하기
  전 전체 인구의 약 70% 정도가 유대인이었다.

장작을 파는 사람이었죠.

저기는 리프시츠Lipschitz 씨네 가게였는데

옷 장사를 했어요.

여긴 리히텐슈타인Lichtenstein 씨 가게였고요.

저기 건너편에 있는 건요?

저 자리엔 식료품 가게가 있었죠.

주인이 유대인이었나요?

네.

이 자리에는 잡화점이 있었는데

실이나 바늘, 자질구레한 것들을 팔았어요.

저기에는 이발사가 세 명 있는 이발소가 있었고요.

여기 이 예쁜 집도 유대인이 살던 곳입니까?

네.

이 작은 집은요?

거기도요.

저기 뒤쪽에 있는 것도요?

전부 유대인 집이었어요.

여기 왼쪽에 있는 것도요?

네.

여기엔 누가 살았나요? 보렌슈타인Borenstein 씨일까요?

네, 보렌슈타인 씨요.

시멘트 사업을 하는 사람이었는데

아는 것도 많고 인물이 아주 좋았어요.

여기엔 테페르Tepper라는 대장장이가 있었고요.

여기도 유대인이 사는 집이었어요.

여기는 구두를 수선해 주는 사람이 살았고요.

그분 이름은요?

얀켈Yankel이요.

얀켈?

네.

그리고 보니 브워다바는

완전히 유대인 도시였다는 느낌이 드네요.

그럼요. 실제로 그랬으니까요.

폴란드 사람들은 시내에서 조금 더 떨어진 곳에 살고

시내 중심에는 오로지 유대인들뿐이었죠.

파나 피에티라

아우슈비츠 출생 주민

아우슈비츠에 살았던 유대인들은 나중에 어떻게 됐죠?

살던 곳에서 쫓겨났어요.

다시 어디로 정착했는지는 모르겠네요.

그게 몇 년도 일이죠?

1940년부터요. 제가 여기 1940년에 이사 왔으니까요.

여기 이 아파트에도 유대인들이 살았거든요.

그런데 우리가 조사한 바에 따르면

아우슈비츠 유대인들은 '다시 정착'했다고 해요.

방금 말하신 단어를 다시 쓰면요.

여기서 멀지 않은 상부 슐레지엔 지방의

벵진Będzin이나 소스노비에츠Sosnowiec로요.

네. 소스노비에츠와 벵진에도 유대인이 많이 살았거든요.

그럼 부인께서는 그 사람들에게 그 후에

무슨 일이 있었는지 알고 계십니까?

전부 수용소로 보내졌다고 알고 있어요.

그럼 아우슈비츠로 다시 돌아왔다는 거군요?

네. 여기 아우슈비츠로
전 세계 곳곳에서 별별 사람들이 다 모였죠.
이곳으로 보내진 사람들이요.

유대인이란 유대인은 다 모였어요.
결국엔 모조리 죽임을 당했지만요.

판 필리포비치
폴란드 브워다바 주민

브워다바에 살던 유대인들이
전부 소비부르 로 보내졌을 때
사람들은 어떻게 생각했을까요?

무슨 생각을 할 수 있었겠어요?
그게 그 사람들의 마지막이었는걸요.
그 사람들도 그걸 알고 있었죠.

어떻게요?

전쟁 전부터도 유대인들과 이야기를 해보면
그 사람들은 자기네들 끝을 내다보고 있더라고요.
그게 어떻게 가능했는지는 이분도 모르시고요.
전쟁 전에도 자기들의 운명을
이미 예감하고 있었던 것 같아요.

소비부르 까지는 어떻게 끌려갔죠? 걸어가게 했나요?

끔찍한 광경이었어요. 현장에서 직접 목격하셨대요.

오르크로베크Orkrobek라는 기차역까지
걸어서 가도록 했답니다.

역에는 가축 운반 전용 기차가 이미 대기하고 있었고요.
노인들부터 먼저 싣기 시작했죠.
그다음에는 젊은이들을,
마지막으로는 어린애들을 태웠고요.
눈 뜨고 볼 수 없었어요.
기차 안이 이미 사람들로 가득 차 있는데
그 위로 애들을 욱여넣더라고요.

판 팔보르스키 Pan Falborski
폴란드 코워 주민

　　　　　　　　　　　코워에도 유대인이 많이 살았나요?
엄청 많았죠.
폴란드 사람보다 더 많았어요.
　　　　그때 코워에 살던 유대인들은 어떻게 됐습니까?
　　　　　　당시 상황을 직접 목격하셨는지요?
네, 끔찍한 광경이었죠. 계속 보고 있기도 힘들었어요.
독일 병사들도 보기 싫어서 고개를 돌릴 정도였죠.
유대인들을 기차역으로 몰아넣을 때는 때리기도 했고요.
그러다가 죽는 사람들도 있었죠.
짐수레 하나가 수송차 뒤를 따로 따라다녔는데
거기에 죽은 사람들을 싣곤 했습니다.
　　　　　　　　　　　죽은 사람들은
　　　　　　　　　걷지 못하는 사람들이었을까요?

네. 넘어진 사람들이요.

그게 어디서 일어난 일이죠?

먼저 유대인들을 코워의 시나고그로 집합시킨 다음
기차역까지 몰고 갔어요.
거기서부터 좁은 철로를 따라 헤움노까지 실어 갔고요.

코워뿐만 아니라
이 지역 다른 곳에 살던 유대인들도요?

네, 이 지역 전부에서요.
여기서 멀지 않은 칼리시Kalisz 근처에 있는 숲에서도
유대인 학살이 있었습니다.

아브라함 봄바 Abraham Bomba
트레블링카 학살 생존자 | 이스라엘 텔아비브

표지판이 보이더라고요.

트레블링카 기차역이라고 적힌 아주 작은 표지판이었죠.
기차역에 이미 도착한 뒤였는지
도착하기 직전이었는지는 잘 모르겠습니다.
우리가 멈춰서 대기하던 선로에
트레블링카라고 적힌 아주 작은 표지판이 달려 있었어요.
그때 태어나서 처음으로 트레블링카라는 곳을 알게 됐어요.
거길 알고 있는 사람은 아무도 없었죠.
어떤 장소라거나 도시, 작은 마을이라고도 할 수 없는 곳이었거든요.

유대인들에게는 항상 꿈이 하나 있었어요.
그게 인생에서 가장 중요한 일 중 하나였죠.

구원을 기다리며 언젠가는 자유를 되찾을 거라는 꿈이요.

그 꿈은 게토 안에서 더 절실해졌어요.
저는 매일 밤 잠들며 상황이 나아지는 꿈을 꾸곤 했어요.

그저 그런 평범한 꿈이라기보다는 염원을 가득 담은 꿈이었죠….

욤 키푸르* 당일에 쳉스토호바Częstochowa에서
첫 번째 이송이 있었어요.
그리고 수콧† 전날 밤에 두 번째 이송이 있었고요….
저도 거기에 끼게 된 거죠.
직감적으로 무언가 잘못되고 있다는 느낌이 들었어요.
아이들과 노인들까지 데려간다는 건
뭔가 좋지 않은 징조잖아요.
들리는 말로는 작업장으로 일하러 가는 거라고 하더라고요.
그런데 나이가 지긋하신 할머니나
이제 막 태어난 갓난아이, 다섯 살짜리 어린애가
도대체 무슨 일을 한다는 거죠?
말도 안 되는 소리였지만
선택할 수 있는 처지가 아니니 그저 따를 수밖에 없었죠.

---

* Yom Kippur. 유대교의 속죄일. 유대인들에게는 1년 중 가장 성스러운 날로 하루
　동안 금식과 집중 기도가 이루어진다.
† Succoth. 유대교의 추수감사절.

체슬라프 보로비 Czeslaw Borowi

폴란드 트레블링카 농부

1923년에 여기서 태어나셨대요.

그 이후로 지금까지 쭉 살고 계신답니다.

바로 여기에 사셨답니까?

네, 정확히 여기요.

그렇다면 저기서 있었던 일을
전부 눈앞에서 바로 목격하신 거네요?

그럴 수밖에 없었죠.

가까이 가서 보기도 하고 멀리서 지켜볼 수도 있었고요.

기차역 건너편 쪽에도 땅이 있어서

거기로 일하러 가려면 선로를 건너갈 수밖에 없으셨대요.

그러면서 전부 다 보실 수 있었던 거고요.

혹시 1942년 7월 22일
바르샤바에서 유대인 수송 열차가
처음으로 도착하던 날을 기억하실까요?

네. 아주 똑똑히 기억하신대요.

유대인들을 여기로 죄다 끌고 온 걸 보고

이 사람들을 데리고 도대체 뭘 하려는 건지 궁금해하셨대요.

죽이려고 데리고 온 거라고 생각은 했지만

어떻게 죽일 건지는 모르셨다고 하시네요.

그 사람들에게 무슨 일이 일어나는 건지

조금씩 상황 파악이 되기 시작하면서부터는 잔뜩 겁이 나셨대요.

다들 뒤에서 모여 수군거렸대요.

역사적으로 이렇게나 많은 사람을
이런 식으로 몰살시킨 적은 없었다면서요.

　　　　　　　　　　　　눈앞에서 그런 일이 벌어지는 동안에도
　　　　　　　　　　　　평소처럼 생활하셨습니까?
　　　　　　　　　　　　밭으로 일을 나가기도 하시고요?

당연히 일이야 계속 나가기는 했지만
그래도 평소처럼 기쁜 마음으로 일하러 가지는 못하셨대요.
일하는 것 말고는 별다른 수가 없으셨다고요.
그러다가 여기서 무슨 일이 일어나는지 알게 되면서
이분들도 밤에 자는 동안
집을 털리고 붙들려가는 건 아닌가 하고
걱정하셨답니다.

　　　　　　　　　　　　유대인들도 걱정이 되셨나요?

남이 손가락을 베었다고 해서
자기가 아픈 건 아니지 않느냐고 하시네요.
그래도 어쨌든 간에 유대인들의 상황을 지켜보시긴 하셨답니다.
수송 열차에서 사람들이 내리면 전부 수용소 쪽으로 끌려갔대요.
그러고 나면 그 사람들은 흔적도 없이 사라졌고요.

트레블링카의 농부들

수용소에서 100미터 정도 떨어진 곳에 밭이 있으셨대요.
독일이 점령하는 동안에도 거기서 농사일을 하셨답니다.

　　　　　　　　　　　　밭에서 일을 하셨다고요?

네.
그러면서 유대인들을 어떻게 질식시켜 죽이는지도 보셨대요.
사람들이 비명을 지르는 소리도 들으셨고요.

전부 목격하셨대요.

밭에 땅이 약간 높은 지대가 있었는데

그 위로 올라가면 꽤 잘 보였다고 하십니다.

이분은 뭐라고 하시는 거죠?

가만히 서서는 볼 수 없었다고 하세요. 보지 못하게 했대요.

우크라이나 경비들이 총을 겨누기도 했고요.

밭이 수용소에서 고작 100미터 거리인데도

농사를 계속 짓도록 내버려 두었다는 말씀입니까?

네, 농사일을 계속할 수 있으셨대요.

그러다가 우크라이나 경비들이 보지 않을 때는

가끔 곁눈질로 훔쳐보기도 하셨고요.

그럼 일할 때는 고개를 숙이고 해야 했겠네요?

네.

철조망 바로 옆에서 일하셨대요.

끔찍한 비명을 들으면서요.

그쪽에 밭이 있으셨던 건가요?

네, 바로 옆에요.

농사를 못 짓게 하지는 않았거든요.

바로 옆에서 농사를 지으셨다고요?

네, 지금 수용소 자리의 일부가

당시에는 이분 땅이셨대요.

아, 일부분을 땅으로 가지고 계셨군요.

접근 금지 지역이었지만

소리는 전부 들을 수 있으셨답니다.

그렇게 가까이서 사람들이 비명을 지르는데

일하기가 힘들진 않으셨나요?

처음엔 정말 못 참겠더라고요.

그러다 점점 익숙해졌죠….

거기에 익숙해지셨다고요?

네.

이제 와 돌이켜 생각해 보면
지금은 그렇게 못할 것 같다고 하시네요.
그때는 가능했지만요.

체슬라프 보로비
폴란드 트레블링카 농부

수송 열차들이 도착하는 걸 직접 보셨대요.
열차 한 대당 칸 개수는 60~80개 정도였고,
그걸 그대로 수용소로 보내는 기관차가 두 대 있었고요.
기관차 한 대가 한 번에 스무 칸씩 실어 날랐어요.

스무 칸이나요.
돌아 나오는 차량의 내부는 비어 있었나요?

네.

혹시 기억하시기를…

이런 식이었답니다.
기관차가 차량 스무 칸을 수용소로 끌고 갑니다.
한 시간 정도 걸려서요.
그리고 나서 빈 차량 스무 칸이 여기로 다시 돌아오면
또 다른 스무 칸을 싣는 겁니다.
앞서 이동했던 사람들은 이미 죽은 뒤인 거죠.

트레블링카의 철도 노동자들

그 사람들은 울면서 자기 차례를 기다렸어요.
물을 달라고 하기도 했고요. 이미 죽어가고 있었죠.
한번은 한 칸에 170명까지 들어가 있는 차량을 봤어요.
전부 홀딱 벗고 있는 상태로요.

바로 여기서 유대인들에게 물을 주곤 했습니다.

어디서요?

여기 이 자리에서요.
수송 열차가 도착하면
여기서 유대인들에게 물을 주곤 했어요.

누가요?

우리요. 우리 폴란드 사람들이요.
작은 우물에서 물을 한 병씩 떠다가
유대인들에게 가져다주곤 했죠.

그 사람들에게 물을 주는 게 위험한 일은 아니었습니까?

굉장히 위험했죠.
물 한 병, 물 한 컵 가져다줬다는 이유로
죽을 수도 있었어요.
그래도 계속 가져다줬죠.

트레블링카의 농부들

여기 겨울은 많이 추운가요?

그때그때 다릅니다.
가끔은 영하 25도, 30도까지 내려가는 날도 있어요.

여름과 겨울 중 언제가 더 힘들었을까요?

여기서 유대인들이 대기했을 때 말입니다.

겨울이라고 생각하신대요. 실제로 굉장히 추워했다고요.

기차 안에서는 서로 다닥다닥 붙어 있었으니

그렇게까지는 춥지 않았을지도 모르죠.

여름에는 숨이 막혔을 테고요. 푹푹 찌는 더위였으니까요.

유대인들이 목이 너무 마르니까

기차 밖으로 뛰쳐나오려고 하기도 했거든요.

수송 열차가 도착했을 때

그 안에 이미 죽어 있는 사람들도 있었습니까?

그럼요. 있었죠. 그 안이 얼마나 좁았는지

아직 숨이 붙어 있는 사람들이

시체 위에 걸터앉아 있을 정도였어요.

공간이 턱없이 부족했죠.

그렇다면 선로나 기차 옆을 지나가실 때

틈새로 사람들이 보이기도 했나요?

네, 볼 수 있었어요. 지나가는 길에 가끔 쳐다보곤 했죠.

그러다가 기회가 되면 물을 주기도 했고요.

그렇군요. 그러면 한 가지 궁금한 게

유대인들은 어떻게 밖으로 뛰쳐나오려고 한 거죠?

기차 문은 닫혀 있었을 텐데요.

창문으로 나오려고 했죠. 철조망을 끊고…

아, 유리창에 철조망이 설치되어 있었군요.

창문으로 뛰쳐나오곤 했대요.

뛰어내린 건가요?

네, 그럼요. 뛰어내려서요.

그 사람들은 가끔 일단 밖으로 뛰어내린 다음
땅바닥에 앉아 있기도 했어요.
그러면 경비들이 와서 머리에 총을 쐈다고 합니다.

트레블링카의 철도 노동자들

사람들이 기차 밖으로 뛰어내리더라고요.
당신이 보셨어야 해요.
그중에 한번은 아이 엄마가 있었는데…

유대인이요?

네, 아이도 한 명 있었고요. 여자가 도망가려고 하니까
경비들이 가슴에 총을 쐈습니다. 심장 쪽으로요.

아이 엄마를요?

네, 아이 엄마를요.
이분은 여기에 아주 오래전부터 살고 계시는데
그 장면을 지금도 잊을 수가 없으시대요….

트레블링카의 농부들

그때 일을 지금 다시 생각하면
어떻게 사람이 사람한테 그런 짓을 저지를 수 있는지
이해할 수 없으시대요.
상상도 할 수 없는 일이고 도저히 이해할 수 없으시다고요.

한번은 유대인들이 물을 달라고 했어요.
마침 우크라이나 경비 한 명이 길을 지나가다가

물을 주지 못하게 막더라고요.
그러니까 물을 달라고 했던 유대인 여자가
손에 들고 있던 주전자를 던져서
경비 머리를 맞혀 버린 적이 있었어요.
경비가 한 10미터쯤 뒤로 물러나더니
그 칸을 향해 총을 쏘더라고요.
닥치는 대로 갈겨댔죠.
그 주변은 완전히 피투성이가 됐고요.

체슬라프 보로비
폴란드 트레블링카 농부

네, 문을 열려고 하거나
창문으로 도망치려고 하는 사람들이 꽤 많았습니다.
그럴 때면 우크라이나 경비들이 와서
차량 벽에 총을 갈겨대곤 했죠.
밤에는 보통 어땠냐면,
유대인들이 자기들끼리 이야기를 하고 있으면
우크라이나 경비들이 와서 조용히 하라고, 입을 다물라고 했죠.
그러면 유대인들은 잠잠해졌고요.
그러다가 경비들이 사라지면
자기네들 말로 다시 이야기를 나누곤 했어요.
라라라라-라라라라-라라라라 하면서요.
라라라라-라니 그게 무슨 말이죠?
뭘 흉내 내려고 하신 건가요?
유대인들이 쓰는 말이겠죠.
아니, 이분한테 직접 물어보세요.

유대인들이 이야기하는 소리가 그렇게 들린 겁니까?
유대어로 말을 했답니다.

유대어로 말을 했다고요.
보로비 씨는 유대어를 알아들으시나요?
모르신대요.

아브라함 봄바
트레블링카 학살 생존자 | 이스라엘 텔아비브

우리가 탄 기차는 달리고 또 달려서 동쪽으로 향했습니다.
한번은 이런 일이 있었어요.
이렇게 말하는 게 좀 그렇긴 하지만 그래도 들려드릴게요.
우리가 타고 있는 기차가 지나갈 때면
밖에 보이는 폴란드 사람들 대부분은
차 안에서 옆에 있는 사람 눈만 겨우 보이는 상태로
갇혀 있는 우리를 마치 동물 구경하듯이 쳐다보면서
계속 싱글벙글 웃는 표정이더라고요.
굉장히 기쁜 표정이었어요.
그 사람들한테는 드디어 유대인들을 해치우는 셈이었으니까요.
기차 안에서는 사람들이 서로 엉켜서 밀치면서
비명을 지르는데도 말입니다.
자기 아기가 어디 있느냐,
제발 물 좀 달라고 하면서요.
배고파서 죽을 지경인 데다가 엄청 숨이 막혔어요….
덥기는 또 얼마나 더운지!
유대인이라 그런지 운도 더럽게 없었던 거죠.
원래 같으면 9월에는 비가 내려요.

날씨도 선선하고요.

그런데 기차 안은 지옥의 불구덩이라도 되는 것처럼 엄청 더웠어요.

그때 저도 태어난 지 이제 막 3주밖에 안 된 아이가 있었는데

그런 갓난아이에게도 물 한 방울 줄 수 없었어요.

애 엄마에게 먹일 물도 없었고요. 모두가 목이 말라 있었죠.

헨리크 가프코프스키 Henryk Gawkowski

트레블링카 기관차 운전사 | 폴란드 마우키니아[*]

> 기관실에 계시는 동안 뒤에서 사람들이
> 비명 지르는 소리가 들렸습니까?

그럼요. 기관실과 차량이 바로 가까이 붙어 있었으니까요.

유대인들이 물을 달라면서 소리를 질렀죠.

기관실 바로 뒤에 붙어 있는 차량에서 나는 소리는

굉장히 잘 들렸어요.

아주 또렷하게요….

> 익숙해지던가요?

아니요. 절대요. 엄청 괴로우셨대요.

뒤에 타고 있는 이들도 자기처럼 똑같은 사람이라는 걸

알고 계셨으니까요.

독일 병사들이 이분에게, 그리고 다른 기관사들에게도

보드카를 마시라고 나눠주더래요.

술기운을 빌리지 않는다면 아마도

---

[*] 오늘날 폴란드의 마우키니아 구르나Małkinia Górna. 트레블링카에서 북쪽으로
약 10킬로미터 떨어진 마을이다. 이곳에 트레블링카 절멸 수용소행 열차들이 정
차하는 마지막 기차역이 있었다.

계속 일하지 못하셨을 테니까요….

특별 수당 같은 것도 있었는데 돈 대신 술을 주곤 했어요.

다른 노선에서 기차를 모는 기관사들은 받지 못하는

보너스 수당 같은 거였죠.

술은 주는 대로 전부 다 마셔서 병을 비우셨대요.

술에 취하지 않으면

여기까지 오는 내내 풍기는 악취를 견딜 수 없어서요.

본인의 주머니를 털어서라도

직접 술을 사서 마시기도 하셨답니다.

아브라함 봄바

트레블링카 학살 생존자 | 이스라엘 텔아비브

아침 6시나 6시 반쯤에 도착했어요.

맞은편 선로 위에 다른 기차들이 서 있는 게 보였죠.

그걸 가만히 지켜봤어요…. 한 대에 18~20칸 정도,

어떨 때는 그것보다 더 많은 칸을 실은 채로 출발하더라고요.

한 시간 정도 지나니까 기차가 역으로 다시 돌아왔어요.

그 안에 타고 있던 사람들 없어요.

제가 타고 있던 기차는 거기서 낮 12시 정도까지 대기했습니다.

헨리크 가프코프스키

트레블링카 기관차 운전사 | 폴란드 마우키니아

수용소 안에서 사람들을 내리던 램프부터 기차역까지는

6킬로미터요.

아브라함 봄바
트레블링카 학살 생존자 | 이스라엘 텔아비브

역에서 우리 기차가 수용소로 끌려갈 차례를 기다리고 있는데
SS 대원들이 와서는 수중에 가지고 있는 게
뭐냐고 물어보더라고요.
몇 명이 금과 다이아몬드를 가지고 있기는 한데
자기들은 물을 마시고 싶다고 했죠.
그러니까 좋다면서 다이아몬드를 주면
물을 가져다주겠다는 거예요.
그래서 다이아몬드를 내줬는데
결국엔 아무도 물을 마시지 못했죠.

얼마 동안 이동하신 거죠?

체스토호바에서 트레블링카까지는
꼬박 24시간이 걸렸어요.
바르샤바에서 잠깐 멈춰 있었던 시간과
트레블링카 기차역에서 대기했던 시간까지 포함해서요.
우리 기차가 수용소로 출발하는 마지막 기차였어요.
그런데 아까 말씀드렸다시피
사람들을 실어간 기차가 다시 돌아오기는 하는데
죄다 비어 있으니 거기 타고 있던 사람들은
어떻게 된 건지 속으로 궁금해졌죠.
모두 사라져서 보이지 않았으니까요.

리하르트 글라차르
트레블링카 학살 생존자 | 스위스 바젤

이틀을 걸려 이동했어요.
둘째 날 아침에야 체코슬로바키아에서 벗어나
동쪽으로 가고 있다는 걸 알게 됐죠.
기차 안에서 우리를 감시하는 사람들은
SS 대원이 아니라 녹색 제복을 입은 슈포*였고요.
우리가 타고 있는 칸은 일반 객차였어요.
만석이었죠. 자리를 직접 고를 수는 없었어요.
모두 번호가 매겨져서 할당돼 있었거든요.

제가 탄 칸에는 나이 드신 부부가 계셨는데,
아직도 기억이 나는 게,
아저씨가 계속 배가 고프다고 하시니까
아내 되시는 분께서 혼을 내시더라고요.
이런 식이라면 앞으로 남은 날 동안
먹을 수 있는 게 아무것도 없다고 하시면서요.

그때가 이미 이틀째 되는 날이었어요.
마우키니아라는 표지판이 보였죠.
그렇게 조금 더 달렸던 것 같아요.

그러다가 갑자기 속도가 엄청 느려지더니
기차가 원래 선로에서 방향을 틀어서

---

* Schupo. 나치 독일의 보안 경찰 '슈츠폴리차이Schutzpolizei'의 줄임말. 일반적으로 공공질서와 안녕을 유지하는 치안 업무를 맡았다.

천천히 숲속으로 들어가더라고요.

그렇게 창밖을 쳐다보고 있었죠.

창문을 열어 볼 수도 있었고요.

그러다가 우리 칸에 계시던 나이 많은 아저씨께서

숲에 있던 애 한 명과 눈이 마주친 거예요….

그 주변에는 소들이 있었고요….

아저씨께서 애한테 여기가 어디냐고 손짓으로 물어봤죠.

그러니까 그 애가 희한한 동작을 하는 겁니다.

이렇게요!* 목 주변으로요.

폴란드 아이였을까요?

네, 폴란드 아이였어요.

그게 어디였죠? 기차역이었습니까?

그때 딱 기차가 멈춰 섰는데 한쪽은 숲이고

다른 한쪽은 들판이었어요.

거기에 지나가는 사람이 있던가요?

어린애 한 명이 소들을 부리고 있었죠.

농장… 농장에서 일하는 애 같았어요.

그래서 일행 중 한 분이…

말로 물어본 게 아니라 몸짓으로요.

여기서 무슨 일이 일어나는 거냐고 물었죠.

그러니까 그 애가 또 이런 동작을 하더라고요. 이렇게요.

저흰 그 애가 뭐라고 하는 건지 그렇게 신경 쓰지 않았어요.

그땐 그게 무슨 뜻인지도 몰랐고요.

---

* [영상 주] 손으로 목을 긋는 동작을 취한다.

트레블링카의 농부들

한번은 다른 데서 유대인들을 데리고 왔는데
이렇게 뚱뚱하더라고요….

그렇게나요?

그 사람들은 일반 객차에 타고 있었어요.
거기엔 식당 칸도 따로 있었고요.
그 안에서 술도 마시고 마음대로 돌아다니기도 하더라고요.
자기들은 공장으로 일을 하러 가는 거라고 했죠.
그렇게 숲으로 들어가고 나서야
그 공장이 무슨 공장인지 알게 됐겠지만요.

저흰 그 사람들한테 이렇게 손짓을 하곤 했어요.

어떻게요?

이렇게 숨이 막혀 죽을 거라고요.

아, 이분들께서 이런 동작을 직접 하셨다고요?

네. 그런데 유대인들이 믿지 않았대요.
이분들 말을 믿지 않는 것 같았대요.

그런데 이게 무슨 뜻입니까?

죽음이 기다리고 있다는 뜻이랍니다.

체슬라프 보로비
폴란드 트레블링카 농부

유대인들에게 가깝게 다가갈 기회가 있었던 사람들은
이렇게 손짓을 하곤 했죠. 알려주려고요….

이분도 해본 적이 있으시대요?

그 손짓을 직접 해본 적이 있으시냐고 물어봐요.

…목이 매달려 죽을 거라는 걸요. 그렇다고 하세요.

벨기에나 체코슬로바키아, 프랑스도 물론 빠지지 않았고요,
네덜란드 등등 다른 나라에서 온 유대인들은
자기들에게 닥칠 일을 모르고 있었어요.
반면에 폴란드 유대인들은 알고 있었죠.
그때 당시 주변의 작은 도시들로 이미 소문이 돌고 있었거든요.
그래서 폴란드 유대인들은 미리 알고 있었던 반면,
다른 곳에서 온 유대인들은 아무것도 모르는 상태였어요.

그렇다면 누구에게 그런 손동작을 한 건가요?
폴란드 유대인들인가요, 아니면 다른 유대인들인가요?
모두에게요.

다른 나라 유대인들은 호화 객실 칸을 타고 왔대요.
흰 셔츠 차림으로 아주 잘 차려입고 있었고요.
객실 안에는 꽃도 보이고, 사람들이 카드 게임도 하고 있더래요.

헨리크 가프코프스키

트레블링카 기관차 운전사 | 폴란드 마우키니아

그런데 제가 알고 있기로
다른 나라 유대인들을 객실 칸에 태워서 데리고 오는 경우는
아주 드물었다고 하던데요.
대부분은 가축 칸으로 이동했고요.
아니요, 그렇지 않습니다. 그건 사실이 아닙니다.

사실이 아니라고요?

가프코프스키 부인은 뭐라고 하시는 거죠?

남편 분께서 아마도 모든 걸 목격한 건 아닐 거라고 하세요.

그렇군요.

직접 보셨다고 하시네요.
예를 들면, 한번은 마우키니아 기차역에서
외국인 유대인 한 명이 객실에서 내려
필요한 걸 사러 매점에 들어갔는데
그사이에 기차가 떠나는 바람에
그 사람이 뒤쫓아 가야 했던 일이 있었대요….

기차를 따라잡으려고요?

네.

체슬라프 보로비
폴란드 트레블링카 농부

그러니까 이분께서는 승객 전용 칸,
아까 말씀하셨던 것처럼 일명 호화 객실 앞을 지나가시면서
아무런 낌새도 느끼지 못하고 아주 평화롭게 있는
외국인 유대인들을 향해 이런 손짓을 하셨다는 겁니까?

네. 모든 유대인에게요.
유대인이 보일 때마다 그렇게 하셨대요.

이런 식으로 플랫폼을 지나가셨겠네요.
이분께 물어보세요.

네, 길이 지금처럼 똑같이 나 있었고,
주변을 지나가시다가 경비가 보지 않는 때를 틈타
그런 동작을 하셨답니다….

헨리크 가프코프스키
트레블링카 기관차 운전사 | 폴란드 마우키니아

에바, 가프코프스키 씨에게 물어봐요.
왜 이렇게 슬픈 표정이시냐고요.
사람들이 죽음 속으로 걸어 들어가는 모습이 떠오르셔서요.
그럼 지금 여기가 정확히 어디죠?
그렇게 멀지 않습니다.
2킬로미터, 2.5킬로미터 정도 될까요….
뭐가요? 수용소까지요?
네.
손으로 가리키고 계시는 건 어떤 길이죠?
저기가 선로가 있었던 자리래요. 수용소로 가는 철도요.

가프코프스키 씨께서는
바르샤바나 비아위스토크Białystok에서 트레블링카 기차역까지
직접 운전하신 강제 수용 열차들 말고도
트레블링카 기차역에서 수용소 안까지 들어가는 차량을
운전해 보신 적도 있을까요?
네.
자주 있는 일이었습니까?
일주일에 두세 번이요.
얼마 동안이나요?
1년 반 정도요.
그 말은 수용소가 존재했던 동안이라는 거네요?
그렇죠.

그러니까 여기 램프에서 계시다가

뒤에 차량이 스무 개가 달린 기관차를 끌고
수용소로 가신 거죠?
물어봐 줘요.

아니요. 차량들이 기관차보다 앞에 있었대요.
아, 앞으로 밀어 올리신 거군요?
네, 맞습니다. 앞으로 밀어내는 방식이었대요.
밀어낸 거였군요….

얀 피본스키
전 소비부르 기차역 철도 보조 관제사 | 소비부르

여기서는 1942년 2월부터
철도 보조 관제사로 근무를 시작했습니다.
역사驛숍라든가, 선로, 플랫폼 모두
1942년 그때 그대로입니까?
그 이후로 아무것도 변한 게 없나요?
전부 그대로입니다.

정확히 어디서부터가 수용소였습니까?
수용소가 시작하는 경계선이 어디죠?
같이 가보실래요? 정확히 보여 드릴게요.
바로 여기서부터 저기 보이는 나무들이 있는 곳까지
울타리가 이어져 있었고요.
그리고 저쪽 나무들이 있는 곳까지
또 다른 울타리가 하나 더 쳐져 있었죠.

그럼 제가 지금 여기 이렇게 서 있으면
수용소 구역 안에 들어와 있는 게 맞습니까?
수용소 내부 말이에요.

맞습니다.

그러면 이제 여기서 기차역까지는 15미터 거리인데,
여긴 수용소 밖이었겠네요?
그러니까 여기는 폴란드 사람들이 사는 곳이고
저기 저 너머는 죽음의 영역이었던 거고요.

네.

폴란드 선로 작업자들은
독일군이 명령하는 대로 기차 칸들을 분리해야 했어요.
기관차 한 대에 차량 스무 칸을 달고 헤움노 쪽으로 가야 했거든요.
중간에 선로를 변경해야 하는 지점이 나오면
기차를 조종해서 수용소 안쪽으로 차량을 밀어 넣곤 했죠….
저기 보이는 다른 선로를 통해서요.
바로 거기서부터 램프가 시작됐고요.

그러니까 제가 제대로 이해했다면,
지금 우리는 수용소 바깥쪽에 있는 거고…
이렇게 이동하면 수용소 안으로 들어가게 되는 거군요…
트레블링카와 비교하자면
소비부르 는 역 자체가 수용소의 한 부분이었던 거고요.

그러니까 지금 여기는
수용소 안으로 들어와 있는 거군요….

여기 보이는 선로는 이전에 수용소 내부에 있었습니다.

이게… 옛날 그 선로인가요?

네! 그때 바로 그 선로입니다.
똑같아요. 그때 이후로 달라지지 않았으니까요.

그렇다면 지금 우리가 서 있는 곳이
램프라고 부르던 곳이 맞습니까?
네. 여기가 램프입니다.
곧 말살될 운명인 희생자들이 여기서 내리곤 했죠.
그러니까 우리가 서 있는 바로 이 자리가
25만 명의 유대인들이 가스에 질식해 죽으러 가기 전에
하차한 곳이군요.
그렇죠.

다른 나라에서 여기로 끌려온 유대인들도
트레블링카의 경우처럼 객실 칸을 타고 왔습니까?
항상 그런 건 아니었고요.
벨기에나 네덜란드, 프랑스에서 온 부자 유대인들은
대부분 승객 전용 칸을 타고 오거나
심지어는 호화 객실에 앉아서 오는 경우도 있었어요.
보통은 경비들도 그 사람들한테는 특별 대우를 해줬고요.

특히 서유럽 유대인들이 타고 온 열차를 보면
여기서 자기네들 차례를 기다리면서 하는 일이라는 게…
폴란드 선로 작업자들 눈에는
몇 분 뒤에 어떤 운명을 맞닥뜨리게 될지
아무것도 모른 채로
화장을 고치고 머리 손질을 하는 여자들이 보였던 거죠.
곱게 단장을 하고 있었던 겁니다….
예쁘게 꾸미고 있었다고요….

그런데도 폴란드 선로 작업자들은 아무 말도 할 수가 없었죠.

기차를 감시하는 경비들이

곧 희생자가 될 사람들과는 접촉하지 못하게 했거든요.

그때도 오늘처럼 날이 화창했겠네요.

아이고, 그럼요. 지금 하늘보다 훨씬 더 맑은 날들도 있었죠!

루돌프 브르바 Rudolf Vrba

아우슈비츠 학살 생존자 | 미국 뉴욕

아우슈비츠에 도착하는 기차들의 종착점이 바로 램프였습니다.
밤낮으로 기차가 끊이지 않았죠.
하루에 한 대씩, 어떤 때는 다섯 대씩 오기도 했어요.
전 세계 곳곳에서부터요.

1942년 8월 18일부터 1943년 6월 7일까지
그곳에서 일했습니다.
기차들이 꼬리에 꼬리를 물 듯 도착했죠.
램프에서 근무하면서 본 것만 해도 최소 200대는 될 겁니다.
너무 많이 봐서 나중에는 그게 일상이 되어버렸고요.
전 세계 곳곳에서 출발한 유대인들이 모두 여기로 모인 거예요.
그보다 먼저 도착했던 사람들의 운명은 새까맣게 모른 채로요.

그렇게 많은 사람을 보면서
2시간 후면 그중 90%가
가스에 질식해 죽을 거라는 것도 알고 있었어요.

어떻게 그렇게 사람들이 사라질 수 있는 건지

이해하기 어려웠죠….

그리고 아무 일도 없었다는 듯이 그다음 기차가 도착하고,

이전 기차의 운명에 대해서는

아무것도 모르는 사람들이 내리는 겁니다.

이런 식으로 몇 달이고 계속해서 반복됐어요.

이런 순서로 진행됐어요.

가령 유대인 수송 열차 하나가

새벽 2시에 도착한다고 해봅시다.

열차가 아우슈비츠 근처까지 오면 SS 측으로 통지됩니다.

그러면 SS 대원 한 명이 우리를 깨우러 오죠.

그렇게 한밤중에 우리를 램프까지 데리고 가는 거예요….

200명 정도 되는 인원을요.

그러면 조명이 환하게 켜집니다.

램프 주변에 탐조등을 켜둔 채로

그 아래에 SS 대원들이 줄지어 서 있는 거죠.

1미터 간격으로 서서 손에는 각자 총을 들고요.

우리 수용자들은 거기 한가운데에 서서

열차를 기다리고, 명령을 기다립니다.

모든 준비가 끝나면 열차가 들어와요.

아주 천천히 진입했죠.

그렇게 맨 앞에 있던 기관차가 램프에 도착합니다.

바로 거기가 선로가 끝나는 지점이었죠.

수송의 종착점이요.

열차가 멈춰 서면 그 나쁜 놈들의 대장이 경사로로 나갑니다.

차량 두세 대 앞에, 어떤 때는 모든 차량 앞에

SS 하사가 한 명씩 열쇠를 들고 서 있다가

기차 문을 열어줍니다. 보통은 잠겨 있거든요.

물론 그 안에는 사람들이 들어 있죠.

영문도 모른 채로 유리창 밖을 쳐다보면서요.

중간에 이곳저곳을 들렀다 온 거라

그중에서 몇 명은 기차에 무려 열흘이나 타고 있기도 했어요.

이번 정차가 뭘 의미하는지는 여전히 모른 채로요.

그렇게 문이 열리고 나면 첫 번째 명령이 떨어집니다.

"알레 헤라우스Alle Heraus!"

전부 밖으로 나오라는 뜻이죠.

사람들이 못 알아듣는 것 같으면

들고 있는 작대기로 첫 번째 차량부터 하나씩 두드립니다.

열차 안의 유대인들은 정어리처럼 다닥다닥 붙어 있는 상태였고요.

하루에 4대, 5대, 6대씩 도착하는 날에는

하차 작업을 아주 빠르게 진행했어요.

몽둥이를 동원하고 욕을 했죠.

그러다가 날씨가 좋은 날이면

SS 대원들 행동이 달라지기도 했고요.

기분 좋은 티를 내기도 하고 농담을 하기도 했어요.

예를 들면 이런 식이었죠.

"안녕하십니까, 부인. 차에서 내리시죠."

정말로요?

그럼요.

아니면 "여길 찾아주셔서 정말 기쁩니다.

이렇게 먼 걸음 하시느라 노고가 많으십니다.

이제부터는 조금 더 편하게

지내실 수 있을 겁니다 ….."라는 식으로요.

아브라함 봄바

트레블링카 학살 생존자 | 이스라엘 텔아비브

트레블링카에 처음 도착했을 때는
그 사람들이 어떤 사람들인지 몰랐어요.
그중에 몇 명은 빨간색이나 파란색 완장을 차고 있었는데
유대인 작업반 사람들이더라고요.

사람들은 서로를 밀쳐가면서 기차에서 떨어지듯이 내렸어요.
울면서 절규하는 소리 속에서 다들 어디로 가야 할지를 몰랐죠.
기차에서 내리고 나면 일단 두 줄로 서야 했어요.
여자들은 왼쪽으로, 남자들은 오른쪽으로요.
그때 서로를 쳐다볼 시간도 없었던 게
그 사람들이 손에 들고 있는 것으로
닥치는 대로 머리를 후려치곤 했거든요.
정말 … 굉장히 고통스러웠습니다….
도대체 무슨 일이 일어나는 건지도 모르겠고,
그걸 생각할 겨를도 없이 사람들 비명에
얼이 빠질 정도였으니까요.
울부짖는 소리 말고는 아무것도 들리지 않는다고 생각해 보세요.

리하르트 글라차르

트레블링카 학살 생존자 | 스위스 바젤

고함과 비명을 지르는 소리가 갑자기 터져 나왔어요.
"나와! 모두 밖으로 나와!"
아비규환이었죠.

"밖으로! 밖으로 나와! 짐은 내려놔!"
서로를 밀치면서 기차 밖으로 나갔습니다.
팔에 파란색 완장을 찬 남자들이 보였어요.
그중에서 몇 명은 채찍을 들고 있었고요.
SS 대원들도 보였습니다.
녹색 제복이나 검은색 제복을 입고 있었죠….

사람들이 엄청 많았어요.
모두가 하나같이 정신이 없었죠.
저항하는 것 자체가 불가능했어요.
곧바로 다른 장소로 이동해야 했거든요.
그러다가 사람들이 옷을 벗기 시작하더라고요.
그때 이런 소리가 들렸습니다.
"옷 벗어! 소독이다!"

그렇게 이미 옷을 다 벗은 상태로 기다리고 있는데
SS 대원들이 우리 무리 중에서
사람 몇 명을 따로 추려내는 게 보였어요.
그 사람들은 옷을 다시 주워 입어야 했고요.
그때 지나가던 SS 한 명이 갑자기 제 앞에서 멈추는 거예요.
그리고 저를 위아래로 훑어보더니 이러는 겁니다.
"너, 그래 너 말이야, 너. 너도 다른 사람들 따라서 빨리 옷 입어.
여기서 일하게 될 거다. 잘하면 반장이나 카포*가 될 수도 있고."

---

* Kapo. 나치 독일의 강제수용소에서 일반 수용자들을 관리하는 직책. 같은 수용
  자 신분이었지만 개인실을 사용하거나 정상적인 식사를 배급받는 등 조금 더 나
  은 처우를 받았다.

아브라함 봄바
트레블링카 학살 생존자 | 이스라엘 텔아비브

같이 끌려온 사람들과 알몸으로 기다리고 있는데
어떤 남자가 갑자기 와서는 "너, 너, 그리고 너…" 하는 겁니다.
그렇게 우리는 대열에서 빠져나와 한쪽으로 비켜서 있었죠.
선택을 받지 못한 사람들 가운데 몇 명은
돌아가는 상황을 눈치챘는지
본인들이 살아남지 못할 거라는 걸 직감하는 것 같았어요.
그 큰 문 앞에서 뒷걸음질을 치기도 하고
끌려가지 않으려고 발버둥 치기도 했죠.
자기들을 어디로 데려갈 건지 이미 알고 있었던 거예요.

사람들이 훌쩍대면서 소리를 지르고 통곡했어요….
그때 거기서 있었던 일은
감히 상상조차도 할 수 없었던 일이었죠….
사람들이 울면서 서로의 이름을 불러대는 소리가
몇 날 며칠을 귓속에서, 머릿속에서 맴돌았습니다.
심지어 밤에도 들렸어요.
며칠 동안 한숨도 자지 못하는 날들도 있었고요.

그러다가 갑자기 한순간에 모든 게 멈췄습니다.
꼭 그러라고 명령이 내려지기라도 한 것처럼요.
사람들이 사라지고 없는 그곳은 완전히 고요했어요.
모든 게 죽어버린 것 같았죠.

그러고 나서 위에서 지시가 내려왔어요.
2000명 정도 되는 사람들이 바깥에서

옷을 벗어야 했던 그곳을
전부 청소하라고 하더라고요.
하나도 남기지 않고 쓸어 담아 치우라고 했죠.
그것도 몇 분 안에요.
독일 병사들과 그곳에 있던 다른 나라 출신 병사들,
우크라이나 경비들이 고함을 지르면서
머리를 때리기 시작했습니다.
상자를 더 빨리 등에 짊어지고
중앙 광장으로 더 빨리 나르라고 재촉했죠.
거기엔 이미 엄청난 양의 옷가지와 신발,
그 밖의 여러 물건이 산더미처럼 쌓여 있더라고요.
그렇게 순식간에 마치 아무 일도 없었다는 듯
완전히 비워졌어요.
아무것도 남지 않았죠.
마치 아무도 다녀가지 않았던 곳처럼요.

아무런 흔적도 남지 않았어요. 단 하나도요!
누가 마술이라도 부린 것처럼 전부 사라지고 없었습니다.

루돌프 브르바

아우슈비츠 학살 생존자 | 미국 뉴욕

매번 새로운 기차가 도착하기 전에
램프를 완전히 깨끗하게 청소해야 했습니다.
이전 수송에서 생긴 흔적은 아무것도 남아 있어서는 안 됐죠.
아주 조금이라도요.

리하르트 글라차르

트레블링카 학살 생존자 | 스위스 바젤

우리를 어떤 막사로 데려가더라고요.
온 막사에서 악취가 진동했죠.
그 안에는 1.5미터 정도 됐을까요,
사람들이 가져온 것으로 추정되는 온갖 물건들이
뒤죽박죽 섞인 채로 한 무더기 쌓여 있더라고요.
옷가지며, 여행 가방이며, 별의별 잡동사니가
무더기로 쌓여 섞여 있었죠.
이어서 다른 사람들이 마치 귀신이라도 씐 것처럼
그 위로 달려들더니… 보따리를 만들어서
막사 밖으로 옮기는 거예요.
저는 그중 한 명에게 배당됐고요.
그 사람은 팔에 '반장'이라고 적힌 완장을 차고 있었어요.
남자가 고함을 지르니까 그제야 이해가 되더라고요.
저도 옷가지들을 모아서 보따리를 만들어
막사 밖으로 날라야 했던 거죠.
작업하는 도중에 그분에게 물어봤습니다.
무슨 일이냐고.
발가벗고 있던 사람들은 다들 어디로 간 거냐고요.
그 사람이 "투아Toit"라고 대답하더라고요. 전부 죽었다고요.

들고도 실감이 나지 않았죠. 믿기지가 않았어요.
이디시어 단어였는데,
거기서는 이디시어를 그제야 처음 들은 거였거든요.

그렇게 큰 소리로 말한 건 아니었고요.

그 사람 눈을 쳐다보니 눈물이 고여 있더라고요.
그러다가 갑자기 소리를 지르면서 채찍을 드는 거예요….
곁눈으로 슬쩍 보니 멀리서 SS 대원 한 명이
다가오고 있더라고요.
더 이상의 질문 없이 그저 서둘러 보따리를 싸서
밖으로 들고 나가야 한다는 걸 알아차렸어요.

아브라함 봄바
트레블링카 학살 생존자 | 이스라엘 텔아비브

그렇게 트레블링카라고 불리던 그곳에서 일하기 시작했어요.
하지만 문 건너편에서 일어나는 일과
그곳에서 어느 순간 사람들이 사라지고
모든 것이 고요해지는 상황은 여전히 이해하기 어려웠어요.
그러다가 얼마 지나지 않아 먼저 와서 일하고 있던 사람들에게
어떻게 된 거냐고 물어보면서 사실을 알게 됐죠.

"무슨 소리요? 어떻게 된 거냐니, 몰라서 물어요?
그 사람들 모두 가스실에서 죽었소. 모조리 다!"

우리는 한 마디도 꺼낼 수가 없었어요.
그대로 굳어버렸죠.
여자들과 아이들은 어떻게 됐냐고 물으니까
무슨 여자들과 아이들이냐며
아무도 살아남지 못했다고 하더라고요.
어떻게 한 명도 살아남지 못했냐고,
가스로 그 많은 사람을 어떻게 한 번에

죽일 수 있냐고 하니까
그 사람들만의 방법이 다 있다고 그러더군요….

리하르트 글라차르
트레블링카 학살 생존자 | 스위스 바젤

그때 당시를 떠올리면 친구 차렐 운게르Carel Unger가 생각납니다.
친구는 열차 뒤쪽에 따로 분리돼서
바깥으로 삐져나와 있는 칸에 타고 있었죠.
그때 전 다른 누군가가 필요했어요.
옆에 같이 있어줄 사람이요.
그러던 중 친구를 발견한 거죠.
두 번째 그룹에 속해 있던 친구도 저처럼 열외됐더라고요.

같이 이동하는 도중에, 어떻게 된 일인지는 모르겠지만,
걔가 무언가 알게 된 눈치였어요.
저를 쳐다보면서 그러더라고요.
"리하르트, 우리 아버지, 우리 어머니, 우리 동생이…!"
막사로 가는 도중에 사실을 알게 된 거죠.

친구 분과는 도착한 지 얼마나 지나서
만나신 건가요?

그게…
트레블링카에 도착하고 한 20분쯤 지난 뒤였을 거예요.

그리고 나서 저는 막사 바깥으로 나와
그 광활한 장소를 처음으로 마주했어요.
거기를 뭐라고 불렀냐면, 이건 나중에 알게 된 건데요,

'재활용 광장'이라고 불렀어요.
온갖 물건들이 산더미처럼 쌓여서
바닥이 보이지도 않을 정도였죠.
신발과 옷가지가 10미터 높이까지 쌓여 있었거든요.
그때 이런 생각이 들어서 차렐에게 말했습니다.
굉장히 거센 바다에서 태풍을 만난 거라고,
배는 난파됐지만 우린 아직 살아남은 거라고,
별다른 수가 없으니
다시 새로운 파도가 일기를 기다리다가
거기에 몸을 실어야 하는 거라고,
그러니 그저 그다음 파도가 일 때까지
준비하고 있으면 될 거라고,
어떻게 해서든 그 파도를 타야 한다고,
그 방법밖에는 없다고요.

아브라함 봄바
트레블링카 학살 생존자 | 이스라엘 텔아비브

그렇게 하루가 지났어요.
24시간을 물도 마시지 않고 아무것도 먹지 못한 채로요.
마실 거라거나 입에 넣을 수 있는 게 아무것도 없었거든요.
굉장히 힘든 시간이었죠.
머릿속에 드는 생각이라곤
불과 1분, 1시간 전까지만 해도
가족들, 아내와 남편이 있었는데
눈 깜짝할 사이에 모든 게 사라져 버렸다는 것뿐이었습니다.

우리를 별도로 마련된 막사로 보내더라고요.
저는 통로 바로 옆에서 잠을 잤어요.
그날 그 막사에서의 밤은
모두에게 가장 끔찍한 밤이었을 거예요.
그동안 살면서 있었던 일들을 전부 곱씹어 보면서요.
기쁘고 행복했던 순간,
아이가 태어나고, 누군가와 결혼을 하는
그런 평범한 일들을….
그러다가 갑자기 한순간에 모든 게 사라져 버린 거예요.
특별한 이유도 없이 헛되게 말입니다.
유일한 죄가 있다면 유대인이라는 것뿐이었죠.

그날은 다들 뜬눈으로 밤을 지새웠어요.
대화를 나누려고도 해봤지만 그럴 수 없었죠.
경비들과 같은 막사를 썼거든요.
서로 이야기를 할 수 없으니
각자 무슨 생각을 하고 있는지 알 길이 없었고요.
그리고 다음 날 새벽 5시에 막사 밖으로 나가
점호를 받으면서 알았습니다.
간밤에 네다섯 명이 죽었다는 사실을요.
정확히 어떻게 일어난 일인지는 모르겠지만,
아마도 청산가리나 그런 비슷한 독을 가지고 있다가
스스로 마셔버린 것 같았어요.
그중에서 두 명과는 꽤 가까운 사이였는데
그전에 아무런 낌새도 느끼지 못했어요.
그 사람들이 독을 가지고 있었다는 것도 몰랐죠.

리하르트 글라차르

트레블링카 학살 생존자 | 스위스 바젤

주변이 온통 푸르렀어요.
어딜 가나 모래가 밟혔고요.
밤에는 막사 안으로 들어가야 했습니다.
바닥은 아무것도 깔린 것 없이 바로 모래였어요.
각자 아무 자리나 잡고 그냥 누웠어요.

반쯤 잠이 들었는데
누구누구가 목을 맸다는 소리가 들리더라고요.
아무도 반응하지 않았죠.
충분히 있을 수 있는 일이었으니까요.

트레블링카의 닫혀 있던 그 문 뒤에는 죽음이 있다는 것,
그곳에서는 죽을 수밖에 없다는 것도
아주 당연한 일이 돼버린 겁니다.
그때 당시에는 절대로 아무에게도
그 이야기를 꺼내서는 안 됐었으니까요.

트레블링카에 도착한 지 3시간도 채 지나지 않아
알게 된 사실들을요.

잉게 도이치크론 Inge Deutschkron ✦
베를린 학살 생존자 | 베를린

이제 여긴 제 고향이라고 할 수 없습니다.
특히 이렇게 말하는 사람들이 있더라고요.
자기들은 몰랐다고… 아무것도 보지 못했다고….
그런 이야기를 들을수록 여긴 이젠 내 나라가 아니구나 싶죠.
여기 유대인들이 살기는 했었는데 언젠가부터 보이지 않았다고,
자기들은 도대체 무슨 일인지 알 수가 없었다네요.
그걸 어떻게 모르죠?
하루 이틀도 아니고 거의 2년 동안이나 있었던 일인데요!
집에 가만히 있는 유대인들을 보름에 한 번씩 끌어내는 걸
못 봤다고요?

베를린에 마지막으로 남아 있던 유대인들이 끌려가는 날,
그날은 아무도 길가에 나가려고 하지 않았어요.
거리가 텅텅 비어 있었죠.
사람들은 그 장면을 보지 않으려고 서둘러 장을 보곤 했습니다.
그날이 토요일이었는데
일요일 장까지 미리 봐서는 빠르게 집으로 들어가곤 했죠.
마치 어제 있었던 일처럼 생생하게 기억납니다.

경찰차들이 베를린 시내 거리를 사방으로 누비고 다니면서
사람들을 집 밖으로 끌어냈어요.
공장이든 집이든 닥치는 대로 유대인들을 끌어내서는
클루Klu라는 식당으로 모았죠.
춤을 추면서 밥을 먹을 수 있는 식당이었는데
공간이 엄청 넓었어요.
거기서부터 여러 차량으로 나누어서 수용소로 보낸 겁니다.

여기서 별로 멀지 않은 그뤼네발트Grünewald 역으로
데리고 갔죠. 그게 어떤 날이었냐면…
그날 갑자기 너무 외로운 기분이 드는 거예요.
완전히 버림받은 것 같은 느낌이었죠.
그때 알았습니다. 이제 남은 사람이 얼마 되지 않는다는 걸요.
숨어 지내는 사람들이 많으면 얼마나 많았겠어요?
저만 수용소로 끌려가지 않았다는 사실에,
다른 사람들은 도망칠 수 없었던 운명을
저 혼자 피하려고 시도했다는 사실에 죄책감이 컸죠.

아무런 온기도 느껴지지 않은 날들이었습니다.
사람들이 그리웠으니까요. 이해되세요?
이런 생각만 하면서 지냈어요.
엘자Elsa는 어떻게 됐는지, 한스Hans는 어디에 있는 건지,
그 남자는, 그 여자는, 또 어린애들은
어떻게 된 건지 걱정하면서요.
그 끔찍했던 날 하루 종일 이런 생각만 들더라고요.
무엇보다도 사무치도록 외로웠어요.
그 사람들과 함께 끌려가지 않았다는 죄책감이 컸죠.

저흰 왜 그런 시도를 했을까요?
도대체 어떤 힘에 이끌렸기에
저와 제 민족이 겪어야 했던 운명을 피할 수 있었던 걸까요?

프란츠 주호멜
전 나치 독일 SS 하사

준비되셨나요?*

네.

그럼 이제⋯

시작하셔도 됩니다.

심장은 좀 어떠세요? 완전히 나으신 건가요?

아, 심장이요. 지금은 괜찮습니다.

통증이 있으면 알려드리지요. 그때는 쉬어야 하거든요.

네, 그러시죠.

그럼 건강 상태는 전반적으로⋯

아, 오늘 같은 날씨가 저한텐 딱 좋습니다.

기압이 높은 날이 컨디션이 좋더라고요.

어쨌든 몸 상태가 좋아 보이십니다.

자, 그럼 트레블링카부터 이야기해 보려고 하는데요.

그러시죠.

네, 아무래도 그러는 편이 나을 것 같아서요.

---

* 란츠만 감독은 주호멜에게 인터뷰를 영상으로 기록하지 않을 뿐만 아니라 이름
을 공개하지 않는다는 조건을 걸고 약 300달러의 사례금을 지급했다. 그러나 사
실은 몰래 카메라를 숨겨 촬영을 감행하고 영화에도 영상 일부를 삽입하여 개봉
당시 일각의 비난을 받았다.

트레블링카가 어떤 곳이었는지
짧게 설명해 주실 수 있습니까?
그곳에 도착했을 때 상황이 어땠는지요.
발령이 8월에 났다고 알고 있습니다.
20일인가 아니면 24일에요.

18일일 겁니다.

18일이요?

정확히는 기억이 안 나지만, 8월 20일쯤이었던 것 같네요.
그날 저 말고도 7명이 더 있었습니다.

베를린에서 출발하신 거죠?

네, 베를린에서부터요.

루블린† 에서는요?

베를린에서 출발해서 바르샤바를 들러 루블린으로 갔다가
루블린에서 다시 바르샤바를 들러
거기서 트레블링카로 간 겁니다.

그렇군요. 당시 트레블링카는 어떤 상황이었죠?

당시 트레블링카는 전력으로 가동 중이었습니다.

전력으로요?

네, 전력으로요. 우리가 도착했을 무렵에…
바르샤바에서는 게토를 비우는 중이었거든요.
이틀 사이에 기차가 3대 정도 도착했죠.
매번 3000명, 4000명, 5000명씩 태워서요.
전부 바르샤바에서 출발한 기차들이었고요.
동시에 키엘체 Kielce 나 다른 도시에서도 기차들이 도착했습니다.
그러니까 그때 기차가 3대가 도착했는데

---

† Lublin. 제2차 세계대전 당시 나치 독일 산하 폴란드 총독부의 SS 사령부가 위치
했던 곳으로 라인하르트 작전을 개시하고 지휘했던 곳이기도 하다.

스탈린그라드Stalingrad에서 한창 공세가 진행되고 있을 때라
유대인들을 태우고 온 기차들을 역 한 쪽에 그대로 방치해 뒀어요.
거기다가 열차 차량이 프랑스에서 생산된 거라
강철판으로 되어 있었습니다.
그 열차 안에 유대인이 5000명 들어 있었는데
그중에서 3000명이 죽었죠.

> *기차 안에서요?*

기차 안에서요.
손목을 그어서 죽기도 하고, 그냥 별 이유 없이 죽기도 했죠….
기차에서 끌어 내린 사람 중에 절반이 죽은 사람들이었고
나머지 반은 정신이 나간 상태였습니다.

키엘체나 다른 곳에서 출발한 기차들 같은 경우에도
적어도 절반 가까이가 죽어 있었어요.

죽은 사람들이 여기, 여기, 여기, 여기에*
쌓이기 시작했습니다.
수천 구의 시체들이 차곡차곡 쌓였죠….

> *램프에서요?*

네, 램프에서요. 마치 장작을 쌓는 것처럼요.

그 와중에 거기서 살아남은 다른 유대인들은
저쪽에서 이틀을 대기해야 했습니다.
가스실이 작아서 그 많은 인원을 감당할 수 없었거든요.
그때는 밤낮으로 쉬지 않고 가스실을 가동하던 때였는데도 말이죠.

> *그런데 죄송하지만, 트레블링카에서 받으신 첫인상을*

---

* [영상 주] 주호멜이 수용소의 도면에서 몇몇 군데를 가리키며 말한다.

　　　　　　　　　　　　더 구체적으로 말씀해 주실 수 있을까요?

　　　　　　　　　　아주 정확하게요. 그게 중요한 부분이라서요.

저를 포함해서 다른 몇몇 동료들이

트레블링카에 도착해서 처음 한 생각은 참담하다는 거였죠.

거기서 어떻게 무슨 일을 해야 하는지….

그곳에서 사람들을 학살하고 있다는 걸

아무도 말해주지 않았거든요.

아무것도 전달받지 못한 상황이었어요.

　　　　　　　　　　　　　　　　그걸 모르셨다고요.

네.

　　　　　　　　　　　　　　　　　참 믿기 어렵네요!

그렇지만 사실입니다. 저는 그곳에 가고 싶지 않았어요.

재판에서도 그렇게 말씀드렸고요.

그때 위에서 뭐라고 했냐면,

거기에 옷을 재단하고 구두를 수선하는 사람들이 일하는

큰 작업장이 있는데

그 작업자들을 감독하는 일을 하게 될 거라고 했죠.

　　　　　　　　그래도 거기가 수용소라는 건 알고 계셨잖습니까.

그건 그렇죠.

위에서 하는 말이 총통께서 이주 계획을 지시하셨다고,

총통께서 내리신 명령이라고 했으니까요.

　　　　　　　　　　　　　　　　　이주 계획이요….

네, 이주 계획이요. '학살'이라는 말은 한 번도 없었고요.

　　　　　　　　　　　　　　네, 무슨 말씀인지 알겠습니다.

　　　주호멜 씨, 지금 선생님 개인의 이야기를 하려는 게 아니라

　　　　　　　트레블링카에 관한 이야기를 듣고 싶은 겁니다.

　　　　　　　선생님은 그걸 직접 목격하셨으니

거기 상황이 어땠는지 설명해 주실 수 있잖아요.

그럼 제 이름은 나오지 않았으면 좋겠습니다.

네, 네, 약속드릴게요.

그러니까 일단 트레블링카에 도착하셨죠.

도착하니까 슈타디Stadie라는 담당 보좌관이
수용소를 보여주더라고요. 처음부터 끝까지 전부 다요.
마침 우리가 지나갈 때 가스실 문을 여는 중이었는데…
사람들이 감자처럼 우수수 쏟아지는 거예요.
우리는 당연히 공포와 충격에 빠졌죠.
그렇게 돌아와서는 각자 가지고 온 여행 가방 위에 앉아
모두 노인네처럼 흐느꼈어요.

유대인 중에 매일 100명씩 선발해서
구덩이까지 시체를 끌고 가는 일을 시켰어요.
저녁이 되면 우크라이나 경비들이
그 사람들을 가스실로 밀어 넣거나 때려죽였고요.
하루도 빠지지 않고요.

8월이라 무더위가 한창이었습니다.
땅에서는 아지랑이가 파도처럼 일렁거렸죠. 가스 때문에요.

시체에서 나오는 가스 말입니까?

생각해 보세요.
대략 6~7미터 정도 되는 구덩이가
전부 시체로 꽉 채워져 있었습니다.
그 위에는 모래만 얇게 덮여 있었고요.
거기다가 덥기까지 했으니 이해가 가시죠?
지옥이 따로 없더라고요.

직접 목격하신 건가요?

네, 딱 한 번 첫째 날에요. 다들 구역질하면서 울었어요.

우셨다고요?

네, 울기도 했죠.

몸서리가 처질 정도로 악취가 지독했어요.

몸서리가 처질 정도로요?

그럼요. 가스가 계속 새어 나왔으니까요.
수 킬로미터 바깥까지 끔찍한 냄새가 진동했죠···.

수 킬로미터씩이나요?

네, 수 킬로미터 떨어진 곳까지요.

사방에서 냄새가 났습니까? 수용소 밖에서도?

어딜 가나 났죠. 바람에 따라 달랐어요.
냄새가 바람을 타고 이동했으니까요.
무슨 말인지 아시겠습니까?

도착하는 사람들 숫자가 점점 더 늘어났습니다.
그 많은 사람을 다 죽이는 게
불가능하다고 생각될 정도로 말이죠.
위에서는 바르샤바 게토를 가능한 한
빨리 정리하고 싶어 했거든요.
반면 가스실에 수용할 수 있는 인원은
굉장히 제한적이었습니다. 규모가 작았거든요.

유대인들은 자기 차례가 올 때까지
하루에서 이틀, 어떤 때는 사흘까지 기다려야 했습니다.

자기들에게 닥칠 일을 예감하고 있었겠죠.
짐작하고 있었을 겁니다.

아마도 확신까지는 못했겠지만
많은 사람이 알고 있었을 겁니다.
예를 들면, 밤중에 자기 딸의 손목을 긋고
이어서 자기 손목까지도 그어버리는 여자들이 있었습니다.
스스로 독을 삼키는 사람들도 있었고요.

가스실을 가동하는 엔진이 돌아가는 소리가 들렸을 거예요.
탱크로 된 엔진이었거든요.

트레블링카에서는
오로지 엔진에서 나오는 배기가스만을 사용했습니다.
치클론은 아우슈비츠에서 쓰인 거고요.

작업이 자꾸 지연되니까
수용소 담당 사령관이었던 에베를 Irmfried Eberl ◆이
루블린 사령부에 전화해서 이렇게 말합니다.
이런 식으로는 계속 진행할 수가 없다고,
더는 감당하기 어려우니 가동을 중단해야 할 것 같다고요.
그리고 그날 밤 비르트 Christian Wirth ◆가 찾아왔어요.
밤새 점검을 마치고 곧바로 다시 돌아갔죠.
그리고는 베우제츠 수용소에서 일하는 사람들,
그러니까 전문가들을 데리고 다시 옵니다.
그리고 나서는 열차 수송을 잠시 보류시키더라고요.

한쪽에 굴러다니던 시체들을 싹 치우라고 하더라고요.
옛날 가스실을 사용하던 때였죠.
쓰러지는 사람들에 시체까지 셀 수도 없이 많아서
어떻게 엄두가 나지 않는 상황이라

가스실 주변으로 시체들을 쌓아 올려놓고는
며칠씩 방치해 놓고 있었거든요.
그 시체 더미 아래로는 하수구가 하나 있었는데
피와 구더기로만 10센티미터씩 쌓이곤 했죠.
그런 걸 누가 치우고 싶겠어요.
유대인들은 그걸 처리하느니
총에 맞아 죽는 게 더 낫다고 생각하기도 했죠.

총에 맞아 죽는 게 더 낫다고요?

끔찍했겠지요.
같은 민족 사람을 땅에 묻고
그걸 전부 지켜봐야 했으니까요….
시체에서 떨어진 살점이 손에 묻어나오기도 했거든요.
그러니까 비르트가 독일 병사 몇 명을
직접 데리고 가더라고요….
그리고는 긴 벨트 장치를 몇 개 만들어서
그걸로 시체들 몸통 주변을 묶어 끌어 올릴 수 있도록 했죠.

그 작업은 누가 한 거죠?

독일 병사들이요.

비르트는요?

독일 병사들과 유대인들이 진행했죠.

독일 병사들과 유대인들이 했다고요?

유대인들도요?

네, 유대인 작업자들도요.

독일 병사들은 정확히 무슨 일을 한 거죠?

유대인을 부리는 일을 했죠….

때리기도 했나요?

아니면 직접 나서서 시체를 파내기도 했고요.

어떤 병사들이 그랬습니까?

거기 가스실 주변을 담당했던 경비병 중 몇 명이요.

그런 일을 독일 병사가 직접 했다고요?

별다른 수가 없었으니까요.

그게 아니라 그걸 명령을 한 거겠죠!

그러기도 했지만… 명령을 받기도 했어요….

또다시 명령을 내리기도 하고요.

그 작업은 유대인들이 했다고 알고 있습니다.

그땐 독일 병사들도 팔을 걷어붙여야 하는 상황이었어요.

필리프 뮐레르 Filip Müller [*]

존더코만도[*] 출신 아우슈비츠 학살 생존자

필리프, 1942년 5월 일요일
아우슈비츠 제1 소각장에 처음 들어갔을 때가
몇 살이었죠?

스무 살이었습니다.

5월의 어느 일요일이었고요.

저는 제11구역의 지하 감방 안에 갇혀 있었습니다.

각자 독방에서 지냈죠.

그때 갑자기 SS 몇 명이 들이닥치더니

수용소 안쪽으로 나 있는 길을 따라

어딘가로 우리를 데려갔어요.

100미터쯤이었을 거예요.

---

[*] 나치 독일의 절멸 수용소에서 일부 유대인 수용자들로 구성한 특수 작업반으로 절멸 작업을 보조하는 업무를 수행했다. 나치 독일은 증거를 남기지 않기 위해 주기적으로 기존 구성원들을 살해하고 새로운 수용자로 교체하였다.

문에서 나와서 100미터쯤 되는 곳에
건물 하나가 있더라고요.
납작한 지붕에 굴뚝이 달린 건물이었죠.
건물 뒤쪽으로도 문이 하나 나 있었는데
도대체 뭘 하는 곳인지 모르겠더라고요.
우리를 죽이려고 데려온 거라고 생각했죠.
그렇게 건물 안으로 들어가는 문 앞에 서 있는데
저 멀리 램프 불빛이 비치는 곳에서
젊은 SS 하사 한 명이 소리쳤습니다.
"이런 쓰레기 같은 돼지 새끼들아, 안으로 들어가!"라고요.

그렇게 얼떨결에 어떤 복도 안으로 들어가게 됐습니다.
우리를 막 몰아넣었거든요.
금세 악취와 연기로 숨이 막혔어요.
계속 안으로 들어가라면서 재촉하더라고요.
그러다가 얼마 가지 않아 화덕처럼 생긴 게 두 개 보였어요.
그 옆에서는 유대인 수용자 몇 명이 한창 작업을 하는 중이었습니다.

알고 보니 거기가 바로 아우슈비츠 제1수용소의 소각장이었죠.

거기서부터 또 다른 큰 방으로 우리를 다시 몰아내더니
시체들이 입은 옷을 벗기라는 명령을 했습니다.
주변을 둘러보니… 죽은 사람들이 수백 명이나 널려 있는 거예요.
전부 옷을 입은 상태였고요.
그 사이사이로는 여행 가방이며 보따리 같은 것들로
완전히 엉망진창이었어요….
그리고 푸른 연보라색을 띤 정체를 알 수 없는 가루 같은 것이
여기저기 널리 흩어져 있었어요.

도대체 이게 무슨 상황인지 이해가 가지 않았습니다.
머리를 세게 얻어맞은 기분이었어요.
벼락이라도 맞은 것 같았죠.
당장 어디에 와 있는지도 모르겠더라고요.
그보다도 그렇게나 많은 사람을
어떻게 한꺼번에 죽일 수 있었는지가 정말 의문이었습니다.

그렇게 시체들이 입은 옷을 벗기고 있는데
화덕에 연료를 넣으라는 명령이 떨어졌어요.
그때 갑자기 SS 하사 한 명이 뛰어와서는 저한테 하는 말이
당장 나가서 시체들을 휘저으라는 거예요.

시체들을 휘저으라니,
도대체 무슨 뜻인지 알 수가 있어야지요.
그렇게 소각장 안으로 들어가니
거기 유대인 수용자가 한 명 있더라고요.
나중에는 작업반장까지 했던 피스헬Fischel이라는 사람이었죠.
그 사람하고 눈이 마주쳤어요.
그 사람이 긴 막대기로 화덕을 쑤셔대는 걸 지켜보고 있으니까
저한테 하는 말이
자기처럼 하지 않으면 SS한테 맞아 죽을 거라는 거예요.
저도 부지깽이 하나를 집어 들고
그 사람이 하는 걸 똑같이 따라 했죠.

부지깽이요?

쇠로 된 부지깽이요.
피스헬이 시키는 대로 움직였어요.

그 당시에는 최면에 걸리기라도 한 것처럼 충격이 심했어요.

어떤 명령이 떨어지든지 전부 따를 준비가 돼 있었죠.
어찌나 정신이 없었는지 완전히 겁에 질려서는
피스헬이 하라고 하는 건 다 했어요.
그렇게 화덕 안에 원료를 채워 넣었는데,
우리가 아무래도 처음 하는 일이다 보니
환풍기가 계속 돌아가도록 켜놓은 거예요.
정해진 시간보다 더 오랫동안이요.

환풍기라니요?

불이 활활 잘 타라고 환풍기가 설치돼 있었어요.
그런데 너무 오랜 시간 켜두는 바람에
원래는 타지 않아야 하는 벽돌들이 갑자기 폭발해 버려서
아우슈비츠 소각장의 굴뚝으로 연결된 배관이 막혀 버린 거예요.

결국엔 소각 작업이 중단됐어요. 화덕이 멈춰버렸거든요.

그러고 나서 그날 저녁 트럭 몇 대가 도착했습니다.
300구 정도 남아 있는 시체들을 트럭에 실어야 했어요.
우리도 그 위에 같이 올라탔고요….
거기가 어디였는지는 아직도 잘 모르겠지만
아마 비르케나우Birkenau 어딘가에 있던 들판이었을 거예요.
트럭에서 시체들을 내려서
구덩이 안으로 집어넣으라는 명령이 있었죠.
거기에 일부러 파놓은 것 같은 구덩이가 하나 있었는데…
그때 갑자기 땅에서 물이 솟구치더니
시체들을 휩쓸어 가버렸어요.

이미 밤이 되어버린 바람에
그 끔찍한 작업을 중단할 수밖에 없었죠.

그렇게 아우슈비츠로 다시 돌아갔습니다.

다음날 똑같은 장소로 다시 끌려갔어요.
구덩이에는 그 전날보다 물이 더 차올라 있었습니다.
SS 대원들이 소방차 한 대를 가지고 와서는
물을 퍼내더라고요.
그러고 나면 우리가 그 진흙 구덩이 아래로 내려가서
시체들을 쌓아 올려야 했고요.
손에 끈적끈적하게 달라붙었어요.
어떤 여자 시체 하나의 손을 잡아서 집어 올리려는데…
그게 어찌나 미끌미끌하고 끈적끈적하던지
끝까지 잡아당기려다가…
진흙 웅덩이 속으로 자빠져 버리기도 했죠.
다른 작업자들도 마찬가지였고요.
위에서는 아우마이어 Hans Aumeier ◆와 그라프너 Maximilian Grabner ◆가
소리를 질러댔습니다.
이런 쓰레기 같은 새끼들 빨리빨리 움직이라고.
이런 머저리 같은 놈들
매맛을 좀 봐야 정신을 차리겠느냐고 하면서요.
그러니까… 그런… 상황에서,
이렇게 말해도 될지는 모르겠지만,
같이 작업하는 사람 중 두 명이 더는 못 견디겠다고 하더라고요.
그중에서 한 명은 프랑스 대학생이었고요.

유대인이었나요?

거기 있는 작업자들 전부 유대인이었습니다….
그 두 명이 기진맥진해서는 진흙 위에 자빠져 있는 걸 보고
아우마이어가 SS 대원 하나를 부르더니
저 쓰레기 같은 녀석들을 당장 처리해 버리라고 했습니다.

둘은 그 자리에서 꼼짝할 새도 없이
바로 총에 맞아 죽었죠.

당시 비르케나우에는 소각장이 없었나요?

없었죠. 그때까지만 해도 없었어요.
아직 완성된 상태가 아니었거든요.
나중에는 여자 수용소로 사용된 B1 수용소만
있는 상태였습니다.
숙련된 작업자들과 단순 노동자들의 작업으로
1943년 봄이 돼서야 4개의 소각장이 지어졌죠.
그 사람들도 전부 유대인이었고요.

각각의 소각장에는 화덕이 15개,
280제곱미터 정도 되는 큰 탈의실 한 개,
대형 가스실이 하나 있었어요.
한 번에 3000명까지 질식시켜 죽일 수 있었죠.

프란스 주호멜
전 나치 독일 SS 하사

1942년 9월에 가스실을 새로 몇 개 더 만들었습니다.

누가요?

하켄홀트Lorenz Hackenholt ◆와 람베르트Erwin Lambert가 감독을 맡고
직접 작업을 한 건 유대인들이었죠.
적어도 기초 공사는 그렇게 진행됐습니다.
가스실 문은 우크라이나 출신 목수들이 만들었고요.
그 문은 방탄 처리된 벙커 문이었습니다.

비아위스토크에서 가져왔다고 알고 있어요.

당시 러시아 벙커들이 거기 있었거든요.

　　　　　새로운 가스실에서는 몇 명이나 수용할 수 있었죠?

　　　　　　　　　새로 지어진 게 두 개가 맞나요?

네. 기존의 가스실들도 철거하지 않고 그대로 남겨두었습니다.

수용소에 도착하는 수송 열차가 많아지면

옛 가스실들도 다시 가동하곤 했죠.

그리고 여기에… 유대인들 말로는

양쪽에 가스실이 5개씩 있었다고 하던데,

저는 4개라고 알고 있습니다.

확실하지는 않지만요.

어쨌든 그 당시에 작동했던 건

이 위쪽에 있던 방들뿐이었습니다.

　　　　　　　그 반대쪽은 왜 사용하지 않았던 거죠?

거기서부터 시체를 옮기려면 굉장히 복잡했을 테니까요.

　　　　　　　　　　　너무 멀어서요?

네. 비르트 수용소장이 '죽음의 수용소'를

이 위쪽으로 짓게 했거든요.

거기엔 '유대인 작업자들'로 구성된 존더코만도를 배정했고요.

인원이 약 200명으로 구성된 고정 작업반이었는데

'죽음의 수용소'에서만 일을 했죠.

　　　　　　　새로운 가스실의 수용력은 얼마나 됐습니까?

새로 지은 거요? 그게… 어디 보자….

두 시간에 3000명을 처리할 수 있었어요.

　　　　　　그러려면 가스실에는 한 번에 몇 명이나 들어갔던 거죠?

정확하게는 잘 모르겠지만

유대인들 말로는 200명이라고 하더라고요.

200명이요?

네, 200명이요. 이 정도 크기의 방이라고 생각해 보세요.

아우슈비츠에서는 그것보다 더 많았다는데요!

아우슈비츠는 공장이나 다름없었죠!

그럼 트레블링카는요?

저는 이렇게 정의합니다.

알아두셔야 하는 게

트레블링카는 비록 원시적인 방식이기는 했지만

굉장히 효율적인 죽음의 생산 공정 라인이었습니다.

생산 공정 라인이라니요?

죽음의 생산 공정 라인이요. 이해가 됩니까?

네.

그런데 원시적이었다니요?

원시적이요. 네, 원시적이었죠. 그래도 아주 잘 돌아갔어요.

베우제츠는 그것보다 더 원시적이었습니까?

베우제츠는 실험실 같은 곳이었습니다.

거기 수용소를 통솔한 사람도 비르트 소장이었죠.

거기서는 상상할 수 있는 방식이란 방식은

모조리 다 시도했어요. 처음에는 착오가 있기도 했죠.

구덩이가 넘쳐나기도 하고,

SS 식당 앞 하수구에서 오물이 새기도 했고요.

식당 바로 앞에서… 악취가 진동했거든요….

SS 사람들이 지내는 막사 앞도요.

선생께서도 베우제츠에 있었습니까?

아니요.

거긴 비르트 소장과 그 아래 부하들 몇 명뿐이었습니다….

거기서 프란츠 Kurt Franz, ◆ 오베르하우저 Josef Oberhauser, 하켄홀트와

별의별 걸 다 실험했죠.

이 세 사람은 구덩이로 직접 시체들을 가져다 묻기도 했어요.

거기 공간이 얼마나 되는지 소장이 궁금해했거든요.

그런 일은 하기 싫다는 내색을 비출 때도 있었죠.

실제로 프란츠가 못 하겠다고 하니까

비르트가 채찍으로 때리기도 했습니다.

하켄홀트도 마찬가지였고요. 어떤 상황인지 그려집니까?

> 쿠르트 프란츠 말입니까?

네, 쿠르트 프란츠요. 비르트 소장 힘이 그 정도였어요.

그렇게 쌓은 경험으로 트레블링카에 온 거죠.

요제프 오베르하우저
전 나치 독일 SS 중위 | 독일 뮌헨의 어느 한 맥줏집

> 저, 선생님… 하루에 맥주를 몇 리터나 파십니까?
> 대답해 주실 수 없으세요?

그럴 만한 사정이 있습니다.

> 무슨 사정이시죠? 하루에 맥주가 몇 리터나 팔리나요?

맥줏집 종업원   그냥 알려드려요!

요제프 오베르하우저   뭘 알려줘?

맥줏집 종업원   대충이라도요. 대충 어림잡아서 알려드리라고 요!

요제프 오베르하우저   400리터에서 500리터 정도 팝니다.

> 얼마큼이라고요?

400리터에서 500리터요.

> 그 정도면 많이 파는 거네요.
> 여기서 일한 지는 오래됐습니까?

20년 정도 됐습니다.

20년이요.
그런데 얼굴은…

사정이 있습니다.

… 왜 가리시는 거죠?

그럴 만한 사정이 있어요.

무슨 사정이요? 아니, 말씀 좀 해주세요!

이분 알아보시겠어요?

모르세요? 크리스티안 비르트라고…
오베르하우저 씨!

베우제츠 기억하시죠?
베우제츠에 대해 기억나는 것 없습니까?
구덩이들이 시체로 넘쳐나던 거 기억 안 나요?
정말로 모르겠습니까?

알프레트 슈피스 Alfred Spieß
트레블링카 재판 담당 수석 검사
사건의 발단에서 특징적인 것은
작전이 완전히 즉흥적으로 진행됐다는 점입니다.
예를 들어, 트레블링카 수용소 담당 사령관 에베를은
수용소가 '감당할' 수 있는 수준보다
더 많은 기차가 도착하는데도 그걸 그대로 받아들여요.
결과는 재앙이나 마찬가지였죠.
시체들이 산처럼 쌓여 있었으니까요!

에베를 사령관의 무능함은

루블린에서 '라인하르트 작전'*을 담당하는

오딜로 글로보치니크Odilo Globočnik♦ 귀에까지 들어가게 됩니다.

글로보치니크는 상황을 파악하려고 트레블링카로 향하죠.

그 당시 상황은 운전을 맡았던 오베르하우저의 진술 덕분에

아주 구체적으로 알려졌어요.

8월의 어느 더운 날이었고… 수용소 안 어디에서나

살이 썩어서 나는 악취가 진동했죠.

글로보치니크는 차마 수용소 안으로는 들어가지 못하고

여기 사령관 사무실 앞에 멈춰 서서는

에베를 사령관을 불러서 나오도록 합니다.

그리고 인사를 하면서 물어봐요.

고작 3000명밖에 감당할 수 없는 곳에서

어쩌자고 매일 그렇게나 많은 인원을 받은 거냐고요.

그렇게 작전이 잠시 중단됩니다.

에베를 사령관은 다른 곳으로 발령이 나고 비르트가 오게 되죠.

그리고 얼마 지나지 않아

슈탕글Franz Stangl♦ 소장으로 다시 교체되면서

수용소가 완전히 재정비됩니다.

'라인하르트 작전'에는 트레블링카와 소비부르, 베우제츠,

이렇게 세 군데의 절멸 수용소가 포함되어 있었어요.

부크Bug 강가의 세 절멸 수용소라고 부르기도 했죠.

세 군데 모두 부크강과 아주 가깝거나 바로 그 강가에 있었거든요.

가스실의 위치는 수용소의 한가운데였습니다.

항상 가스실부터 먼저 짓기 시작했거든요.

---

* 제2차 세계대전 당시 나치 독일이 폴란드 유대인들을 계획적으로 학살하기 위해
  만든 작전.

숲속에 짓거나 아니면 트레블링카처럼 들판에 짓기도 했죠.
수용소 안에서 석조로 지은 건물로는 가스실이 유일합니다.
나머지 건물들은 나무를 쌓아 올린 막사 같은 곳뿐이었죠.
수용소 자체가 오랫동안 존재하는 게 목적이 아니었으니까요.
하인리히 힘러 Heinrich Himmler ◆는 하루라도 빨리 '최종 해결책'을
진행하고 싶어 했습니다.
당시 동부전선에서 독일군이 전진하는 틈을 활용해 그렇게나 먼
외딴곳에서 최대한 은밀하게 대량 학살을 저질러야 했으니까요.

그러니까 작전이 시작되고 나서 3달 뒤에는 진행이 완벽했던 반면,
초반에는 이런저런 시행착오가 있었다고 볼 수 있습니다.

얀 피본스키
전 소비부르 기차역 철도 보조 관제사 | 소비부르

1942년 3월 말 즈음엔가
상당히 많은 수의 유대인들이 단체로 끌려왔어요.
50명에서 100명씩 무리를 지어서요.
기차 여러 대에는 막사를 지을 때 필요한 부품들과
말뚝, 철조망, 벽돌이 실려 있었고요.
그렇게 수용소 공사가 시작됐죠.
유대인들은 기차에서 내려 막사를
지을 때 필요한 것들을 수용소 쪽으로 날랐어요.
독일 병사들은 유대인들에게 작업을 심하게 재촉하곤 했죠.
어찌나 빠르게 지어 올리는지
굉장히 잔인하다고 느껴질 정도였어요.
건물이 하나둘씩 올라가고

이어서 꽤 넓은 면적으로 울타리가 세워지는 걸 보면서
어쩌면 이 사람들이 만들려고 하는 것의 실체가
인간에게 도움이 되지 않을 수도 있겠다는 생각이 들었습니다.

6월 초 무렵에 첫 번째 수송 열차가 도착했습니다.
차량이 아마도 40개는 넘었던 것 같아요.
검은색 제복을 입은 SS 대원들도 같이 따라왔죠.
시간은 오후였어요. 이제 막 근무를 끝낸 참이었거든요.

… 그리고 자전거를 타고 집으로 들어가셨대요.

왜요?

그냥 막연하게 이 사람들도 수용소 공사 현장에서
일하는 작업자로 왔겠거니 했죠.
그전에도 그런 식으로 작업자들을 데리고 왔으니까요.
그 수송 열차에서 내린 사람들이
첫 번째 절멸 희생자가 될 거라고는 전혀 짐작도 못 했죠.
게다가 소비부르 같은 곳이
유대인 대량 학살의 현장이 될 거라고는 생각도 못 했고요.
그러고 나서 다음 날 아침 일하려고 나왔는데
기차역이 심하게 조용하더라고요.
당시 여기서 근무하고 있던 폴란드 역무원과
이야기를 나누고 나서야 알게 됐죠.
상상도 할 수 없는 일이 일어났다는 걸요.

수용소 공사가 진행 중이었을 때는
독일어로 지르는 고함이며 명령에,
사람들 비명이 들렸어요.
유대인들은 사방으로 뛰어다니면서 작업하기 바빴고요.

발포 소리도 들렸습니다.

그러다가 갑자기 정적이 찾아온 거예요.

일하던 사람들도 보이지 않았고요.

정말로 그렇게 조용할 수가 없었죠.

분명 기차에 차량이 40개나 있었는데 전부 사라져 버린 겁니다.

참 알 수 없는 상황이었죠.

그렇게 갑자기 조용해진 덕분에
수용소 상황을 이해하게 되신 건가요?

그렇습니다. 네.

당시 얼마나 조용했는지 설명해 주실 수 있습니까?

그게 어떻게 조용했냐면…

수용소 안에서는 아무런 움직임도 보이지 않았어요.

개미 한 마리도 보이지 않고 아무 소리도 들리지 않았죠.

정말로 아무것도 없었어요.

그때가 돼서야 다들 의아해하기 시작했어요.

그렇게나 많은 유대인을 도대체 어디로 데려간 건가 했죠.

필리프 뮐레르
존더코만도 출신의 아우슈비츠 학살 생존자

제1아우슈비츠 수용소 제11구역 13번 감방에는

존더코만도 부대원들이 갇혀 있었습니다.

지하에 따로 격리된 곳이었죠.

존더코만도 부대원들은 '비밀 소지자'이기도 했지만

죽음을 유예받은 거나 다름없었습니다.

그 누구에게도 말해서는 안 되고

그 어떤 다른 수감자와 접촉해서도 안 됐고요.
심지어는 SS 사람들과도 거리를 두어야 했죠.
오로지 '작전'을 함께 맡은 사람들하고만 접촉할 수 있었어요.

방에는 바깥쪽으로 창문이 하나 나 있었는데
수용소 마당에서 나는 소리가 들리곤 했어요.
사람들을 총으로 쏴 죽이는 소리,
울부짖으며 아우성치는 소리 같은 거요.
그 모습을 직접 볼 수는 없었습니다.

그런 날들이 며칠 동안 이어졌죠.
그러던 어느 날 밤 정치부 소속 SS 대원 한 명이
갑자기 찾아왔습니다. 새벽 4시 정도였어요.
모두가 잠들어 있는 수용소는 쥐 죽은 듯이 조용했습니다.
아무런 소리도 들리지 않았어요.
그렇게 다시 한번 감방에서 끌려 나와 소각장으로 향했습니다.
그리고 거기서 처음으로 목격했죠.
살아남은 사람들이 어떤 일을 겪어야 하는지 말이죠.
우리한테 한쪽 벽을 보고 나란히 줄지어 서라고 한 다음
아무런 말도 하지 말라고 명령하더군요.
그때 갑자기 소각장 마당으로 이어지는 목제 문이 열리더니
250명에서 300명 정도 되는 사람들의 행렬이 이어졌어요.
대부분 노인과 여자들이었고요.
그 사람들이 들고 있는 가방에는… 다윗의 별 표식이 새겨져 있었죠.
꽤 멀리 떨어져 있었는데도
분명 폴란드계 유대인들이라는 걸 알아챌 수 있었습니다.
아마도 아우슈비츠에서는 30킬로미터 정도 떨어져 있는
상부 슐레지엔 지방의 소스노비에츠의 게토에서

끌려온 사람들이었을 거예요.

그 사람들끼리 나누는 이야기를 귀담아듣는데

'파호비츠fachowitz'라는 단어가 들렸어요….

'숙련된 작업자'라는 뜻이죠.

그리고 '말라 하 마비스Malach-ha-Mawis'라고도 했어요….

이디시어로 '죽음의 천사'라는 뜻입니다.

'하르기넨harginnen', '우리를 죽일 것'이라는 말도 들렸고요.

그렇게 단어 몇 개를 알아들은 덕분에

그 사람들 사이에서 어떤 추측들이 오가는지

분명하게 이해할 수 있었습니다.

아마도 그때까지는 희망이 남아 있었는지…

작업장으로 일하러 간다고 믿는 사람들이 있더라고요.

그러다가도 '말라 하 마비스', 죽음의 천사 이야기를 했고요.

그렇게 상반되는 단어들이

그 사람들의 심정을 대변하고 있었습니다.

그때 갑자기 소각장 마당에 모여 있는 사람들에게

정적이 찾아왔어요.

거기 있는 사람들 모두

소각장 건물의 낮은 지붕 위로 시선이 향했죠.

거기에 누가 서 있었냐고요?

SS 소속 아우마이어와 정치부 책임자 그라프너,

SS 소위 회슬러Franz Hößler◆가 있더라고요.

거기서 아우마이어가 하는 말이

너희들은 전선에서 맞서 싸우고 있는

우리 병사들을 위해 이곳에 일하러 온 거라고,

일을 할 수 있는 사람들은 무사할 거라고 하더라고요.

사람들이 다시 조금씩 희망을 품는 모습이 보였지요.

아주 분명하게 느껴졌습니다.

처형 집행자들은 그렇게 첫 번째 장애물을 극복하게 된 거죠.

이어서 그라프너가 자기들은 석공과 전기 기술자가 필요하다고,

모든 직군의 숙련된 작업자가 필요하다고 하더라고요.

그다음은 회슬러 차례였는데,

대뜸 사람들 사이에서 키 작은 남자 한 명을

손가락으로 가리키는 거예요.

그 모습이 아직도 눈에 선해요.

남자에게 직업이 뭐냐고 물어보더라고요.

그러니까 그 남자가 "재단사입니다, 장교님."이라고 답했고요.

"재단사라고? 정확히 뭘 만들지?"

"남성복이요. 아니, 남성복과 여성복 둘 다 만듭니다."

"완벽하군! 우리 작업장에서는 자네 같은 사람들이 필요하거든!"

이어서 어떤 여자에게도 물어봅니다.

"무슨 일을 하지?"

"간호사입니다."

"잘 됐군! 우리 군 병원에서는 병사들을 치료할 간호사가 필요하다.

우리는 당신들 모두가 필요하다.

하지만 먼저 옷을 벗어라… 전부 소독해야 한다.

우리는 건강한 작업자들을 원한다."

그러니까 사람들의 표정이 더 평온해지더라고요.

자기들이 방금 막 들은 말에 안심하는 것 같았죠.

그러면서 옷을 벗기 시작했고요.

설령 수상하다고 생각했다 하더라도…

살고 싶은 이상 희망을 버릴 순 없었을 테니까요.

사람들이 벗은 옷들이

마당 여기저기에 사방으로 널려 있었죠.

아우마이어의 얼굴에서는 빛이 나는 것 같았어요.

본인의 일 처리 방식을 아주 자랑스러워하는 듯한 표정이었죠.

그 자리에 있던 SS 대원들에게 돌아서면서

이렇게 말하더군요.

자기가 어떻게 하는지 봤냐고, 이렇게 하면 되는 거라면서요.

바로 그런 책략 덕분에 일사천리로 작업을 진행할 수 있었던 겁니다.

더러운 옷을 소독한다는 핑계를 대면서요.

라울 힐베르크
홀로코스트 연구의 권위자인 미국 역사학자 | 미국 벌링턴

연구 초반에는 거창한 질문을 던지는 건 피하려고 했습니다.

그래봤자 대답할 수 있는 게 별로 없었으니까요.

오히려 그 반대로 구체적이고 자세한 사안들에 매달리기로 했죠.

그런 것들을 모아서 어떤 '형태'로,

그곳에서 일어났던 일을 설명해 주고

적어도 조금 더 완전한 방식으로 묘사해 줄

어떤 구조로 정리하려고요.

그렇게 그 파괴의 역사를 기록한 공문서들을

파헤치기 시작했습니다.

그 결과 그 역사가

일종의 논리적인 순서로 진행된 일련의 절차들로서

모든 것을 과거의 경험에 기대는 구조라는 걸 발견했죠.

실제로도 그렇게 진행됐고요.

비단 행정적인 차원에서 결정을 내릴 때뿐만 아니라

심리전이나 심지어 선전 활동을 준비할 때도

똑같이 적용되는 원리였습니다.

이 파괴의 역사에서 새롭게 발명된 것은 놀랍게도 거의 없습니다.

물론 기존에 이루어졌던 모든 방식을 뛰어넘어

사람들을 가스에 질식시켜 죽이고 대량으로 섬멸하려고 했던

문제의 그날이 도래하기 전까지는요.

바로 그 시점에 행정 관료들은 창의력을 발휘하게 됩니다.

하지만 무언가를 처음 발명한 사람이라면 으레 그러하듯이

본인들의 업적에 특허를 요구하기는커녕

익명으로 남기를 선호하죠.

과거로부터는 뭘 습득한 거죠?

나치가 실제로 공포했던 법안의 내용 자체가

과거를 습득한 결과라고 할 수 있습니다.

예를 들어 국가의 공무에서는 유대인을 배제한다거나

유대인과 비유대인의 결혼을 금지한다거나,

45세 이하의 아리아인 여성은 하인으로 고용할 수 없게 했죠.

또한 유대인 '표식', 특히 노란색 별 모양의 표식을

달고 다니도록 행정명령을 내리기도 했고,

유대인들을 게토에 강제로 수용하거나,

유대인과 관련해 작성된 모든 유언장을 검열해서

실제 상속 과정에서 기독교인이 배제되는 일이 없도록 했죠.

이러한 조치 가운데 아주 많은 부분이

교회 당국과 그 세력을 이어받은 세속 정부의 권력에 의해

천 년이 넘는 세월 동안 서서히 만들어져 실행되어 왔으니까요.

그렇게 축적된 경험들이 일종의 창고 역할을 한 겁니다.

실제로 나치는 그걸 놀라우리만큼 잘 가져다가 활용했고요.

그걸 하나하나 비교할 수 있다고 생각하시는 건가요?

독일의 법안과 행정명령 중 많은 부분을

과거와 하나하나 비교해 보면

완벽하게 평행을 이룬다는 것을 확인할 수 있습니다.

심지어는 아주 사소한 부분까지도요.

마치 어떤 기억이 1933년부터 1935년, 1939년

그리고 그 이후까지 자동으로 연장되기라도 한 것처럼 보이죠.

　　　　　　　　　그런 관점에서 나치가 직접 고안해 낸 건

　　　　　　　　　아무것도 없다는 거네요?

거의 없다고 볼 수 있죠.

심지어는 유대인을 어떻게 묘사해야 하는지와 관련해서도

과거로 거슬러 올라가 16세기에 쓰인 텍스트를

참고했을 정도니까요.

상상과 창작의 영역이라고 할 수 있는 선전 활동마저도

마틴 루터에서 19세기에 이르기까지

그저 선대의 사례들을 보고 그대로 따라 했을 뿐입니다.

그런 부분에서조차 그들이 새롭게 만든 건 아무것도 없어요.

결국 '최종 해결책'만이

나치가 스스로 생각해 낸 유일한 아이디어였죠.

굉장히 기발한 생각이죠.

그랬기 때문에 전개되는 과정도 이전과는 완전히 달랐던 거고요.

이러한 관점에서 보면

'최종 해결책'을 실행으로 옮기기로 결정했을 때,

더 정확하게 말하자면 나치의 관료주의가 그걸 현실화시켰을 때,

바로 그때야말로 역사적인 전환점이라고 할 수 있습니다.

개인적으로는 어떤 논리 하나가 계속 존재해 오다가

절정이라고 부를 수 있는 시점에 이르러

완전히 무르익은 게 아닌가 하고 생각합니다.

사실 아주 오래전부터, 그러니까 4세기, 5세기, 6세기부터

기독교 선교사들은 유대인들에게

"너희들은 우리와 같은 공간에서는 유대인으로 살 수 없다."

라고 말해 왔어요.

이후 중세 초기에 이르러 그 뒤를 이은 세속 성직자 관료들은
"너희들은 우리와 함께 더는 살아갈 수 없다."라고 말했죠.

그리고 마침내 나치는 이렇게 선포합니다.

"너희들은 더는 살 수 없다."라고요.

> 그러니까 총 3단계로 진행된 거군요.
> 1단계가 개종, 그다음이 게토 강제 수용…

그다음은 추방이죠.

그리고 3단계가 영토적 차원의 해결책으로,

독일이 관할하는 영토에 다시는 발을 들이지 못하게 하는

'최종 해결책'인 '죽음'이었고요.

그러니까 생각해 보세요.

'최종 해결책'은 정말로 '최종'이었던 겁니다.

개종을 시킨다고 해도 유대교를 비밀리에 계속 믿을 수도 있고

추방된 사람들도 언젠가는 다시 돌아올 수 있지만

한 번 죽으면 그걸로 끝이잖아요.

> 그러니까 마지막 단계에서만큼은
> 나치가 정말로 선구자였던 거네요?

그렇죠. 역사상 전례를 찾아볼 수 없는 완전히 새로운 거였죠.

> 그렇게 완벽하게 새로운 아이디어는
> 어떻게 생각할 수 있었을까요?
> 그 사람들한테도 새로운 것이었을 텐데 말이에요.

그럼요. 나치에게도 새로운 거였죠.

그랬기 때문에 관련된 문서나 구체적인 계획안,

'이제부터 유대인을 학살하겠다.'라는 내용이

정확하게 기록된 '메모' 같은 건 단 한 장도 찾아볼 수 없는 거고요.

결국엔 그 모든 일이 일반적인 표현에서 추론되어 진행된 겁니다.

> 일반적인 표현이라니요?

‘최종 해결책’이라든가
‘완전 해결책’, ‘영토적 해결책’ 같은 표현들이요.
그 뜻은 행정 관료들이 스스로 유추해야 했던 겁니다.
정확하게 유대인을 학살하겠다고 적은
문서는 존재하지 않습니다.
1941년 여름 괴링 Hermann Göring ◆이
하이드리히 Reinhard Heydrich ◆에게 썼던 편지에도
두 단락에 걸쳐 ‘최종 해결책’을 집행하라는 내용이 전부예요.
그런 문서들을 살펴보면
학살과 관련해서 모든 걸 명확하게
설명하는 것과는 거리가 멀죠.

거리가 멀어요?

그렇죠. 문서로 기록해서는 안 되는 무언가를
새로 고안해서 실행해도 된다는 허가였을 뿐이니까요.
저는 그렇게 보고 있습니다.

모든 게 그런 식으로 진행됐나요?

그럼요.
작전을 전개할 때도 각 단계마다 새로 고안해 내야 했죠.
이 부분은 확실하게 말씀드릴 수 있는 게
그 과정에서 발생하는 문제들도
전례 없이 새로운 것이었거든요.
유대인들을 어떻게 죽여야 하는지는 물론
그들이 남긴 재산은 어떻게 처리할지,
세상에 어떻게 은폐해야 하는지까지요.
이런 복잡한 문제들까지… 전부 새로운 거였죠.

프란츠 샬링 Franz Schalling

전 헤움노 수용소 경비병 | 독일

> 먼저, 쿨름호프*에는…
> 헤움노에는 어떻게 해서 가게 된 거죠?
> 원래는 우치에 있지 않았나요?

네, 우치에 있었습니다.

> 리츠만슈타트†에요?

네, 리츠만슈타트 맞습니다.

거기선 한숨도 쉬지 않고 하루 종일 경비를 섰어요.

히틀러가 동프로이센으로 시찰을 나갈 때면

기계나 도로처럼 표적이 되는 것들을 지켜야 했죠.

하루는 경비를 보다가 조금 심심하던 참이었는데

위에서 사람이 나와서 다른 곳에서 일할 사람을 구한다는 겁니다.

그래서 지원한 거예요.

그러니까 겨울용 군복을 나눠주더라고요.

외투에 털모자에 털부츠 같은 것들이요.

그렇게 2~3일 있다가 출발 명령이 떨어졌습니다.

---

* 헤움노의 독일식 명칭

† 우치의 독일식 명칭

우리를 트럭 2~3대에 나눠서 태우더라고요….

목적지가 어디인지도 모른 채로… 긴 의자 같은 것에 앉았죠.

그렇게 달리고 또 달려서 어딘가에 도착했는데

SS 사람들하고 경찰들이 엄청 많더라고요.

처음으로 입을 열고 여기서 무슨 일을 하게 되냐고 물으니

곧 알게 될 거라고 하더군요.

알게 될 거라고요?

네, 알게 될 거라고요!

그렇다면 선생께서는 SS 소속이 아니라…

저는 경찰 소속이었습니다.

어느 부서 소속이셨습니까?

경호 소속이었습니다.

그러고 조금 있다가 독일관으로 집합하라는 명령이 떨어졌어요.

마을에 딱 하나 있는 큰 석조 건물이었는데

우리를 그 안으로 들어가게 하더니

SS 대원 중 한 명이 그러더군요. 이건 비밀 임무라고요.

비밀이요?

네, 비밀 임무요.

모두 그 사람들이 시키는 대로 어딘가에 서명해야 했어요.

서류는 미리 준비된 상태였고요.

어떤 내용이었죠?

비밀 어쩌고저쩌고하면서 비밀을 지키라는 내용이었습니다.

끝까지 다 읽어보지도 못했어요.

선서도 해야 했습니까?

아니요. 서명만 하면 됐습니다.

앞으로 목격하게 될 모든 것을 함구하겠다는 약속 같은 거였죠.

함구하겠다고요?

네, 단어 하나라도 내뱉지 않겠다고요.

전부 서명을 마치고 나니까

유대인 문제의 최종 해결책 이야기를 하더라고요.

처음엔 그게 무슨 소리인가 싶었죠.

아! 그러니까 누군가가…

앞으로 무슨 일이 일어나게 될지 이야기해 주더라고요.

누군가가 '최종 해결책'이라고 말했다고요?

'최종 해결책'의 임무를 맡게 될 거라고요?

네. 그런데 그게 도대체 무슨 뜻인지 알아야 말이죠.

한 번도 들어본 적 없는 말이었으니까요!

그러니까 설명을 해주더라고요.

그게 정확히 언제였습니까?

어디 보자… 그게 언제였더라…?

겨울인가, 1941년에서 1942년으로

넘어가는 겨울이었을 거예요.

그러고 나서 각자 자리를 배치받았어요.

우리는 길가 쪽에서 경비를 섰습니다.

성 앞에 있는 경비 초소였죠.

그러니까 선생께서는 '성 부대'에 계셨던 거군요?

네.

거기서 목격하신 걸 이야기해 주실 수 있습니까?

성문 입구에 있었으니 돌아가는 상황이 잘 보였죠.

성에 도착한 유대인들은 이미 초췌한 상태였어요….

몸은 반은 얼고 며칠 굶은 얼굴에 꾀죄죄했죠….

노인이고 아이고 할 것 없이 반송장이나 다름없는 상태였어요.

그 긴 여정을 트럭 안에서 짐짝처럼 쌓인 상태로

내내 서서 왔다고 생각해 보세요!

무슨 일이 일어날지 짐작이나 했겠습니까?

전혀 알 수 없었겠죠.

의심은 했을 겁니다. 그건 확실해요.

이미 게토에서 몇 달을 지낸 뒤였으니까요. 상상이 갑니까?

한번은 SS 대원 하나가 소리치는 게 들렸습니다.

머리에 이를 잡으려면 목욕부터 해야 한다면서

여기서 일을 하게 될 거라고 하니까

유대인들이 맞장구를 치더라고요.

그게 바로 자기들이 바라던 거라면서요.

성의 규모가 컸습니까?

꽤 컸죠. 현관으로 가는 계단이 으리으리했어요.

계단을 따라 위로 올라가면 SS 대원들이 서 있었고요.

그다음에는요?

2층에 있는 큰 방 두세 군데로 유대인들을 몰아넣었어요.

거기서는 옷도 벗고 가지고 있는 모든 걸 내놔야 했고요.

반지며 금이며 전부 다요.

그렇군요.

그럼 그 방 안에서는 얼마나 있어야 했죠?

옷을 벗는 동안만이죠.

그렇게 알몸 상태로 다시 방에서 나와

또 다른 계단을 타고 지하 통로로 내려가야 했습니다.

통로를 지나면 램프가 나오는데

거기에는 가스트럭이 대기하고 있었어요.

유대인들이 자진해서 트럭 안으로 들어갔습니까?

그럴 리가요. 얻어맞으면서 들어갔죠.

닥치는 대로 막 때려댔어요.

그러니까 유대인들이 눈치를 채고

비명을 지르기 시작했습니다….

끔찍했죠! 정말 끔찍한 광경이었어요.

왜 이렇게 자세히 알고 있냐면

그 사람들을 전부 트럭에 싣고 나면

우리는 지하실로 내려가야 했거든요.

거기서 유대인 작업자들이 지내는 감방을 열어주면

그 사람들은 앞뜰로 나가서

2층에서 창문 밖으로 던지는 물건들을 주워야 했고요.

가스트럭 이야기를 좀 더 해주세요.

중량급 트럭이었습니다.

아주 컸나요?

음… 어디 보자….

여기서부터 저기 창문까지 크기였어요.

뒷면에 양쪽으로 열리는 문이 두 개 달린 이삿짐 트럭 같았어요.

어떤 시스템이었죠?

뭐로 어떻게 죽였습니까?

배기가스로 죽였어요.

배기가스요?

이런 식으로 진행됐습니다.

폴란드인 중 한 명이 "가스!"라고 소리를 지르면

운전기사가 트럭 밑으로 들어가서 파이프를 연결해요.

그 파이프를 따라 차량 내부로 가스가 들어가게 하는 거죠.

엔진에서 나오는 가스 말이에요.

가스가 어떻게 들어가는 거죠?

파이프로요. 긴 통로 같은 거 있잖아요.

정확히 뭘 어떻게 했는지는 모르겠지만

트럭 아래쪽에 뭔가를 설치해 놨을 겁니다.

오로지 배기가스뿐이었습니까?

네.

트럭 운전은 누가 맡았나요?

SS 대원들이요.

거기 있는 사람들 전부 SS 소속이었어요.

운전기사 수가 많았습니까?

그건 잘 모르겠습니다.

2명? 3명? 5명? 10명?

아니요, 그렇게까지는 아니고
2~3명 정도였지 더 많지는 않았어요.
트럭은 2대 정도 있었던 것 같아요….
큰 거 한 대, 작은 거 한 대 이렇게요.

*그러고 나서 운전기사는
운전석에 오릅니까?*

네, 트럭 뒷문을 걸어 잠근 다음
운전석에 올라타서 엔진에 시동을 걸어요.

가스를 가득 채운 상태로요?

그건 잘 모르겠습니다. 모르겠어요.

엔진 소리가 들렸나요?

그럼요. 정문에 있는데도 엔진 돌아가는 소리가 들렸습니다.

소리가 컸습니까?

트럭 엔진이 돌아갈 때 나는 소리 정도였죠.

그러면 엔진이 돌아갈 때 트럭은 정지 상태였겠군요?

네, 가만히 있었죠.

그렇군요….

그렇게 조금 있다가 트럭이 움직이더라고요.
우리가 정문을 열어주면 숲 쪽을 향해 빠져나갔죠.

그 안에 사람들은 이미 죽은 상태였습니까?

그건 잘 모르겠어요.
조용하긴 했어요. 비명 하나 없이요.

비명 하나 없이요?

아무 소리도 들리지 않았습니다.

모르데하이 포드흘레브니크

헤움노 수용소 1차 학살 생존자 | 이스라엘

1941년 말, 새해 이틀 전날이었던 걸로 기억하신대요.
한밤중에 밖으로 끌려 나와
다음 날 아침에 헤움노에 도착하셨대요.
거기엔 성이 한 채 있었고요.

성 앞뜰에 발을 내딛는 순간
그곳에서 끔찍한 일이 벌어졌다는 걸 알게 되셨대요.
어떤 상황이었을지 이미 짐작하셨답니다.
마당 여기저기에 사방으로
옷가지와 신발들이 널브러져 있는 걸 보셨대요.
바깥 사람들 눈에는 전혀 띄지 않는 곳이었고요.
부모님 두 분도 이곳에서 돌아가셨다는 걸 알고 계셨답니다.
유대인은 한 명도 안 보였대요.
지하실로 가라고 해서 내려가 보니
벽에는 이렇게 쓰여 있었다고 합니다.
여기서 그 누구도 살아 나가지 못한다고요.
이디시어로 새겨져 있었대요. 사람들 이름도 많이 보였고요.
헤움노 근처에 있는 작은 마을들에서 끌려와
이곳에 먼저 도착한 유대인들이
자기 이름을 남겨놓은 거라고 생각하셨대요.
새해가 밝고 나서 며칠이 지났는데
어느 날 아침,
사람들을 실은 트럭 하나가 도착하는 소리를 들으셨대요.
SS 대원들이 트럭에서 사람들을 내리게 한 다음
성의 2층으로 올라가게 했답니다.

독일 병사들은 사람들을 속여야 하니까
욕실로 씻으러 가는 거라고 하더래요.
그리고 나서는 건물 반대쪽으로 사람들을 다시 내려 보냈는데
거기에 트럭 하나가 대기하고 있었대요.
독일 병사들이 양옆으로 줄지어 서서는
사람들을 몽둥이로 때려 가며 트럭 안으로 밀어 넣었고요.
트럭 안으로 더 빨리 올라타게 하려고요.
사람들은 '쉐마 이스라엘'*을 읊기 시작했어요.
이어서 트럭 뒷문이 닫히는 소리가 들렸고요.

트럭 안에서 사람들이 비명을 지르는 소리가
점점 더 약해졌습니다.
그러다가 완전히 잠잠해지고 나면 차가 출발했죠.

지하 감방에서 같이 지내던 다른 네 명과
밖으로 끌려 나오셨대요.
그렇게 계단을 타고 올라가서
그 사람들이 욕실이라고 불렀을 것으로 추정되는 방 앞에서
사방에 떨어진 옷가지들을 주우셨답니다.
                유대인들이 어떻게 죽었는지 당시에도 알고 계셨나요?
네, 알고 계셨대요.
이미 소문이 돌고 있기도 했고
감방에서 나오는 길에
트럭 문이 닫혀 있는 걸 보시기도 했고요.

---

* Shema Yisrael. 구약성서 중 마지막 다섯 번째 책에 해당하는 〈신명기〉의 6장 4절
  에서 9절까지의 구절을 지칭하는 말. '이스라엘아, 들으라'라는 뜻으로 유대교에서
  매일 아침과 저녁에 드리는 예배에서 읊는 기도문을 가리킨다.

그렇게 상황을 짐작하셨답니다.

> 그러니까 트럭 안에서 이미…
> 사람들이 가스에 질식당하고 있다는 걸
> 알고 계셨다고요?

네, 그 안에서 나는 비명을 전부 들으셨으니까요.
그 소리가 점점 어떻게 잦아드는지도 다 들으셨고요.
그리고 나서 트럭이 숲 쪽으로 가는 걸 목격하셨답니다.

> 어떻게 생긴 트럭이었죠?

여기서 담배를 배달하는 트럭들과 비슷하게 생겼죠.
그러니까 사방이 막혀 있고
뒷면에는 양쪽으로 큰 문이 두 개 달린 모양이요.

> 색깔은요?

독일 병사들과 같은 색깔이었죠. 이런 녹색이요.

마르타 미헬존 Martha Michelsohn
전 헤움노 나치 독일 학교 교사의 아내 | 독일

> 당시 헤움노-쿨름호프에는
> 독일인 가족이 얼마나 살고 있었죠?

10가구에서 11가구 정도가 살았죠.
볼히니아 Volhynia에서 온 가족들과
본국 출신인 우리 그리고 바우어 Bauer씨 네,
이렇게 두 가족까지 포함해서요.

> 선생님 가족이요?

네, 저희 미헬존 가족이요….

> 쿨름호프까지는 어떻게 오시게 된 거죠?

제가 태어난 곳은 라게 Laage이고

쿨름호프에는 발령을 받아서 왔죠.

당시 식민지에 정착할 사람들을 구한다고 해서…

그래서 지원하게 됐죠.

처음에는 바르트브뤼켄*에 있다가

나중에 헤움노-쿨름호프로 옮겨 왔고요.

그럼 라게에서 바로…

아니요, 출발한 곳은 뮌스터 Münster 입니다.

선생님께서 직접 쿨름호프를 선택하신 겁니까?

아니요, 바르텔란트† 관구에 지원했습니다.

어떤 이유에서요?

일종의 모험심이 들었죠!

젊으셨군요.

네, 젊었죠. 젊을 때였어요.

국가에 도움이 되고 싶으셨던 건가요?

그랬죠.

바르텔란트의 첫인상은 어땠습니까?

원시적이라고 느꼈어요. 그것도 엄청 심하게요.

어떤 의미에서요?

그냥 원시적이라고 하기에는

그것보다 훨씬 더 형편없는 상태였어요.

정확히 무슨 말씀을 하시는 건지,

그런데 왜…

위생 시설이 정말 엉망진창이었어요.

규모가 꽤 컸던 바르트브뤼켄에만 화장실이 있어서

---

* Warthbrücken. 코워의 독일식 명칭.

† Wartheland. 1939년 11월 1일 나치 독일이 일부 폴란드 영토를 병합하면서 새로 붙인 명칭.

볼일을 보려면 거기까지 가야 했죠.

그 밖의 나머지는 상태가 말도 아니었거든요.

말도 아니었다니요?

화장실 자체가 존재하지 않았습니다.

정말이요?

변소밖에 없었어요.

얼마나 원시적이었는지 말로는 다 설명할 수가 없어요.

놀랍군요.

그럼 그렇게 원시적인 곳을 왜 지원하셨습니까?

아! 젊을 땐 뭐라도 다 할 수 있을 것 같잖아요.

그런 곳일 거라고는 생각도 못했죠.

믿기 어려우시겠지만 정말 그런 식이었어요.

마을은 이게 전부였어요. 아주 작은 마을이었죠.

큰길을 따라 나 있는 집 몇 채가 다였어요.

교회와 성, 가게도 하나 있었어요.

행정 일을 보는 건물과 학교도 있었고요.

성은 교회 바로 옆에 있었는데

그 주변으로는 높은 울타리가 빙 둘러싸여 있었죠.

대충 그렇게 생긴 마을이었습니다.

댁은 교회에서 몇 미터 떨어져 있었는지요?

바로 맞은편에서 50미터 거리였죠.

그럼 가스트럭들을 직접 목격하기도 했나요?

아니요. 아, 밖에서 왔다 갔다 하는 건 봤죠.

그 안에 있는 유대인들은… 보지 못했고요!

밖에서 일어나는 일들만 봤습니다.

유대인들이 도착해서 어딘가로 보내지고…

그 사람들을 트럭에 태우는 모습 같은 것만요.

1914년부터 1918년까지의 전쟁이 끝나고
그 이후로 성은 폐허로 남아 있었어요.
오로지 건물 일부만 사용할 수 있었는데
바로 거기로 유대인들을 데려간 거죠.

그러니까 폐허가 된 성이…

폴란드인들을 데리고 와서 이를 잡는 곳으로 쓰인 거죠.

유대인 말씀이시죠?

네, 유대인들이요.

유대인을 왜 폴란드인이라고 하십니까?

아! 가끔 이렇게 헷갈릴 때가 있더라고요.

그래도 유대인과 폴란드인은 엄연히 다른데요?

아, 그럼요. 그건 그렇죠!

어떻게 다르죠?

그게… 폴란드인들은 학살당하지 않았지만
유대인들은 학살당했다는 점에서 다르죠.
겉으로 보이는 차이점이라면요. 아닌가요?

그럼 내적으로는 어떻게 다릅니까?

그건 뭐라고 말씀드릴 수가 없는 게
심리학이나 인류학 쪽으로는 제가 잘 몰라서요….
유대인과 폴란드인의 차이점이요…?
확실한 건 서로 원수지간이었다는 겁니다.

폴란드 그라부프 Grabów

과거 그라부프의 시나고그였던 건물 앞에서

클로드 란츠만이 어떤 편지 하나를 읽는다.*

1942년 1월 19일
그라부프의 랍비 야콥 슐만Jacob Schulmann은
우치에 있는 그의 친구들에게 이렇게 편지를 씁니다.

친애하는 벗들에게,
그동안 여기저기서 이런저런 말들은 들려오는데
나로서는 정확히 아는 바가 없어 답장을 여태 하지 못했네.
아아! 정말 슬프게도 이제는 모두가 알고 있지 않나.
거기서 기적처럼 살아남은 한 사람이 집에 다녀갔네.
모든 걸 두 눈으로 직접 목격했다지.
그 사람을 통해 전부 전해 들었다네.
사람들이 학살당한 곳은
동비에Dąbie 근처에 있는
헤움노라고 불리는 곳이네.
시체는 제슈프Rzeszów에서 가까운 숲에 전부 묻혔다더군.
두 가지 방식을 사용해서 유대인들을 죽였는데
총을 쏴서 죽이거나 가스에 질식시켜 죽였다고 하더라고.
며칠 전부터는 우치에 사는 유대인들을
수천 명씩이나 데리고 와서
똑같은 짓을 반복하고 있지.
이 모든 걸 내가 미쳐서 하는 소리라고는 생각하지 말게.
아아!
이렇게나 참담하고 끔찍한 진실이 어디 있나.
"무섭고 또 무섭구나. 인간이여, 옷을 벗어라.

---

* [영상 주] 다음 내용은 란츠만의 내레이션이다.

머리에 재를 뿌리고
거리로 뛰쳐나가 광기의 춤을 추어라."
너무 고단해서 디는 이어서 쓸 수가 없을 것 같네.
만물의 창조주여, 부디 우리를 도우러 오소서!

만물의 창조주는 끝내 그라부프의 유대인들을
도우러 오지 않았습니다.
그로부터 몇 주 뒤
편지를 쓴 랍비를 포함하여
그라부프의 모든 유대인은
헤움노 수용소의 가스트럭에서 학살당했습니다.

그라부프에서 헤움노까지는 정확히 19킬로미터 거리입니다.

그라부프 아주머니들 무리

당시 그라부프에 유대인이 많았나요?

많았죠.
그 사람들 전부 헤움노로 보내졌어요.

아주머니께서는 예전에도
시나고그 근처에 사셨습니까?

네. 폴란드어로는 시나고그가 아니라
'부지니차Buzinica'라고 한대요.
여기 사람들이 쓰는 말로요.
시나고그 건물이 지금은 가구 창고로 쓰인다고 하세요.
그래도 어쨌든 간에 종교적인 관점에서
시나고그 건물에는 아무런 나쁜 짓도 하지 않았어요.

그곳을 모독한 건 아니니까요.

당시 시나고그에 있던 랍비를 기억하실까요?

이제 나이가 여든이나 되셔서

아주 정확히는 기억이 잘 나지 않으신대요.

여기서 유대인들이 사라지고 없는 지도

적어도 40년은 넘었으니까요.

그라부프의 어느 한 부부

바르바라, 두 분께 집이 아주 멋지다고 전해줘요.

이분들도 동의하신대요? 본인들 집이 예쁘다고 생각하신대요?

네, 그러시대요.

그건 그렇고 여기 집 대문에 달린 장식이 뭐죠?

특별한 의미가 있나요?

옛날에는 이런 식으로 조각을 하곤 했다고 하세요.

두 분이 직접 하신 건가요?

아니요, 유대인들이요.

유대인들이 만든 거군요….

이 문은 적어도 100년은 넘은 거예요.

적어도 100년이라고요.

전에 유대인들이 살던 집이었습니까?

네. 여기 있는 집들이 전부 유대인들 집이었죠.

여기 광장에 있는 집들이 전부

유대인들이 살던 집이라고요?

네, 저기 맞은편에 있는 집들에도

전부 유대인이 살았죠.

그렇군요. 그럼 폴란드인은요?

화장실이 있었던 뒤뜰에 살았죠.

        아, 저기 뒤쪽에 화장실이 있었던 곳이요….

여기에는 예전에 가게가 하나 있었고요….

        어떤 가게요?

식료품 가게요.

        유대인이 하는 가게였나요?

네.

        그러니까 제가 잘 이해한 거라면,
        유대인들은 길가에 살았고
폴란드인들은 화장실이 있는 뒷마당에 살았다는 말씀입니까?

네.

        여기 두 분께서는
        이곳에서 사신 지 얼마나 되셨죠?

15년이요. 15년 전부터 살고 있으시대요.

        그전에는 어디에 사셨고요?

방금 말씀드렸던 광장 반대편에 있는 뒤뜰에요.

        그때 이후로 돈을 좀 버셨나 봐요?

그럼요!

        어떻게 부자가 되셨죠?

일해서요.

        아저씨께서는 연세가?

70세요.

        아직 젊고 건강해 보이시네요.
        그라부프에 살았던 유대인들을 기억하십니까?

네. 그 사람들을 데려가던 모습도 기억이 나죠.

        그라부프 유대인들이 끌려가던 걸 기억하신다고요?

아저씨께서는 유대인들 말도 할 줄 아신대요.

        유대어를 하신다고요?

네. 어렸을 때 유대인 애들과 같이 어울려 놀면서
유대어를 하기도 하셨대요.

… 먼저 저기에 지금은 식당이 있는 자리와 여기 광장에
유대인들을 집합시킨 다음
그 사람들이 가지고 있는 금을 싹 거둬갔죠.
유대인 중에서 나이가 많은 한 남자가
금을 모아서 헌병들에게 가져다주더라고요.
그렇게 금을 다 뺏고는
그 사람들을 전부 가톨릭교회 건물 안으로 들어가게 했어요.

금의 양이 많았나요?

네, 유대인들이 금을 꽤 가지고 있었거든요.
그중에는 굉장히 근사한 촛대들도 보였고요.

그라부프 주민(남성 A)

헤움노에서 유대인들이 학살당하고 있다는 걸
폴란드 사람들도 알고 있었습니까?

네, 알고 있었죠.
유대인들도 알고 있었고요.

유대인들도 알고 있었다고요….
그러면 유대인들이 저항하려고 한 적도 있었나요?
반란을 일으킨다거나 탈출을 한다거나요.

젊은 사람들은 살아보겠다고 탈출을 시도하기도 했죠.
결국엔 독일군에게 모두 잡혀 버렸지만요.
그런 사람들일수록 훨씬 더 잔인하게 죽였던 것 같아요.
각 마을이나 작은 도시에서는

두세 군데 정도 길에 출입을 막고
그 안에서 유대인들을 감시하곤 했어요.
정해진 영역 밖으로는 나가는 게 불가능했고요.
얼마 있다가 그 사람들을 여기 그라부프 폴란드인 교회에 가둔 뒤
헤움노로 끌고 갔죠.

그라부프의 어느 한 부부

저기 보이는 저 애들처럼 어린 애들도 끌고 갔어요.
애들 다리를 잡고 들어 올려서는 트럭으로 집어 던지곤 했죠.

> 아주머니께서 직접 목격하신 겁니까?

노인들도 데려갔고요.

> 아이들을 트럭 안으로 던졌다고요?

네.

> 유대인들이 헤움노에서 가스에 질식당해 죽을 거라는 걸
> 폴란드 사람들도 알고 있었나요?
> 아저씨께서는 알고 계셨습니까?

네.

그라부프 주민(남성 B)

> 그라부프에서 유대인들이 끌려가던 날을 기억하십니까?

네. 그때 당시 방앗간에서 일하고 계셨대요.

> 아, 저 맞은편에 있는 거요?

네, 저기 맞은편에요. 거기서 그 모습을 전부 지켜보셨대요.

> 그걸 보면서 어떤 생각이 드셨습니까?

슬픈 장면이었나요?

그렇습니다. 보는 것만으로도 굉장히 슬펐죠.

웃는 눈으로는 볼 수 없는 광경이었어요.

끌려간 유대인들은 어떤 일을 하는 사람들이었죠?

가죽 수공업을 하거나 가게를 운영하거나 옷을 만들거나 했죠.

상인이 많았어요. 달걀이며 닭이며 버터 같은 걸 팔았죠.

그라부프 주민(남성 A)

재단사가 꽤 많았어요.

물건 파는 사람들도 있었고요.

그래도 대부분은 가죽을 만드는 사람들이었죠.

수염을 길게 기르는 편이었고⋯ 옷차림도 희한했어요.

어쨌든 인물이 잘생긴 사람들은 아니었죠.

잘생기지 않았다고요?

네, 거기다가 냄새가 났어요.

냄새요?

네.

왜 냄새가 났을까요?

가죽을 만지는 사람들이라 동물 냄새가 났죠.

그라부프 아주머니들 무리

아주머니께서 하시는 말이 유대인 여자들이 엄청 예뻤대요.

폴란드 남자들은 유대인 여자와 하룻밤

자는 걸 많이 좋아했고요.

그럼 이제는 유대인 여자들이 없으니
폴란드 여자들한테는 좋은 거네요?

아주머니께서 뭐라고 하시냐면…
당시 아주머니와 같은 나이대 여자들도
남자들과 자는 걸 좋아했다고 하세요.

그렇다면 유대인 여자들이 경쟁자였겠군요?

폴란드 남자들은 어린 유대인 여자를 좋아했어요.
어찌나 좋아 죽던지!

그럼 폴란드 남자들은
어린 유대인 여자들이 그립겠군요.

그럼요. 그렇게나 예쁜데요! 당연하죠!

왜요? 어디가 그렇게 예뻤죠?

말하자면 하는 일이 없으니까 예뻤죠.
폴란드 여자들은 나가서 일하는데
유대인 여자들은 특별히 하는 일 없이
치장에만 신경을 썼으니까요. 옷도 예쁘게 입었고요.

아, 유대인 여자들은
일을 하지 않았습니까?

아무 일도 안 했어요.

어째서요?

돈이 많았으니까요. 그 사람들은 돈이 많았어요.
폴란드 사람들은 유대인 밑에서 일을 했지요.

방금 '자본'이라는 단어가 들렸는데…

유대인 여자들이…
그러니까 유대인들 손에 자본이 달려 있었답니다.

아, 그래요. 그런 단어를 빠트리다니.
아주머니께 다시 한 번 물어봐 줘요.
그 당시 자본이 유대인들 수중에 있었습니까?

폴란드 전체가 유대인들 손에 달려 있었죠.

그라부프 주민(남성 A)

이제는 여기 유대인들이
한 명도 없으니 좋으신가요?
아니면 아쉬우신가요?

별로 큰 지장은 없다고 하세요.
그런데 아시다시피 폴란드의 경우 전쟁 전에도 산업 전부가
유대인들과 독일인들의 손에 달려 있었습니다.

그럼 당시 사람들은
유대인들을 전반적으로 좋게 생각했을까요?

폴란드 사람들한테는…
그렇게 좋은 사람들은 아니었죠.
무엇보다 정직하지 않았으니까요.

정직하지 않았다고요?
지금 그라부프보다 당시 유대인들이 있었을 때가
분위기가 더 즐겁지 않았습니까?

뭐라고 대답할 수 없으시대요.

그러시군요.
유대인들이 왜 정직하지 않았다고 말씀하시는 거죠?

폴란드 사람들을 착취했으니까요.
그렇게 자기네들 생계를 이어 나갔으니까요.

어떤 식으로 착취가 있었죠?

물건 가격을 멋대로 세게 불렀어요.

그라부프 주민(여성 A)

아주머니께 집이 마음에 드시냐고 여쭤봐요.

마음에 드신대요.

자제분들은 이것보다 더 좋은 집에 사시고요.

현대식 아파트 같은 곳이요?

자제분들도 모두 대학까지 나왔대요.

아! 진짜 좋으시겠어요.

형편이 점점 좋아지시는군요!

네, 여기 마을 통틀어서 교육을 가장 많이 받은 아이들이
아주머니 자제 분들이랍니다.

대단합니다! 엄청 좋으시겠어요.

역시 잘 배우는 게 최고죠!

그건 그렇고 이 집은 건물이 아주 오래되어 보이는데요.

네, 유대인들이 살았던 집이에요.

아, 전에 유대인들이 살던 집이군요.

아주머니께서 알던 사람들이었을까요?

네.

이름이 어떻게 되죠?

아니요. 이름은 모르신대요.

무슨 일을 하는 사람들이었는지요?

벤켈Benkel이라는 성을 가진 가족이었대요.

직업은요?

정육점을 가지고 있었어요.

정육점을 운영하는 분이었군요.

왜 웃으시는 거죠?

정육점 주인이었대요.

왜 웃으시냐면 아저씨께서 그 사람들이 하던 정육점에서는

소고기를 아주 싼 가격에 팔았다고 말하셔서요.

소고기를 팔았군요.

그라부프 주민(남성 A)

가스트럭으로 유대인들을 죽인 거에 대해
어떻게 생각하십니까?

굉장히 못마땅하게 생각하신대요.
유대인들이 차라리 이스라엘로 순순히 돌아갔더라면
아마도 괜찮았을 거라고 하세요.
그런데 그런 식으로 죽여버렸으니 아주 불쾌하셨답니다.

그라부프 주민(남성 B)

유대인들이 그리우십니까?

네, 그리우시대요. 유대인 여자들이 엄청 예뻤거든요.
그때는 젊을 때라 그런 게 좋았죠.

그라부프 아주머니들 무리

이제는 유대인들이 사라지고 없으니 아쉬우신가요?
아니면 없는 게 더 좋으신가요?

저처럼 제대로 배운 게 없는 사람이 그런 걸 알 리가 있나요.
저한테는 지금 당장 어떻게 사는지가 중요하죠.
지금 사는 건 아주 좋습니다.

형편이 지금 더 나아지신 건가요?
전쟁 전에는 감자를 캐러 다녔어야 했는데
지금은 달걀 파는 일을 하신대요.
그러니까 지내기 훨씬 좋으시다고요.
그런데 그게 유대인들이 없어졌기 때문일까요,
아니면 사회주의 때문일까요?
그런 문제에는 관심이 없으시대요.
지금은 지내기 좋으니 만족하신답니다.

그라부프의 어느 한 부부

선생님께서는 그렇게 같은 반 친구들을 잃으시고
어떻게 지내셨습니까?
지금도 생각하면 마음이 아프시대요.
아, 그렇군요.
유대인 친구들이 그리우신가요?
그럼요!
좋은 사람들이었다고 아주머니께서 그러시네요.

마르타 미헬존
전 헤움노 나치 독일 학교 교사의 아내 | 독일

유대인들은 트럭에 실려 왔어요.
좁은 철도 선로를 따라 도착하기도 했고요.
트럭이나 작은 기차의 차량에 서로 뒤죽박죽 섞여 있었죠.
주로 여자들과 아이들이 많았어요.

물론 남자들도 있었고요. 대부분은 나이가 많았지만요.
그중에서 건장한 사람들을 골라서 부려 먹었죠.
그 사람들은 발목에 사슬을 달고 다녔어요.
아침이면 물을 길으러 가거나 먹을 것을 구하러 가거나 했죠.
그 사람들을 바로 죽이지 않았어요.
그 사람들을 죽이는 건 나중 일이었죠.
저야 그 사람들이 어떻게 됐는지는 알 수가 없지만
어쨌든 살아남지는 못했습니다.

       딱 두 명 살아남았습니다.

딱 두 명밖에 안 되는군요.

      사슬을 달고 있었다고요?

네, 발목에요.

      유대인들 전부가요?

일하는 사람들만요.
다른 사람들은 도착하자마자 바로 죽였고요.

      그러면 그 유대인들은
    마을에서도 사슬을 달고 돌아다녔나요?

네.

    그 사람들한테 말을 걸 수도 있었습니까?

아니요. 말을 거는 건 불가능했어요.

        왜요?

아무도 엄두를 내지 못했죠.

        네?

아무도 차마 엄두를 못 냈어요.

      그렇군요.

이해되셨나요?

    네. 아무도 감히 엄두를 내지 못했다고요.
     왜죠? 위험한 일이었습니까?

네. 경비들이 지켜보고 있었거든요.

어쨌든 그런 일에는 관여하고 싶지 않아 했죠.

안 그래요?

그런 광경을 매일 보고 있는 것만으로도 신경이 쓰였죠.

그런 비참한 광경을 온 마을 사람이 봐야 했으니 질려버린 거죠.

유대인들이 도착했을 때,

그 사람들을 교회와 성으로 밀어 넣을 때…

여기저기서 들리는 비명이 얼마나 끔찍했는데요!

암울한 날들이었죠. 매일 똑같은 장면이 반복됐어요….

끔찍하고 또 끔찍한 장면이었죠.

보는 것만으로도 슬퍼졌고요.

그 사람들이 막 소리를 질러요.

어떤 상황인지 알고 있었던 거죠.

유대인들은 처음에는 이를 잡으러 가는 거라고 믿었어요.

그런데 얼마 지나지 않아 상황 파악을 하면서

울부짖는 소리가 점점 더 세졌죠. 소름 끼치는 소리였어요.

잔뜩 겁을 먹고 지르는 비명이었으니까요!

자기들에게 무슨 짓을 하려는 건지 알고 있었으니까요.

그곳에서 학살당한 유대인이
얼마나 되는지 알고 계십니까?

아! 4로 시작했던 것 같은데,

40만인가, 4만인가….

40만 명이요.

네, 40만 명이요… 4가 들어간다고는 확실하게 알고 있었는데.

슬픈 역사죠. 슬퍼요. 슬픈 일입니다.

시몬 스레브니크

헤움노 절멸 수용소 2차 학살 생존자

어여쁜 아가씨들이여
우리 병사들의 행진에
창과 문을 열어요.

마르타 미헬존

전 헤움노 나치 독일 학교 교사의 아내 | 독일

혹시 그때 열서너 살 정도 됐던
유대인 남자아이를 기억하실까요?
작업반에서 일하는 아이였는데요.
강가에서 노래를 부르면서요.

네르강에서요?

네.

아직도 살아 있습니까?

네, 살아 있습니다.
쿨름호프-헤움노에서 SS 대원들이 가르쳐 준
독일어 노래를 부르곤 했다고 하더라고요.
"어여쁜 아가씨들이여…."

마르타 미헬존

전 헤움노 나치 독일 학교 교사의 아내 | 독일

… 우리 병사들의 행진에
창과 문을 열어요.

136

시몬 스레브니크
헤움노 절멸 수용소 2차 학살 생존자

어여쁜 아가씨들이여
우리 병사들의 행진에
창과 문을 열어요.

헤움노 마을 사람들 무리[*]
| 헤움노 교회 앞

　　　　　　　　　　　오늘 헤움노에 축제가 있습니까?
네.

　　　　　　　　　　　　　　　어떤 축제죠?
성모 마리아 탄신 축일이요. 성모께서 태어나신 날입니다.

　　　　　　　　　　아! 오늘이 성모 탄신일이군요!
네, 네.

　　　　　　　　　　　　사람이 엄청 많네요?
원래는 더 많아요.
오늘은 날씨가 안 좋아서, 비도 오고….

　　　　　　　　스레브니크 씨를 다시 보셔서 좋으십니까?
엄청 좋죠. 이분들께는 굉장히 기쁜 일이시래요.

　　　　　　　　　　　　　　　　왜요?
그 많은 일을 겪고도 이렇게 살아남아
다시 만날 수 있게 돼서 기쁘다고 하세요.

---

[*] [영상 주] 헤움노 교회 앞에 시몬 스레브니크 씨를 중심으로 헤움노 마을 사람들이 스무 명가량 모여 있다.

무사히 살아남아 이렇게 다시 만나니 너무너무 좋으시다고요.

어떻게 온 마을이
스레브니크 씨를 기억하고 있는 거죠?

그게 그러니까 아직도 기억하고 있을 수밖에 없는 게

그때 당시 발목에 사슬을 차고 걸어 다니면서

강가에서 노래를 부르곤 했거든요.

이렇게 쪼그만 애가 삐쩍 말라서요.

금방이라도 관으로 들어갈 것 같은 모습으로요.

어찌나 야위었는지 꼭 살아 있는 송장 같았죠.

그때 아이는 즐거워 보였습니까? 아니면 슬퍼 보였나요?

한번은 아주머니께서 아이를 보시고는

독일 병사에게 아이는 풀어주면 안 되겠냐고 하셨대요.

그러니까 그 사람이 도대체 어디로 풀어주라는 말이냐고

되물어 보더랍니다.

애 아빠나 엄마가 있는 데로 풀어주라고 하니까

독일 병사가 하늘을 가리키면서 이렇게 말했답니다.

이 애도 곧 저기 위로 아빠와 엄마를 만나러 가게 될 거라고요.

독일 병사가요?

네.

유대인들을 여기 교회에 가둬놨던 때를
다들 아직 기억하실까요?

네, 기억하신대요.

트럭에 실어서 여기 교회로 데리고 왔다고요.

트럭에 사람들을 실어 온 게 몇 시였죠?

온종일이요. 어떤 때는 밤에 도착하는 트럭들도 있었고요.

어떤 식으로 진행된 거죠?
자세하게 설명해 주실 수 있을까요?

처음에는 유대인들을 성으로 데리고 갔고

교회로 몰아넣은 건 나중이래요.

그렇죠. 그건 2차 학살 때였죠.

아침이 되면 숲으로 끌고 갔고요.

숲으로는 어떻게 끌고 갔죠?

엄청 커다란 장갑차 같은 거로요.
차 아래에서 가스가 나오는 트럭이었죠.

그러니까 가스트럭에 태워서 데려간 거군요…
맞습니까?

네, 가스트럭에요.

사람들은 어디에서 실어 갔는지요?

유대인들 말씀이세요?

네.

여기 교회 문 앞에서요.

여기 이분들이 지금 서 계시는 곳이요?

아니요. 저기 교회 문 입구 바로 앞까지 왔답니다.

트럭이 교회 바로 문 앞까지 데리러 왔다고요?
그렇다면 그게 죽음의 트럭이라는 걸,
유대인들을 가스에 질식시켜 죽이는 트럭이라는 걸
당시 모두가 알고 있었습니까?

그럼요, 모를 수가 없었죠.

밤에 우는 소리 같은 게 들렸나요?

끙끙대는 소리도 들렸죠. 배가 고팠을 테니까요.

끙끙대면서 배고파했다고요!

완전히 갇혀 있었으니 배가 고플 수밖에요.

그 안에 먹을 게 있었나요?

교회 쪽은 처다볼 수도 없었어요.
유대인에게 말을 거는 것도 불가능했고요.

불가능했다고요?

네. 근처를 지나가는 길이어도요.

여기 교회 쪽으로는 눈길도 둘 수 없었죠.

아무리 그래도 조금씩은 보셨죠?

네.

트럭들이 여기 도착해서 유대인들을

싣고 더 먼 데로 데리고 갔어요.

볼 수는 있었지만 숨어서 봐야 했죠!

아, 숨어서 보셨군요!

네.

곁눈으로요?

네, 곁눈으로요. 곁눈질로 슬쩍 보곤 했습니다.

그럼 밤에는 어떤 소리가 들렸나요?

어떤 종류의 소리였는지요?

예수며 성모 마리아며 하느님을 부르곤 했죠.

아주머니 말씀이 어떤 때는 독일어로 부르기도 했다고 하세요.

유대인들이 예수, 성모 마리아,

하느님을 부르곤 했다고요!

그리고 저기 교회 사제관에는

여행 가방들이 가득 쌓여 있었어요.

아, 유대인들이 가져온 가방이군요?

네, 그 안에는 금이 들어 있기도 했고요.

가방에 금이 들어 있었다고요?

금이 있었다는 걸 아주머니께서는 어떻게 알고 계시죠?

물어봐 줘요⋯.

아, 곧 예배행렬이 있습니까?*

여기까지만 하시죠.

---

* [영상 주] 교회 종이 울린다.

　　　　　　　　　　　　　　　당시 교회에 모인 유대인들도
　　　　　　　오늘 여기 모인 기독교 신자들만큼이나 많았을까요?
거의 비슷한 수준이었죠.

　　　　　　　　　　　　　　그 많은 사람을 처리하려면
　　　　　　　　　　　가스트럭은 얼마나 많이 필요했죠?
한 50대 정도요.

　　　　　　　　　　　트럭이 50대 정도나 필요했다고요?
　　　　　　　　　　그럼 차들이 계속해서 왔다 갔다 했겠네요?
그랬죠.

　　　　　　　　아까 아주머니께서 하셨던 말씀 중에 저기 맞은편 건물에
　　　　　　　　　유대인들 여행 가방이 쌓여 있었다고 하셨는데,
　　　　　　　　　　그 안에는 어떤 물건들이 들어 있었습니까?
바닥이 이중으로 된 냄비들이 들어 있었어요.

　　　　　　　　　　　　　냄비 안에는 뭐가 들어 있었죠?
　　　　　　　　　　　이중으로 된 바닥 사이에 뭐가 있었나요?
귀중하고 값이 나가는 물건들이요.
그리고 옷가지 안에 금이 들어 있기도 했고요….
우리가 먹을 것을 가져다주면
유대인들은 가끔 귀중품 같은 걸 던져주곤 했어요.
어떤 때는 돈을 주기도 했고요.

　　　　　　　　　　　　그런데 아까는 유대인들과
　　　　　　　　　　말을 나눌 수 없었다고 하셨잖아요.
　　　　　　　　　　　　　　금지됐었다고요.
네, 완전히 금지였습니다.

　　　　　　　　　　　유대인들이 그리우신가요?
그럼요.
아주머니께서 자기들도 그 사람들처럼 울었다고 하세요.
칸타로프스키 Kantarowski 씨는 유대인들에게 먹으라고

빵과 오이를 직접 가져다주기도 하셨대요.

　　　　　　　　　　　　　　　유대인들에게 이런 일이
　　　　　　　　　　　　　왜 일어났다고 생각하세요?

그야 돈이 제일 많았으니까요!

폴란드 사람 중에도 학살당한 사람이 꽤 됩니다.

정말이에요! 그중에는 가톨릭 신부들도 있었고요.

칸타로프스키 씨께서

친구 분 중 한 명에게서 들은 이야기를 해주신대요.

바르샤바에서 가까운 민디에베체 Myndjewyce 에서 있었던 일인데요.

하루는 그곳에 사는 유대인들을 전부 광장에 모아 놨는데

거기에 있던 랍비가 사람들에게 말을 하고 싶어 했답니다.

SS 대원에게 한마디 해도 괜찮냐고 물으니 해도 된다고 하더래요.

그러니까 그때 랍비가 뭐라고 했냐면,

아주 오래 오래전에, 약 2000년 전에,

아무런 죄도 없는 그리스도를 유대인들이 사형에 처했다고,

그때 그런 일을 저지르면서,

그렇게 그리스도를 처형하면서

유대인들이 "그의 피가 우리의 머리 위에,

우리 자손의 머리 위에 떨어질지어다!"라고

외쳤다고 이야기하더랍니다.

그러면서 랍비가 하는 말이 아마도 바로 그날이 온 것 같다고,

그리스도의 피가 자기들의 머리 위에 떨어질 날이 온 듯하니

아무 저항도 하지 말고 가보자고,

시키는 대로 해보자고, 함께 가보자고 하더랍니다.

　　　　　　　　　　　　　　　그러니까 유대인들은
　　　　　　　　　　　　　자기들이 그리스도의 죽음에 대한 대가를

치른 거라고 믿었다는 건가요?

이분은… 이분께서는 그렇게 생각하지 않으신대요.

그리스도가 복수를 원한다고 생각하지도 않으시고요.

아니요, 이분은 그렇게 생각하지 않으신대요.

그냥 랍비가 그렇게 말한 거라고 하세요.

아, 랍비가 그렇게 말했다고요!

그저 하느님의 뜻이었겠죠!

그렇군요… 지금 아주머니께서는 뭐라고 하시는 거죠?

빌라도가 자기 손을 씻으면서

이 사람에게는 아무런 죄가 없다고,

자기는 그의 피에 대해서는 책임질 게 없다고 하면서

바라바를 풀어준 거예요.

그러니까 유대인들이 외친 거죠.

그리스도의 피가 자기들의 머리 위로 떨어지기를 바란다고요.

그게 끝입니다. 이제 정말 다 아시네요!

판 팔보르스키

폴란드 코워 주민

헤움노에서 코워를 지나 숲, 구덩이까지 이어지는 길은
당시에도 지금처럼 아스팔트로 되어 있었나요?

당시에는 지금보다 폭이 더 좁긴 했지만

그때도 이미 아스팔트로 되어 있었죠.

길가에서 구덩이는
몇 미터나 떨어져 있었습니까?

한 500미터 정도.

아니 600미터나 700미터쯤 떨어져 있었죠.
길가에서 이쪽을 쳐다보면
구덩이들은 보이지 않을 정도였어요.

트럭들은 얼마나 빠르게 달렸나요?

평균 속도였어요. 오히려 느린 편에 속했죠.
일부러 계산된 속도였어요.
왜냐하면 차가 달리는 시간을 활용해서
그 안에 있는 사람들을 죽여야 했으니까요.
차가 너무 빨리 달리면 숲에 도착한 뒤에도
사람들이 아직 죽지 않은 상태였거든요.
그래서 천천히 달리면서
안에 있는 사람들이 다 죽을 때까지 시간을 번 거죠.

한번은 트럭 하나가 옆으로 미끄러진 거예요. 커브 길이었죠.

그 사고가 있고 나서 30분 뒤엔가
센자크Sendjak라는 산림 경비원의 오두막에 갔어요.
그때 경비가 저한테 하는 말이 늦게 와서 진짜 아쉽다고,
트럭이 미끄러지는 걸 구경할 수도 있었다고.
트럭 뒷문이 열리는 바람에
유대인들이 길가로 굴러 떨어졌는데
아직 살아 있는 상태였다고 하더라고요.

그러니까 게슈타포 한 명이
바닥을 기어 다니는 유대인들을 보더니
권총을 꺼내서는 모두 쐈버렸다고,
그렇게 모두 죽어버렸다고 했어요.
그런 다음 숲에서 일하고 있던 유대인들을 불러서는

트럭을 일으켜 세워 그 안에 다시 시체들을 넣었다고 하더라고요.

시몬 스레브니크
헤움노 절멸 수용소 2차 학살 생존자

여기가 가스트럭들이 다니던 길입니다.

트럭 한 대에 80명씩 타고 있었어요.
차가 도착하면 SS 대원이 "문 열어!"라고 말해요.
우리가 문을 열면 곧바로 시체들이 쏟아져 내렸죠.
그러면 SS 한 사람이 또 이렇게 말해요. "두 사람은 안으로!"
화덕에서 작업하는 두 명이었는데 일에 능숙한 사람들이었죠.
그리고 다른 SS 대원이 소리를 지릅니다.
"더 빨리 던지지 못해? 더 빨리! 다음 차가 또 오고 있다고!"
트럭에서 내린 시체들을 전부 태울 때까지 일해야 했어요.
그런 식으로 하루 종일 작업이 계속됐고요… 그땐 그랬죠.

한번은 기억이 나는 게
트럭 안에 사람들이 아직 살아 있는 거예요.
화덕은 이미 가득 찬 상태였고요.
그래서 그 사람들을 잠시 바닥에 눕혀 놨어요.
그러니까 조금씩 몸을 꿈틀대기 시작하더라고요.
정신이 깨면서 의식이 돌아오는 중이었던 거예요….
그 사람들을 화덕 안으로 던져 넣었을 때는
모두 의식이 완전히 돌아온 상태였죠.
결국엔 전부 살아 있는 상태로 불에 타 죽은 겁니다.

다른 작업자들과 같이 화덕을 만들 때
그게 어디에 쓰이는 건지 궁금했어요.
SS 대원 중 한 명이
숯을 만들려고 한다고, 다리미질에 쓸 거라고 했고요.
그렇다고 하니까 그런 줄로만 알았죠.
화덕을 다 완성하고 나서는
장작을 집어넣고 휘발유를 부은 다음 불을 붙였어요.
그리고 첫 번째 가스트럭이 도착했을 때
무슨 용도로 화덕을 만들라고 한 건지 비로소 알게 됐죠.

그 모든 걸 지켜보면서도 아무런 느낌이 없었어요.
두 번째, 세 번째로 도착한 트럭을 처리할 때도요.
그래봤자 고작 열세 살이었으니까요.
그때까지 살면서 제가 본 거라곤 죽은 사람들의 시체뿐이었던 거죠.
어쩌면 그게 어떤 상황인지도 이해하지 못하고 있었던 것 같아요.
나이가 조금 더 있었다면 이해가 됐을지도 모르죠….
어쨌든 저로서는 당시 상황 파악이 전혀 안 됐어요.
그런 풍경 말고는 다른 것을 한 번도 본 적이 없었으니까요.
게토에서 지냈을 때 목격한 건… 우치 게토에 있었을 때는
사람들이 한 발자국만 움직여도 쓰러져 죽곤 했던 게 기억납니다.
그래서 원래 이런 건가 보다 하고 생각했죠.
우치에서는 길가에 시체들이
가령 100미터마다 200구씩은 있었거든요.

사람들은 굶주렸습니다.
거리로 나와서는 계속해서 픽픽 쓰러졌죠….
아빠가 구해온 빵을 아들이 먹고,
또 아들에게 주어진 빵을 아빠가 뺏어 먹기도 하고요.

모두 그저 살고 싶을 뿐이었죠.
그런 곳에서 지내다가 여기 헤움노에 도착했으니…
완전히 무감각해진 상태였어요.

그때 제가 생각했던 게,
만약 살아남는다면 딱 하나 바라는 게 있다고,
누가 빵 다섯 개만 주면 소원이 없겠다고,
그거면 된다고 생각했어요….

그러면서 이런 꿈도 꾸곤 했죠.
결국엔 살아남았는데
세상에 저밖에 없는 거예요.
다른 사람은 한 명도 없이
저 혼자 딱 한 명 살아남은 거죠.

여기 바깥으로 나가면
세상에는 저 혼자뿐일 거라고요.

제국 기밀 업무
1942년 6월 5일, 베를린[*]

현재 쿨름호프-헤움노에서 사용 중이며 추가로 생산 공정에 들어
간 특수 차량에서 개선해야 할 사항.

---

[*] 이는 당시 헤움노 절멸 수용소에서 베를린에 있는 가스트럭 전문가 발터 라우프
Walter Rauff에게 보낸 서한으로 가스트럭을 직접 사용한 뒤 향후 개선했으면
하는 사항들을 보고한 내용이다.

1941년 12월 이후로 총 3대의 차량을 사용해 특별한 사고 없이 9만 7000명을 가공처리함. (중략) 단, 지금까지 사용한 경험에 의거, 다음과 같은 기술적인 변경 사항이 유용할 것으로 판단함.

1. 트럭 1대의 통상 적재량이 제곱미터당 9~10명임. 보통의 차량보다 내부 공간이 더 넓은 자우러Saurer사社*의 차량에서도 최대로 적재할 수 있는 인원은 그렇게 많지 않음. 문제는 적재 정원을 초과해야 한다는 게 아니라, 트럭에 최대 수용 가능 인원을 싣고 비포장도로를 주행할 시 차량의 유지 성능이 심각하게 감소한다는 것임. 따라서 적재 공간의 축소 작업이 필수적으로 요구됨. 해당 공간을 1미터 정도 줄여 보는 것부터 시도해 볼 수 있음. 지금까지 해온 방식대로 하면서 단순히 화물량을 줄이는 것만으로는 문제를 해결할 수 없음. 적재량이 줄면서 차량 내부에 비게 되는 공간에도 일산화탄소는 채워 넣어야 하므로 이러한 방식은 가동 시간을 더 연장한다는 단점이 있음. 반면 차량의 적재 공간을 줄이는 대신 그 안에 화물을 꽉 채워 넣는다면 그 사이에 비게 되는 공간이 없게 되므로 가동 시간을 상당히 단축할 수 있음. 엔진 제작자들과 가졌던 회의 결과에 따르면, 적재 공간의 뒷부분을 줄일 시 차량 앞부분에 과부하가 발생하면서 무게 중심에 심각한 불균형이 일어날 것이라는 의견이 있었음. 그러나 실제로는 적재된 화물은 작업이 진행되는 동안 자연스럽게 뒷문 방향으로 쏠리기 마련이고 가동을 멈추고 나서도 계속해서 그 자리에 있을 것이므로 차량의 앞뒤 균형은 자연스럽게 조정되어 결국 앞부분의 과부하 문제는 발생하지 않게 됨.

---

* 스위스의 차량 제조 회사. 1853년 창설되어 자동차와 버스, 트럭 등을 주로 제작했으며 제2차 세계대전 중에는 군수용 트럭을 생산했다. 나치 독일은 자우러사의 오스트리아 지사에서 제조한 트럭을 구매한 뒤 베를린의 가우프샤트Gaubschat사에 개조 작업을 의뢰하여 유대인 학살을 위한 가스트럭을 마련했다.

2. 차량 내부의 조명이 훼손되지 않도록 지금보다 더 철저하게 관리해야 함. 전구에 철망을 씌워 파손되지 않도록 해야 함. 실제로는 전구를 한 번도 사용하지 않았다는 점을 고려할 때 꼭 필요한 부품이 아니니 없애 버리자는 의견이 있었음. 그러나 관찰 결과 차량의 문이 닫히면서 내부가 갑자기 어두워지면 적재된 화물이 문 쪽 방향으로 계속해서 쏠리는 현상을 확인함. 이는 적재 공간이 어두워지면 화물이 빛이 있는 쪽을 향해 자연스럽게 몰리면서 발생하는 현상이며, 그 결과 문을 잠그기가 어려워짐. 또한, 차량 내부의 소음이 문을 닫을 때마다 어둠으로 인한 공포로 인해 항상 더 커지는 현상을 확인함. 따라서 작업을 시작하기 전과 가동 후 처음 몇 분간은 적재 공간에 조명을 켜두는 것이 적절해 보임. 조명 시스템은 야간 운영과 차량 내부의 청소 작업에도 유용함.

3. 차량 내부를 쉽게 청소하기 위해 화물칸 바닥 한가운데에 물이 새지 않는 배수구를 설치할 필요가 있음. 배수구 뚜껑은 지름은 20~30센티미터 정도로 하고, 경사진 파이프를 달아서 작업이 진행되는 동안에도 바닥에 흐르는 액체가 빠져나갈 수 있도록 해야 함. 파이프의 상부에는 거름망을 설치하여 막히는 것을 방지해야 함. 차량을 청소할 때 부피가 큰 오물들은 배수구 뚜껑을 열어 흘려보낼 수 있음.

상기 언급한 기술적인 변동 사항은 현재 운행 중인 차량에 중요한 수리가 필요하다고 판단되는 경우에만 적용될 것임. 자우러사에 이미 주문이 들어간 신규 차량 10대의 경우, 실제 사용 경험을 바탕으로 가능한 범위 내에서 모든 개선 및 변경 사항이 반영될 것임.

II D 부서장
SS 상급돌격대지도자 발터 라우프 귀하
서명

SHOAH

2부

프란츠 주호멜

전 나치 독일 SS 하사

저 멀리 똑바로 세상을 내다보면서
언제나 용감하고 활기차게
우리 모두 일하러 걸어 나가세.
오늘 우리에게 남아 있는 건
모두의 운명 트레블링카뿐이네.
우리는 눈 깜짝할 사이에
트레블링카와 한 몸이 됐다네.
오로지 사령관님의 명령에 따라
복종하고 의무를 다하면 된다네.
아낌없이 봉사하고 또 봉사하세.
그 언젠가 조그만 행운이
우리에게 손짓할 때까지, 만세!

다시 한 번 크게 불러주시면 안 될까요?
그러죠. 우스우신가 본데 이거 굉장히 슬픈 노래입니다!
아무도 안 웃었는데요.
저를 나쁜 사람으로 생각하지 마세요.
역사를 듣고 싶다고 하시니 역사를 말씀드리는 것뿐입니다.

노래 가사를 쓴 건 프란츠*예요.
멜로디는 프란츠가 경비로 근무했던
부헨발트Buchenwald 강제수용소에서 만들어진 거고요.
아침에 유대인들이 새로 도착하면

유대인 작업자들이요?

네. 이 노래부터 배워야 했죠.
그날 저녁부터 바로 불러야 했거든요.

그렇군요. 한 번 더 불러주시죠.

그러죠.

중요한 부분이니 크게 불러주세요!

알겠습니다….

당당한 발걸음으로
저 멀리 똑바로 세상을 내다보면서
언제나 용감하고 활기차게
우리 모두 일하러 걸어 나가세.
오늘 우리에게 남아 있는 건
모두의 운명 트레블링카뿐이네.
우리는 눈 깜짝할 사이에
트레블링카와 한 몸이 됐다네.
오로지 사령관님의 명령에 따라
복종하고 의무를 다하면 된다네.
아낌없이 봉사하고 또 봉사하세.
그 언젠가 조그만 행운이
우리에게 손짓할 때까지, 만세!

---

* 트레블링카 절멸 수용소의 소장직을 지냈던 쿠르트 프란츠.

이제 됐나요?

이 노랜 저밖에 모를 겁니다.

할 줄 아는 유대인이 이젠 없을 거예요.

당시 트레블링카에서 작업량이 최정점을 찍었을 때
하루에 1만 8000명이나 '처리'했다는데
그게 어떻게 가능했던 거죠?

1만 8000명까지는 아닐 텐데요….

아, 재판 기록에는 그렇게 적혀 있습니다.

그렇군요.

1만 8000명을 '처리'했다고,
1만 8000명을 '제거'했다고요.

란츠만 감독님, 그건 과장된 겁니다. 제 말을 믿으세요.

그럼 몇 명이었다는 말씀이시죠?

1만 2000에서 1만 5000명 정도였죠.

그것도 한밤중까지 작업했을 때 그랬고요.

1월에는 수송 열차가 새벽 6시면 도착하곤 했어요.

매일 새벽 6시요?

매일은 아니어도 자주 그랬죠.

그랬군요.

항상 정해진 똑같은 시간에 온 건 아니니까요.

알겠습니다.

어떤 날은 새벽 6시에 한 대, 그다음 정오에 또 한 대,

저녁 늦게 또 한 대 온 적도 있었고요. 이해되십니까?

자, 그러니까 기차가 한 대 도착하고 나면
가장 많이 올 때는 어떤 식으로 작업이 진행됐는지
아주 자세하게 이야기해 주셨으면 좋겠어요.

수송 열차가 마우키니아 기차역에서

트레블링카 기차역으로 출발합니다.

마우키니아에서
트레블링카까지는 몇 킬로미터죠?

10킬로미터 정도 되죠.

트레블링카는 원래 마을이었어요. 작은 마을이요.
유대인들을 수송하기 시작하면서 기차역 규모가 커진 거고요.

열차 한 대당 차량이 30칸에서 50칸 정도였습니다.
그걸 매번 10개에서 12개,
어떤 때는 15개씩까지도 구간을 나눠서
수용소 램프까지 몰고 들어가곤 했죠.
남은 차량은 사람들을 태운 상태 그대로
트레블링카 기차역에서 대기해야 했고요.
기차 유리창에 철조망이 달려 있었어요.
아무도 밖으로 나오지 못하게 하려고요.
열차 지붕 위에는 우크라이나나 라트비아 출신으로
일명 '지옥의 개들'이라고 불리는 사람들이 서 있었습니다.
특히 라트비아 출신이 더 악질이었죠.
램프에서는 작업을 더 빨리 진행하려고
각 차량 앞에 청색 작업복을 입은 작업반 소속 유대인들이
두 명씩 이미 대기하고 있었고요.
"내려! 내려! 빨리! 빨리! 빨리!" 하면서요.

그중에는 우크라이나인과 독일인도 있었어요.

독일인은 몇 명이나 됐죠?

3명에서 5명 정도요.

더 많지는 않았고요?

더 많지는 않았어요. 장담합니다.

우크라이나인은요?

10명이요.

우크라이나인 10명에 독일인 5명이었군요.

네, 맞습니다.

두 명씩이면… 청색 작업반 사람들은 20명이었고요.

네. 청색 작업반 사람들이 이쯤* 서 있었어요.
여기 서서 사람들을 안으로 들여보내는 역할을 했죠.
저기에는 적색 작업반이 있었고요.

그렇군요.

적색 작업반에서는 어떤 일을 담당했죠?

옷가지들이요.
그 사람들은 여기저기 떨어져 있는
남자 옷, 여자 옷을 주워서
곧바로 이곳으로 올려보내야 했습니다.

램프에 도착해서부터 옷을 벗는 데까지
시간이 몇 분이나 걸렸을까요?

어디 보자… 여자들 같은 경우에는,
여자들 같은 경우에는 다 해서 1시간 정도 걸렸어요.
1시간에서 1시간 반 정도요.
열차 한 대를 전부 처리하는 데는 2시간 정도 걸렸죠.

그랬군요.

2시간이면 모든 작업이 마무리됐습니다….

도착해서부터…

---

* [영상 주] 도면을 가리킨다. 이후로도 지시대명사가 나오는 부분은 주호멜이 도면
  을 가리키며 말하는 장면들이다.

··· 죽는 데까지요.

죽는 데까지요. 2시간이면 다 끝났다고요?

2시간에서 2시간 반, 3시간 정도요.

열차 한 대 전체를요?

네, 열차 한 대 전체를요.

그럼 그중에서
일부 10칸 정도만 작업하는 데는요?

그렇게는 계산이 힘듭니다.
구간 하나를 끝내면 그다음 구간이 바로 들어와서
사람들이 끊이지 않고 계속 밀려 들어왔거든요.
이해되십니까?

여기, 여기에 앉아서 대기하던 남자들은
'통로'를 통과해서 바로 위로 올려 보냈죠.
여자들은 남자들 다음에 보냈어요···.
제일 마지막 순서로요.
여자들은 이쪽으로 올라가서 대기했습니다.
한 번 이동할 때는 5명씩 같이 움직였고요.
그러니까 그다음 자리가 날 때까지
50~60명이나 되는 여자들이
아이들과 함께 기다려야 했던 거죠.

옷을 벗은 상태로요?

네, 벗은 상태로요! 여름 겨울 할 것 없이요.

트레블링카면
겨울에는 엄청 추웠을 텐데요.

맞습니다.
그때가 겨울, 12월 크리스마스 바로 이후였으니까요···.

그렇군요.

그런데 이미 크리스마스 전에도… 지독하게 추웠어요!
기온이 영하 10도에서 20도 사이였으니까요.
기억이 나는 게 처음엔 우리도 추워서 얼어 죽을 것 같더라고요.
추운 겨울에 입을 만한 제복이 없었거든요.
우리한테도 추운 날씨였습니다.
그래도 그 사람들에 비하면…
… 그 불쌍한 사람들은…

 … '통로' 안에서 …

… '통로' 안은 엄청 엄청 추웠어요. 말도 못 해요.

 그렇군요.
 그럼 그 '통로'라는 걸
 더 정확하게 설명해 주실 수 있습니까?
 어떤 식으로 생겼었는지, 폭은 몇 미터였는지,
 '통로' 안에서 사람들은 어땠는지 같은 거요.

폭이 약 4미터 정도 되는 '통로'였습니다.
지금 여기 방 정도 크기였죠.
사면에 여기까지, 아니 이 정도 높이까지
높은 벽이 세워져 있었고요.

 벽이라니요?

아, 벽이 아니라 철조망이요.
소나무 같은 나뭇가지들을 촘촘하게 엮어서 만든 거였죠.
어떤 건지 아시겠습니까? 그걸 '위장망'이라고 부르곤 했어요.
20명의 유대인으로 구성된 위장 작업반이라는 게 있었는데
그 사람들은 매일 새로운 나뭇가지들을 구하러 가곤 했죠.

 숲으로요?

네, 숲으로요.
모든 게 가려져 있었습니다.
한 군데도 빠짐없이 전부 다 말이죠.

고개를 좌우로 아무리 돌려도 바깥세상은 볼 수 없었습니다.
정말로 아무것도 볼 수 없었어요.
틈 하나도 없었으니까.

완전히 볼 수 없었군요?

불가능했습니다.
여기, 여기, 여기, 여기… 그리고 여기도 마찬가지였고요….
전부 가려져서 아무것도 볼 수 없었죠.

그렇게나 많은 사람을 학살한 곳이라고 하기에는
트레블링카가 그렇게 규모가 큰 곳은 아니지 않습니까?

대규모는 아니었죠.
가장 길게 재봤자 500미터밖에 안 됐으니까요.
직사각형이라기보다는 마름모 모양에 가까웠고요.
어떤 식이었냐면
이쪽은 땅이 평평하다가 여기서부터 오르막길이 시작됐어요.
꼭대기까지 오르고 나면 가스실이 나왔죠.

길이 오르막이었죠.

'통로'를 '하늘나라 가는 길'이라고
부르기도 하지 않았습니까?

유대인들은 '승천 길'이나
'마지막 길'이라고 부르기도 하더라고요.
이 둘 말고 다른 건 들어보지 못했습니다.

그럼 머릿속으로 상황을 한번 그려보면요.
사람들이 '통로'로 들어가고 나면…
그다음에는 어떻게 됐죠? 완전히 벗은 상태였나요?

전부 벗은 상태였고요.
여기에 우크라이나 경비병이 두 명 서 있었습니다.

네.

주로 남자들 때문에 있었어요. 이해되세요?
남자들 같은 경우에는 들어가지 않겠다고 하면
채찍으로 때렸거든요.
채찍으로 여기에서도, 또 여기에서도요.

그랬군요.

남자들은 억지로 밀어 넣어야 했어요.
여자들은 그럴 필요가 없었고요.

그럴 필요가 없었다니요?

여자들은 때리지 않습니다.

갑자기 왜 그런 선심을 베푼 거죠?

그 상황을 직접 보지는 않아서 모르겠네요.

모르시는군요.

직접 보지는 못했어요.
어쩌면 여자들도 때렸을 수도 있고요.

왜 굳이 때렸던 거죠?

굳이요?

어쨌든 곧 죽을 사람들인데
굳이 때려야 할 이유가 없지 않습니까?

가스실 입구에서는, 거기서는 때린 게 확실합니다.

아브라함 봄바
트레블링카 학살 생존자 | 이스라엘 텔아비브

아브라함 씨, 어떻게 된 일인지 설명해 주세요.
당시 어떻게 선발되신 거죠?

독일군에서 명령이 내려왔어요.

이런저런 일자리가 있어서 필요하니 이발사들을 선발하라고요.

어떤 일을 하는 곳인지는 당시 우리는 모르고 있었고요.

그렇게 모든 이발사를 집합시켰습니다.

그게 트레블링카에서 지내신 지 얼마나 지난 뒤였습니까?

한 4주 정도 됐을 때였습니다.

수송은 아침이었나요?

네, 오전 10시쯤이요.

수송 열차 한 대가 도착했고

거기서 여자들을 데리고 가스실로 가는 중이었어요.

작업반 유대인들을 어느 정도 불러 모아놓고는

그중에서 이발사가 있으면 손을 들라고 했죠.

저는 그때 이미 경력이 꽤 있었어요.

고향 쳉스토호바나 그 주변에서 온 사람들은

제가 이발사라는 걸 다 알고 있을 정도로요.

그렇게 해서 선발이 됐습니다. 그러고 나서 제 손으로 직접

알고 지냈던 다른 이발사들을 더 뽑았고요.

그분들도 전문 이발사들이었습니까?

네… 그러고 나서 계속 기다리고 있는데…

거기 있는 독일 병사들을 따라서

이동하라는 명령이 떨어졌죠.

그렇게 해서 우리를

제2수용소 안에 있는 가스실까지 데리고 간 겁니다.

거기까지 거리가 멀었나요?

아니요, 그렇게 멀지 않았습니다.

하지만 전부 가려져 있었어요.

울타리며 나뭇가지로 덮인 철조망 같은 거로요.

아무도 바깥을 내다보지 못하게,

그 길 끝에 가스실이 있으리라고는

생각도 하지 못하게 말이죠.

그게 SS에서 '통로'라고 불렀다는 곳일까요?

아니요. 그 사람들이 뭐라고 불렀냐면, 뭐였더라….

'하늘나라 가는 길'이라고 하더라고요.

히멜베크 Himmelweg?

맞아요, 히멜베크, '하늘나라 가는 길'.

그 이름은 가스실로 일하러 가기 전부터

이미 들어서 알고 있었어요.

거기에 도착해서 보니까

여자들 앉으라고 가져다 놓은 벤치들이 있더군요.

그게 마지막으로 남은 절차라는 걸,

최후의 순간에 마지막 숨을 쉴 곳이라는 걸

의심하지 못하게 하려는 거였죠.

아무것도 두려워하지 않도록 말입니다.

그렇게 가스실 안에서
며칠 동안 일하셨죠?

거기서는 일주일에서 열흘 정도 일했죠.

나중에는 사람들이 옷을 벗는 막사 바로 그 자리에서

머리를 자르는 거로 바뀌었고요.

가스실은 어떻게 생겼었습니까?

공간이 그렇게 넓지는 않았어요.

가로 세로가 각각 4미터 정도 되는 방이었죠.

그래도 그렇게 좁은 방 안에

여자들을 얼마나 많이 밀어 넣던지

서로 포개지다시피 했죠.

그런데 아까 이미 말씀드렸듯이

당시 우리는 어떤 일을 하는 건지도 모르고 온 거였거든요.

그때 갑자기 카포 한 명이 들어오더니

이발사들이 할 일을 알려줬어요.
이 안으로 들어오는 여자들이
그저 머리를 새로 하고 몸을 씻은 다음
여기서 다시 나가게 될 거라고 믿게 만들라고 하더라고요.
하지만 우리는 이미 알고 있었죠.
거기서 나갈 일은 없을 거라는 걸,
그게 그 사람들의 마지막이라는 걸,
그 여자들이 살아서는 나가지 못할 거라는 걸요.

더 자세하게 이야기해 주실 수 있으십니까?

더 자세하게요?
우리가 방에서 대기하고 있으면…
어느새 수송 열차가 도착합니다….
그러고 얼마 안 돼서 여자들이며 아이들이
물밀 듯이 밀려 들어오죠….
그러면 우리 이발사들은 머리를 자르기 시작해요.
거기 있는 여자 중에서 몇 명은, 아니, 거의 전부는,
앞으로 무슨 일이 일어날지를 이미 알고 있는 상태였어요.
그래도 우리는 최선을 다해서…

어떻게 그럴 수가…

… 가능한 한 인간의 도리를 하려고 했습니다.

잠깐만요! 그러면 선생님께서는
여자들이 가스실 안으로 들어올 때
이미 그 안에 계셨던 건가요,
아니면 그다음에 들어가신 건가요?

말씀드렸잖아요. 우리는 이미 그 안에 있었다고요.
거기서 그 사람들을 기다렸어요.

가스실 안에서요?

네, 가스실 안에서요.

그러고 있으면 갑자기 여자들이 도착했고요?

네, 여자들이 방 안으로 들어왔죠.

어떤 상태로요?

옷을 벗어서 완전히 나체 상태였죠. 걸치는 것 하나 없이요.

완전히 나체로요?

완전히 나체로요. 여자들이며 아이들까지 전부 다요.

아이들도요?

아이들도요. 탈의실이었던 막사를 지나온 거죠.

가스실로 오기 전에 거기서 먼저 옷을 벗어야 했거든요.

그 사람들이 그렇게 나체로 방에 들어오는 모습을
처음 보셨을 때 어떤 기분이셨습니까?

그저 시키는 대로 할 수밖에요.

보통의 이발소에서 손님들 머리를 자르듯이

이발사의 일을 했습니다.

머리는 최대한으로 많이 잘라내야 했어요.

독일 본국으로 여자 머리카락을 보내야 한다고 하더라고요.

머리를 밀지는 않으셨고요?

밀지는 않고 그냥 자르기만 했습니다.

평상시처럼 커트하는 것일 뿐이라고 믿게 해야 했으니까요.

가위는 가지고 계셨나요?

네, 가위 몇 개와 빗 하나가 있었습니다. 바리캉은 없었고요.

남자들 커트하듯이 잘랐어요.

완전히 박박 밀지는 않고

그냥 조금 자르는 것일 뿐이라고 생각하도록 말이죠.

방 안에 거울도 있었습니까?

거울은 없었어요.

벤치만 있지 따로 앉을 수 있는 의자도 없었고요.

벤치는 몇 개밖에 안 되는데

이발사는 16~17명이나 있었죠….

그에 비해 방으로 들어오는 여자들은 얼마나 많던지!

한 사람 머리를 자르는 데 더도 말고 딱 2분이 걸렸어요.

자기 차례를 기다리는 사람들로 가득 차 있었죠.

> *그때 어떤 식으로 머리를 자르셨는지*
> *보여주실 수 있나요?*

그러니까 그게… 최대한 빨리 자르는 거죠.

다들 직업 이발사들이다 보니까,

그러니까 어떤 식으로 잘랐냐면…

여기를 이렇게… 그리고 여기와 여기…

이쪽… 그리고 이쪽을 자르면… 다 자른 거였죠.

> *동작을 크게 크게 해서요?*

맞습니다. 손 움직임을 크게 크게 해서요.

1초도 아까웠으니까요.

밖에는 이미 그다음 그룹이

똑같은 절차를 밟기 위해 기다리고 있었거든요.

> *이발사가 총 16명이었다고 하셨습니까?*

네.

> *그러면 머리를 한 번에 몇 명이나 자르셨나요?*

하루에… 어림잡아서…

60명에서 70명 정도 잘랐을 거예요.

> *그러고 나서 가스실 문을 바로 닫는 건가요?*

아니요. 일단 첫 번째 그룹 머리를 다 자르고 나면,

그다음 그룹이 방 안으로 들어와요.

그러면 총 140명에서 150명 정도가 됐죠.

그러고 나서 바로 작업에 들어갑니다.

우리한테는 몇 분간, 한 5분 정도,

가스실 밖으로 나가 있으라고 했어요.

그렇게 방 안으로 가스를 넣어서 질식시켜 죽인 겁니다.

　　　　　　　　　그럼 그동안에는 어디서 기다리신 겁니까?

가스실 밖에서요. 반대쪽에서요….

그러니까 여자들이 이쪽으로 들어왔다고 하면…

저기 반대쪽에서요.

거기서는 이미 작업반 하나가

시체들을 꺼내는 작업을 하고 있었고요.

그중에는 아직 죽지 않은 사람들도 있었어요.

그렇게 2분이 지나면, 2분이 뭡니까, 1분만 지나도…

청소까지 완전히 깨끗하게 끝난 상태였어요.

그러고 나서 그다음 그룹이 또 들어옵니다.

똑같은 운명을 맞이하러 말이죠.

　　　　　　　　　여자들은 머리카락이 길었습니까?

머리가 길건 짧건 상관없이 모두 잘라야만 했어요.

독일군에서 머리카락을 달라고 했거든요.

필요하다고 하더라고요.

　　　　　　　　　그런데 제가 여쭤본 건
　　　　　　　선생님께서 나체 상태의 여자들과 아이들을
　　　　　　　처음으로 보게 됐을 때 기분이 어떠셨는지,
　　　　　　　　어떤 심정이셨는지를 여쭤본 건데요.
　　　　　　　이 질문에는 아직 대답해 주지 않으셔서요.

사실 그런 상황에서는 어떤 기분이 든다는 거 자체가…

어떤 기분이 됐든 뭔가를 느낀다는 게 굉장히 어렵습니다.

죽은 사람들, 시체들 사이에서 밤낮으로 일한다고 생각해 보세요.

감정이라는 게 생길 수가 없어요.

마음이 완전히 텅 비어서 죽은 거나 마찬가지였으니까요.

한 가지 말씀드리자면,

제가 가스실에서 머리를 자른 사람 중에는

제 고향인 쳉스트호바에서 끌려온 여자들도 있었어요.

그중에는 아는 사람도 꽤 있었고요.

지인들이 있었다고요?

네, 지인들도 있었죠.

같은 도시 같은 동네에서 살던 사람들이었으니까요.

그중에서 몇 명과는 친한 사이였고요.

저를 보자마자 붙들면서 물어보더라고요.

"에이브Abe, 여기서 뭐 하는 거야? 이게 무슨 일이야?"

거기다 대고 뭐라고 말하겠어요? 도대체 무슨 말을 하겠냐고요.

거기에 제 친구도 한 명 있었는데,

그 친구도 저와 같은 고향 출신 이발사였거든요.

한번은 그 친구 아내와 여동생이

가스실로 들어오는 거예요….

에이브, 계속 말해 주시죠.

말씀해 주셔야 합니다. 꼭 필요한 이야기예요.

너무 잔인해서…

부탁드려요.

힘들어도 해야 하는 일이라는 거 아시잖아요.

못 하겠어요.

말씀해 주셔야 해요. 정말 힘드실 거라는 거 압니다.

이해해요. 죄송하지만 부탁드릴게요.

그만하죠….

제발 부탁드립니다. 이어서 말씀해 주세요.

말씀드렸지 않습니까. 아주 힘들 것 같다고요.

이런 머리카락들을 자루에 담아서 독일로 보낸 겁니다.

좋아요. 계속합시다.

두 사람한테 말을 걸어보겠다고 애를 썼죠.

아내한테나 여동생한테요.

그런데 그 뒤에 나치 SS 대원들이 지키고 서 있으니까

그게 그 사람들 인생의 마지막 순간이라고는

차마 말할 수가 없었죠.

거기서 한 마디라도 말했다가는

이미 죽은 것이나 다름없었던 두 사람의 운명을

자기도 똑같이 밟게 될 거라는 걸 알고 있었던 거죠.

그래도 최선을 다해서 잘해주려고 했어요.

1분 1초라도 더 같이 있으려고

서로 안아주고 입 맞추고 하면서요.

다시는 만나지 못할 거라는 걸 알았으니까요.

프란츠 주호멜

전 나치 독일 SS 하사

여자들은 '통로'에서 대기해야 했습니다.

가스실 엔진이 돌아가는 소리를 들으면서요.

그 안에서 사람들이 비명을 지르며

애원하는 소리도 들렸을 거예요.

바로 거기서 죽음의 공포가 찾아오곤 했죠.

인간은 죽음의 공포에 휩싸이면 힘이 풀려 버립니다.

앞이나 뒤로 자기 자신을 비우게 되죠….

그래서 거기 여자들이 대기하던 곳에는

대여섯 줄로 대변이 자주 놓여 있곤 했어요.

그럼 서 있는 상태에서…?

아니요. 쭈그려 앉아 있을 수 있었어요.

물론 서서 싸기도 했고요….

사실 그 광경을 직접 본 건 아니고 나중에 남아 있는 걸 본 겁니다.

여자들만 그랬나요?

네. 남자들은 그럴 일이 없었어요.

남자들은 '통로'를 빠르게 지나갔어요.

거의 달리다시피 말이죠.

여자들은 가스실이 빌 때까지 그 안에서 대기해야 했고요.

그럼 남자들은 어떻게 했죠?

남자들 같은 경우에는 채찍을 맞아가며

가장 먼저 이동했습니다.

그렇군요.

무슨 말인지 이해됩니까?

남자들이 항상 가장 먼저였습니까?

남자들이 언제나 우선이었습니다.

대기할 필요도 없이요?

남자들은 대기할 시간이 없었죠.

아니, 아니요! 대기할 필요가 없었죠.

그럼 죽음의 공포는…

죽음의 공포가 찾아오면 사람은 몸을 비우게 됩니다.

이건 잘 알려진 사실이에요….

본인이 죽을 거라는 걸 알게 되는 순간

침대에서도 일어날 수 있는 일이죠.

제 어머니께서도 침대 옆에 쭈그리고 앉으셔서….

선생님 모친께서요?

제 어머니요… 엄청나게 싸셨더라고요….

원래 그렇습니다. 의학적으로 밝혀진 사실이에요. 아닌가요?

전부 아시고 싶다고 하시니까 드리는 말씀인데,
그 사람들은 기차에서 내리면서부터,
아니, 바르샤바나 다른 곳에서 기차에 올라탈 때부터
이미 구타를 당하면서 온 겁니다.
엄청 심하게 맞았죠. 트레블링카에서보다 더 심하게요.
이건 제가 장담할 수 있습니다.
그리고 나서 열차 안에서는 내내 서서 온 거예요.
화장실도 없고, 물 한 모금도 못 마시고요.
공포가 따로 없죠.
그리고 나서 열차 문이 열리면 그때부터가 시작이었죠.
"Bremze, bremze, bremze."
"Shipshe, shipse, shipse."
발음이 잘 안 되네요. 제가 지금⋯ 틀니를 끼고 있어서요.
폴란드어로 'bremze'라고 하거나 'shipse'라고 했어요⋯.

'bremze'가 무슨 뜻이죠?

우크라이나 사람들이 쓰던 말인데
"빨리, 빨리!"라는 뜻입니다.
그렇게 다시 쫓기기 시작하는 겁니다. 채찍질이 쏟아졌죠.
SS 중에 퀴트너 Kurt Küttner♦는 이만큼 큰 채찍을 가지고 있었어요.
여자들은 왼쪽으로, 남자들은 오른쪽으로 보냈죠.
채찍으로 계속 때려가면서요.

쉬지 않고 계속요?

한 번도 쉬는 법이 없었죠.
여기저기서 shipshe, shipshe 하면서요.
어떤 상황인지 아시겠어요?

막 뛰어다녔겠군요!

계속 뛰어다녔죠. 항상 말이에요.

그런 식으로 그 사람들을 '해치운' 겁니다….

그게 일종의 요령이었군요?

요령이었죠.

기억하셔야 하는 게, 빨리 진행하는 게 중요했으니까요.

청색 작업반이 맡았던 임무 중 하나가

늙고 아픈 사람들을 '의무실'로 보내는 일이었어요.

그 사람들 때문에 가스실까지 가는 작업이

지연되면 안 되니까요.

노인들도 같이 처리하려면 시간이 너무 오래 걸릴 테니까요.

'의무실'로 누구누구를 보내겠다는 건 독일군이 결정했습니다.

청색 작업반 유대인들은 단지 그걸 '실행으로 옮길' 뿐이었고요.

사람들에게 '의무실'까지 길을 안내하거나

직접 들것에 실어서 옮기는 일 같은 거요.

보통은 나이든 여자들이거나

아픈 아이들, 아픈 엄마를 둔 아이들이었어요.

할머니가 나이가 너무 많은 경우에는 아이들도 함께 남겨졌고요.

아무것도 모르는 할머니를 '의무실'까지 부축해야 했거든요.

흰 깃발에 붉은 십자가가 그려진 게 '의무실' 표시였어요.

거기까지 가는 길은 딱 하나 있었는데,

끝에 다다르기 전까지는 아무것도 보이지 않는 통로였죠.

거길 다 지나고 나면…

구덩이 안에 죽어 있는 사람들이 보였고요.

그렇군요.

거기까지 사람들이 도착하고 나면

옷을 벗고 흙더미 위에 앉게 한 다음
뒤통수에 총을 쏴서 죽이곤 했습니다.
그러면 구덩이 안으로 곧바로 떨어졌거든요.
구덩이에는 항상 불이 피워져 있었어요.
쓰레기며 종이며 휘발유를 부어서 피운 불이니
시체들이 아주 활활 잘 탈 수밖에 없었죠.

리하르트 글라차르

트레블링카 학살 생존자 | 스위스 바젤

'의무실'은 공간이 협소했습니다.
램프에서 거리가 꽤 가까웠고요.
거기엔 주로 노인들을 보내곤 했는데
그 일을 제가 해야 하는 날도 있었죠.
'의무실'이라고 부르기는 했지만
지붕도 없이 하늘이 훤히 보이는 처형장이었어요.
그래도 사방으로 위장은 되어 있어서
밖에서는 아무도 그 안을 들여다볼 수 없었죠.
거기까지는 좁은 통로를 지나야만 들어갈 수 있었는데
거리가 아주 짧았어요.
'통로'와 비슷한 구조였습니다. 작은 미로 같기도 했고요.
'의무실' 한가운데에는 구덩이 하나가 있었어요.
들어오다 보면 왼쪽에
조그맣게 칸막이가 되어 있는 곳 옆에
나무 널빤지 같은 게 있었죠.
다이빙할 때 도움을 받는 발판 같은 거요.
거기까지 간 사람들이 이제는 서 있을 힘도 없다고 하면 그 위에 바로 앉을 수 있게 했어요.
그러고 나면 SS 미테 August Wilhelm Miete 하사가
당시 트레블링카에서 사람들이 흔히 하던 말로
'환자 한 명 한 명에게
알약을 한 알씩 처방해서 낫게' 해주곤 했어요.
뒤통수에 총을 한 방씩 쏜다는 뜻이었죠.

당시 가장 많을 때는 그런 일이 일상이었어요.
깊이가 적어도 3.5미터에서 4미터 정도 되는 구덩이가
시체로 넘쳐날 정도였죠.

무슨 일이 있었는지는 모르겠지만
이런저런 이유로 부모와 떨어져서
혼자 남겨진 아이들도 있었거든요.
그런 아이들도 '의무실'로 데려가서 총을 쏴서 죽였습니다.

'의무실'은 트레블링카의 노예였던 우리에게도
종착점 같은 곳이었어요.
우리의 마지막은 가스실이 아니라 언제나 '의무실'이었죠.

루돌프 브르바
아우슈비츠 학살 생존자 | 미국 뉴욕

열차에서는 내리지 못하는 사람들도 있기 마련이었어요.
오는 도중에 이미 죽어버린 사람들이나
너무 심각하게 병든 나머지
아무리 때려도 한 발자국도 움직일 수 없는 사람들이었죠.

그런 사람들은 기차 안에 그대로 남아 있었어요.

그때 우리가 가장 먼저 한 일은

기차 안으로 들어가서 이미 죽었거나

죽어가는 사람들을 밖으로 꺼낸 다음

SS 대원들이 쓰는 표현을 빌리자면,

라우프슈리트_laufschritt_, 즉 '뛰면서' 옮기는 일이었습니다.

라우프슈리트, 그러니까 절대로 걸으면 안 됐죠.

언제나 라우프슈리트….

… 이머 라우펜_immer laufen_ ….

… 이머 라우펜, 즉 '항상 뛰어' 다녀야 했어요.

운동을 그렇게 좋아했어요….

아시다시피 스포츠 민족이지 않습니까!

기차 안에 있는 시체들을 바깥으로 꺼내서

뛰어다니면서 옮겨야 했습니다.

램프 앞에 트럭이 세워져 있는 곳까지요.

거기엔 언제든지 바로 출발할 수 있는

트럭들이 항상 대기하고 있었어요.

5대에서 6대, 어떤 때는 더 많기도 했고요.

그게 그러니까…

첫 번째 트럭에는 이미 죽었거나 죽어가는 사람들을 싣습니다.

이미 죽은 사람과 죽은 척하는 사람들을요.

아시죠, 죽은 것처럼 흉내를 내는 사람들 있잖아요.

그런 것까지 정확하게 진단하려고 애를 쓰지는 않았습니다.

그렇게 트럭을 채우고 나면 곧바로 차가 출발해요.

시체들을 태운 차가 제일 먼저 소각장으로 향했죠.

램프에서 2킬로미터 정도 거리에 있었어요.

그 당시에는 2킬로미터나 떨어져 있었군요!
그게 새로운 램프를 짓기 전인가요?

네, 램프를 새로 짓기 전이었어요.
그때만 해도 기존에 있던 램프였죠.
그 램프로만 175만 1000명이나 되는 유대인이 지나갔어요.

그러니까 희생자 중 대부분은 그 낡은 램프를 지나간 겁니다.

새로운 램프는 헝가리에서 끌고 오는 유대인 100만 명을
짧은 시간 안에 학살하려고 계획하면서 지은 거고요.

이 모든 기계적인 살인 공정이 작동하는 원리는 딱 하나였어요.
어디로 가는 건지, 거기엔 뭐가 기다리고 있는지
희생자들이 모르게 하는 거였죠.
사람들이 가스실까지 겁내지 않고 일사불란하게
걸어간다는 전제가 깔려 있었어요.
특히 여자들이나 아이들이 난리를 피울까 봐 걱정이었죠.
그랬기 때문에 나치에게 중요했던 건
우리 중 그 누구도 바로 마지막 순간까지도
그 사람들을 불안하게 하는 말은
단 한 마디도 내뱉지 않는 거였어요.
유대인들과 접촉을 시도하는 사람은
누가 됐든 맞아 죽거나,
아니면 기차 뒤로 끌려가서 총살을 당하곤 했죠.
혹시라도 사람들이 공황 상태에 빠지게 되면
램프 바로 그 자리에서 대학살을 벌여야 했을 테고,
그러면 모든 공정이 곧바로 중단됐을 테니까요!

사방에 시체며 피가 널브러져 있는데

그다음 기차가 들어오면 안 되니까요!

그렇게 되면 혼란은 더욱 가중됐겠죠.

나치의 명령은 딱 하나였습니다.

모든 일이 조금의 충돌이나 착오 없이 진행되도록 하라는 것.

그렇게 해야 시간을 낭비하지 않을 테니까요.

필리프 뮐레르
존더코만도 출신의 아우슈비츠 학살 생존자

매번 가스 학살을 할 때마다

SS에서는 아주 엄중하게 경계 태세를 갖추곤 했습니다.

엄청나게 많은 수의 대원들이

소각장 가장자리를 한 줄로 빙 둘러 서서

마당을 지키고 있었죠.

군견들과 기관총으로 무장한 상태로요.

오른쪽으로 가면 지하 탈의실로 이어지는 계단이 나왔어요.

비르케나우에는 소각장이 총 네 군데 있었죠.

2번, 3번, 4번, 5번 소각장이요.

2번과 3번은 구조가 같았어요.

거기엔 탈의실과 가스실이 둘 다 지하에 있었죠.

탈의실 면적은 약 280제곱미터로 아주 넓었고,

가스실도 한 번에 3000명까지 질식시킬 수 있을 만큼 컸어요.

4번과 5번 소각장은 그것과는 또 다른 구조였는데,

지하에는 아무런 방도 없고 전부 지상에 있었죠.

그 안에 가스실은 세 개씩 있었고요.

4번과 5번을 합치면 적어도 1800명에서 최대 2000명까지는
수용할 수 있는 크기였습니다.

소각장이 점점 가까워질수록
사람들은 그 모든 광경을 전부 볼 수 있었어요….
그 끔찍한 폭력의 장면을,
무장한 SS 대원들이 둘러싼 공간에서
여기저기서 개들이 짖어대고 기관총을 장전하고 있는 모습을요.

모두가 불안해했죠. 특히 폴란드 출신 유대인들이요.
뭔가 심각하게 잘못되고 있다는 걸 깨닫게 된 거예요.
아무리 끔찍한 악몽을 상상했다 하더라도
본인들이 서너 시간 뒤에 잿더미로 변할 운명이라고는
그 누구도 생각하지 못했을 겁니다.

그렇게 탈의실로 들어가면
과연 국제 안내소라고 부를 만한 공간이 펼쳐졌지요.
벽에는 옷을 걸 수 있도록 못이 박혀 있었는데
못 하나하나마다 번호가 달려 있었습니다.
그 아래로는 나무로 된 벤치가 있었고요.
그들이 하던 말을 빌리자면
사람들이 '더 편하게' 옷을 벗을 수 있도록 하기 위한 용도였죠.
지하 탈의실 안에는 여러 개의 기둥이 세워져 있었는데
그 위에는 각국의 언어로 쓰인 각종 구호가
벽보처럼 붙어 있었습니다.
'청결!', '이 박멸!', '목욕!', '소독실로' 같은 문구들이요.
그 모든 광고 문구의 목적은 단 하나였습니다.
거기서 옷을 벗은 사람들을 가스실로 몰아내기 위한 목적이었죠.

그 안에서 왼쪽 대각선 방향으로 가면
어마어마하게 큰 문이 달린 가스실이 있었거든요.

2번, 3번 소각장에서는 소위 'SS 소독 대원'이라고 불리는 사람들이
천장을 통해 치클론 가스 결정체를 주입하곤 했습니다.
4번, 5번 소각장의 경우에는 측면에 달린 문을 통해서였고요.

가스 대여섯 통으로 사람을 2000명이나 죽였어요.
'소독 대원들'은 붉은색 십자가가 그려진 차를 타고 도착해서
사람들과 함께 걷곤 했죠.
목욕을 할 수 있는 곳까지 데려다주는 거라고 믿게 하려고요.
하지만 실제로 붉은색 십자가는 속임수일 뿐이었습니다.
그 안에는 치클론 가스가 담긴 상자와
그걸 여는 데 필요한 망치가 숨겨져 있었으니까요.

가스로 질식시켜 죽이는 건 10분에서 15분이면 끝났어요.
가장 끔찍한 순간은 가스실 문을 다시 열 때였는데,
정말이지 눈 뜨고는 볼 수 없는 모습이었어요.
사람들이 현무암 돌덩이나 벽돌처럼
서로 뭉친 채로 쌓여 있었는데
그 상태 그대로 가스실 밖으로 굴러 떨어지더라고요.
여러 번 목격했지만
그 장면만큼은 도저히 받아들일 수가 없더군요.
절대로 익숙해질 수 없는 광경이죠.
거기에 익숙해진다는 건 불가능합니다.

불가능할 정도로요.

네, 한번 생각해 보세요.
일단 방 안으로 가스를 집어넣으면

바닥에서 천장 쪽으로 퍼집니다.

그때부터 치열한 몸싸움이 시작되는 거예요.

그 안에서 전투를 벌이는 거죠.

가스실 안에는 빛이 차단되어 있어서 깜깜해요.

아무것도 보이지 않죠.

그중에서 힘이 센 사람들은

계속해서 위로 올라가려고 했겠죠.

위로 올라가면 올라갈수록 공기가 더 많을 것 같으니까

숨을 쉬기가 더 편하다고 느꼈을 겁니다.

전쟁이 따로 없었죠.

그러는 동시에 거의 모두가 문 쪽으로 달려 나갔으니까요.

무의식적인 반응 같은 거죠.

그냥 저기에 문이 있으니까….

문을 뚫고 나가기라도 할 것처럼 그쪽으로 달려드는 겁니다.

그 죽음의 싸움에서는 본능을 억제한다는 게 불가능했어요.

그러다 보니 어린애들이나 가장 힘이 없는 사람들,

노인들이 가장 밑바닥에서 발견됐어요.

힘이 센 사람들은 맨 위에서 발견됐고요.

죽음의 사투에서는 아버지라는 사람도

자기 자식이 저 아래 자기 밑에 깔려 있다는 건

생각할 겨를이 없었을 테니까요.

                         문을 다시 열었을 때는요?

굴러 떨어졌죠….

꼭 돌덩어리들처럼 떨어졌어요….

트럭에서 커다란 돌멩이들이 눈사태처럼 쏟아지는 것 같았습니다.

치클론 가스를 주입한 부분 근처는 텅 비어 있었고요.

결정체가 있는 주변으로는 아무도 없었어요.

그쪽은 완전히 텅 비어 있었죠.

아마도 안에 있던 사람들도 느꼈던 것 같아요.

바로 거기에 가스가 가장 많이 머물러 있다는 걸요.

사람들은… 몸 여기저기에 상처가 나 있었어요.

안이 어두우니까 서로 부딪히고 그랬겠죠.

몸부림치느라 아등바등하면서요.

오물 범벅에 피까지 흘려서 완전히 더러운 상태였죠.

특히 귀와 코에서 피가 흘렀고요.

위에서 다른 사람들이 가하는 압력 때문에

바닥 쪽에 깔려 있던 사람들의

형체가 완전히 알아볼 수도 없게

되어 있는 걸 본 적도 있어요….

두개골이 부서진 애들도 있었고요….

그렇군요.

네?

끔찍하네요.

끔찍했죠. 토사물도 보였어요.

사람들 귀와 코에서는 피가 흘렀고요.

월경 피도 있었을 겁니다. 아니지, 확실하게 있었어요!

모두가 살려고 안간힘을 썼던 그 죽음의 전투에서

남은 흔적들이었죠.

차마 보고 있을 수도 없을 만큼 처참했어요.

그게 가장 힘든 기억입니다.

이미 소각장의 문턱을 넘은 사람들에게

진실을 말해 준다는 건 아무런 소용이 없는 일이었습니다.

그땐 그래봤자 아무도 구할 수가 없었으니까요.

목숨을 구하기에는 이미 때를 놓친 상황이었죠.

1943년이었나, 5번 소각장에서 작업하던 때였는데
하루는 비아위스토크에서 출발한 기차가 도착했어요.
그때 존더코만도에서 일하던 수감자 중 한 명이
탈의실에서 자기 친구의 아내를 알아보고는
자기가 아는 대로 사실을 전부 다 말해 버린 거예요.
다들 학살당할 거라고,
3시간 뒤에는 전부 잿더미가 되어 있을 거라고요.
아는 사람이 그런 말을 하니까 믿을 수밖에 없죠.
여자는 방 여기저기를 뛰어다니기 시작하면서
다른 여자들한테도 그 사실을 알립니다.
사람들이 우리를 죽일 거라고,
가스로 질식시킬 거라고 하면서요.
애들을 껴안고 있는 아이 엄마들은
그런 말을 듣고 싶지 않아 했어요.
미친 여자라고 생각하고 밀쳐내기 시작했습니다.
그러니까 여자는 남자들이 있는 곳까지 가서 외쳤고요.
하지만 소용없는 짓이었죠.
여자 말을 못 믿어서가 아니었어요.
비아위스토크 게토에서나 그로드노 Grodno 같은 다른 곳에서도
이미 그런 소문이 돌고 있었거든요….
그런데 그런 이야기를 누가 또 듣고 싶겠습니까?
결국엔 아무도 자기 이야기를 들어주지 않으니
절망에 빠진 여자는 얼굴을 마구 쥐어뜯어 댔어요.
충격적이었던 거죠.
그러면서 막 비명을 질러 댔고요.

결국에는 어떻게 됐냐고요?
모두 가스실로 들어갔죠. 그 여자만 빼고요.

우리는 화덕 앞에 일렬로 줄을 서서 지켜봐야 했어요.

그놈들은 먼저 여자부터 잔인하게 고문하기 시작했어요.

누가 말해 준 건지 밝히라는 걸 여자가 거부했거든요.

그러다가 여자는 자기에게 그 말을 해준 사람을 결국 지목했고

대열에 있던 그 남자는 앞으로 불려 나가

산 채로 화덕 안으로 집어 던져졌죠.

우리한테는 누구든 입을 놀리면 이렇게 될 거라고 했습니다.

우리 존더코만도에서는

사람들에게 어떻게 진실을 말해 줘야 할지 자주 고민했어요.

그들에게 어떻게 진실을 알려야 할지….

하지만 이전의 경험으로 미뤄볼 때

그런 일이 한 번도 아니라 여러 번 반복되는 걸 보니

말해 봤자 아무런 소용이 없다는 결론이 났죠.

결국엔 그 사람들의 마지막 가는 길이

더욱더 힘들어지기만 할 뿐이라고요.

그나마 들었던 생각은 폴란드 출신 유대인들이나

비르케나우에서 이미 반년이나 버틴

테레지엔슈타트 수용소에서 온 사람들에게는

어쩌면 사실을 말해 주는 편이 더 나을지도 모르겠다는 거였어요.

하지만 다른 사람들 같은 경우에는, 생각해 보세요,

그리스나 헝가리, 케르키라섬에서 끌려온 유대인들은

열흘에서 12일 동안을 굶주린 상태로

물 한 모금 마시지 못해 목이 말라 죽을 듯한 상태로

여기까지 온 겁니다.

그러니 도착했을 때는 거의 실성한 상태였죠.

그런 사람들은 처리 방법도 달랐어요.

그 사람들한테는 옷을 벗으면 바로 차를 한 잔씩 내어주겠다고 했죠.

그러니까 그 유대인들은 이런 상태였던 겁니다.

가도 가도 끝이 보이지 않는 여행에서
머릿속에는 오로지 딱 하나
그저 목을 축여야겠다는 생각뿐이었던 거예요.
학살을 집행하는 사람들도 그걸 너무나도 잘 알고 있었고요.
말하자면 그 모든 게 사전에 계획됐던 겁니다.
계획되고 계산된 학살 절차였죠.
사람들이 그런 상태가 되도록
마실 걸 아무것도 주지 않으면서 심신을 허약하게 한 다음
결국에는 스스로 가스실로 달려가도록 한 거예요.
실제로 그 사람들은 가스실에 도착하기도 전에
이미 거의 죽은 상태나 마찬가지였던 거죠.

또 아이들은 어땠는데요. 엄마한테 울면서 보챘죠.
엄마, 제발 물, 물 좀 달라고 하면서요.
며칠 동안 아무것도 마시지 못한 어른들도
똑같은 강박 증상을 보였어요.
그런 사람들한테는 사실을 알려준다고 해도
아무런 의미가 없었을 겁니다.

케르키라섬 출신의 아우슈비츠 학살 생존자

제 조카 둘입니다. 비르케나우에서 불타 죽었어요.
친형 애들이에요. 애들 엄마와 같이 소각장으로 끌려갔어요.
모두 비르케나우에서 불타 죽었습니다.
제 형은 병이 있어서 바로 소각로 화덕 안으로 던져졌고요.
그렇게 불타 죽었어요.
비르케나우에서요.

모세 모르도 Moshe Mordo

케르키라섬 출신의 아우슈비츠 학살 생존자

큰 아들애가 열일곱, 둘째가 열다섯 살이었어요.

다른 두 명은 애들 엄마와 같이 죽었고요.

네, 자식을 넷이나 잃었습니다.

선생님 부친께서는요?

네, 제 아버지도요.

당시 연세가 어떻게 되셨죠?

아버지가 그때 85세였죠.

연로하신 나이였죠.

부친께서는 아우슈비츠에서 돌아가셨나요?

네, 아우슈비츠에서요.

85세였고, 비르케나우에서 태어나셨어요.

부친께서도 거기까지 그 긴 여정을 하신 거네요?

네. 그렇게 온 가족이 죽었어요.

처음엔 가스실에서, 나중엔 소각장에서요.

아르만도 아론 Armando Aaron

케르키라섬의 유대인 교민회 회장

1944년 6월 9일 금요일 아침

케르키라섬에 사는 모든 유대인이

전부 겁에 질려서는 한곳에 모였습니다.

독일군이 집합하라고 명령을 내렸거든요.

여기 광장이 게슈타포와 경찰들로 가득 차 있었어요.

우리는 계속해서 앞을 향해 걸었어요.

그중에는 우리를 배반한 레카나티 Rekanati 형제와

아테네 출신 유대인들도 있었고요.

그 사람들은 전쟁이 끝나고 나서 무기징역을 선고받았습니다.

지금은 이미 자유의 몸이 됐지만요.

그날 우리는 앞을 향해 계속 걸었어요.

계속 행진하라는 명령이 있었거든요.

이 길을 따라서요?

네, 바로 이 길로요.

사람 수가 얼마나 됐죠?

1650명이나 있었죠.

구경하는 사람들도 많았나요?

꽤 있었죠. 기독교인들은 저쪽에 서 있었고요.

우리를 구경했죠.

어디에서요?

길가 모퉁이에요?

네. 베란다 난간에도 있었고요.

우리가 한곳에 모이고 나니까

게슈타포 사람들이 기관총을 들고 뒤에 따라붙었더라고요.

그게 몇 시쯤이었죠?

아침 6시였습니다.

날씨가 맑았나요?

화창한 날이었죠.

네, 아침 6시였어요.

1650명이면 사람이 꽤 많았겠네요.

엄청 많이 모였어요.

유대인들을 집합시켰다는 걸

나중에는 기독교인들도 알게 됐는데

그 사람들은 저쪽에 모여 있었고요.

구경하려고 온 거죠.

정말 다시는 그런 일이 일어나지 않아야 할 텐데요.

선생님께서도 겁이 나셨습니까?

엄청 무서웠죠.

젊은 사람들이며 몸이 아픈 사람들,

어린 애들, 늙은이들, 정신이 나간 사람들까지

다 모여 있었어요.

정신이 나간 사람들과 환자들까지

끌고 온 걸 보고는 정말로 더 무서워졌죠.

교민 사회가 이대로 파괴되는 건 아닌지 겁이 났습니다.

그래서 그 사람들이 뭐라고 하던가요?

요새 앞에 집합하라고 한 이유가

우리를 모두 독일로 데려가서

일을 시키기 위해서라고 하더라고요.

아니, 독일이 아니라 폴란드요, 폴란드.

케르키라섬에 보이는 벽이면 벽마다

독일 병사들이 공포문을 붙여놨더라고요.

유대인이라면 모두 집합해야 한다고요.

유대인을 전부 골라내고 나면

그리스가 더 잘살게 될 거라는 내용이었죠.

아래에는 도지사에 경찰청장에 시장 것까지

서명이 되어 있었고요.

유대인 없이 더 잘살게 될 거라고요?

네. 그건 나중에 다시 돌아오고 나서야 보게 된 겁니다.

그렇지?

케르키라섬에도 유대인을 싫어하는 분위기가 있었습니까?

그런 분위기가 예전부터 늘 있었나요?

그런 분위기는 이미 있었죠. 원래부터 있었어요.

그래도 그 일이 있기 전 몇 년간은 그렇게 심하지는 않았어요.

어째서요?

섬에서 유대인들을 그렇게까지 싫어하지는 않았죠.

지금은 어떤가요?

지금도 그런 건 전혀 없죠. 자유로워요.

기독교인들과의 관계는요?

좋습니다. 아주 좋아요. 아주 좋고말고요.

이분께서는 뭐라고 하시는 거죠?

감독님께서 뭘 물어보는 거냐고 물어보네요.

지금 기독교인들과는 관계가 아주 좋다고,

본인도 그렇게 생각한다고요.

모든 유대인이 게토에 모여 지냈습니까?

네, 대부분은요.

유대인들이 떠나고 나서는 어떻게 됐죠?

우리 재산을 모조리 다 뺏어갔어요.

우리가 가지고 있었던 금도 다 가져가고

우리가 살던 집 열쇠까지도 죄다 훔쳐 갔죠.

누가요?

법적으로는 그리스 정부로 넘어가게 돼 있었지만

사실 그리스에서 가져간 건 아주 조금밖에 안 되고

나머지는 전부 훔쳐 갔어요. 뺏어간 거죠.

누가 뺏어갔습니까?

다른 사람들 전부요. 특히 독일 사람들이요.

당시 끌려갔던 1700명 중에서…

… 122명만 살아남았어요. 95%가 죽었죠.

케르키라섬에서 아우슈비츠까지는
긴 여정이었을 텐데요.

소집을 당한 게 6월 9일인데 29일에야 거기 도착했어요.

그리고 그날 밤 바로 대부분이 불타 죽었고요.

6월 9일부터 29일까지 계속 이동하셨다고요?

여기서 닷새인가 머물렀어요. 여기 요새에서요.

아무도 도망갈 엄두를 못 냈어요.

자기 부모나 형제가 도망가도록 내버려 두지도 않았고요.

같은 종교끼리. 같은 가족끼리

뭉쳐야 한다는 연대감 같은 게 있었죠.

첫 번째 그룹이 출발한 게 6월 11일이고

저는 6월 15일에 출발한 그룹에 있었습니다.

그때 타신 배는 어떤 종류였나요?

자테라Zattera라고 배럴 통과 나무판자로 만든 배였어요.

독일 병사들이 탄 작은 보트가 배 앞에 연결되어 있었고요.

우리가 탄 배에는 경비가 한 명, 아니 두세 명 정도 있었어요.

그러니까 독일 병사들이 많이 탄 편도 아니었던 거죠.

그래도 잘 아시다시피

공포 그 자체만으로 최고의 감시가 되었어요.

거기까지 여정은 어땠나요?

끔찍했죠. 끔찍했습니다.

물도 마실 것도 아무것도 없었어요.

짐승들도 20마리가 겨우 들어가는

열차 차량 90개에 모두가 서 있었죠.

가는 도중에 많이들 죽었어요.

그 시신들은 별도로 다른 차량에

염화칼슘과 섞어서 같이 넣어놨고요.

결국에는 죽었건 살아 있었건

아우슈비츠에서 모두 불에 태워졌지만요.

발터 슈티어 Walter Stier
전 나치 독일 국영 철도청 33과 과장

선생께서는 기차를 한 번도 본 적이 없으십니까?
한 번도 본 적이 없습니다. 단 한 번도요.
일로 정신이 없어서 사무실을 거의 벗어나지 못했죠.
그땐 밤낮으로 일했으니까요.

G. E. D. O. B.
'게도프'*라고 하면…

'동부 철도 총국'을 말합니다.
저는 1940년 1월에
크라쿠프 게도프로 발령을 받아서 지내다가
1943년 중반 즈음에 바르샤바 지부로 전출됐습니다.
거기서 '수석 교통기획관'으로 지명됐고요.
아니지, '교통기획부장'이라고 하는 게 낫겠네요.

그럼 1943년 이후에도
계속해서 같은 업무를 맡으신 겁니까?

그렇습니다.
달라진 점이 하나 있다면
부서 책임자로 승진된 것뿐이었죠.

전쟁 당시 게도프, 동부 철도 총국에서는
구체적으로 어떤 일을 맡으셨죠?

독일 본국에서 했던 일과 정확하게 같은 업무였습니다.

---

* Gedob. 'Generaldirektion der Ostbahn'의 줄임말.

기차 시간표를 계획하고

일반 열차와 '특수 열차' 편성을 조정하는 일이요.

총국 안에 부서가 여러 개였습니까?

네. 33과에서는 '특수 열차'와… 일반 열차를 담당했습니다.

'특수 열차'의 경우는 완전히 33과 소관이었고요.

그럼 선생께서는

'특수 열차' 업무를 계속 맡으신 건가요?

네.

특수 열차와 일반 열차는 어떤 점에서 달랐는지요?

기차표를 사는 사람은 누구나 탈 수 있는 게 일반 열차였죠.

특수 열차는 별도로 신청을 해야 했고요.

지침이 있어야만 편성되는 기차였거든요.

그리고 특수 열차의 경우 승객들은 단체로 운임을 냈습니다.

특수 열차라는 게 아직도 있습니까?

그럼요. 옛날에 있었던 것처럼 아직도 있죠.

단체여행의 경우 특수 열차를 편성하는 건가요?

그렇죠. 예를 들면, 이주 노동자들이

명절에 고향을 방문할 때는 '특수 열차'를 편성해 줬죠.

그렇지 않으면 도로 교통이 원활하지 않았을 테니까요.

전쟁 후에는 국빈 의전용 열차를

담당했다고 하셨는데요.

네, 전쟁이 끝난 뒤에는요.

그럼 어떤 국가의 왕이 독일을 방문하는 경우에

특수 열차를 타게 됩니까?

그렇죠. 특수 열차를 이용했죠.

하지만 단체 여행을 위한 특수 열차의 경우와는

진행되는 절차가 또 달랐어요.

국빈 방문은 외무부의 일이니까요.

　　　　　　　　　그렇다면 왜 전쟁 전후보다 전쟁 중에
　　　　　　　　특수 열차 운행이 더 많았던 거죠?

아! 무슨 말씀을 하고 싶으신 건지 이제 알겠네요.

'수송 열차'를 말씀하시는 것 같은데, 맞나요?

　　　　　　　　　　　　네, 네. '수송'이요.

그건 수송용이라고 불렀어요.

그 열차들은 독일 당국의 교통부에서 관리했고요.

독일 교통부 장관의 허가가 있어야 운행할 수 있었죠.

　　　　　　　　　　베를린에 있는 교통부요?

네, 베를린이요.

거기서 내려오는 명령을 실행으로 옮기는 게

'동부 철도 총국'이고, 상부는 베를린에 있었죠.

　　　　　　　　그렇군요. 이제 이해가 되네요.

이해되시나요?

　　　　　　　　　　네, 잘 이해했습니다.

　　　　　　　그런데 그때 '수송되는' 사람들은

　　　　　　대체로 어떤 사람들이었습니까?

아! 그건 우리도 그 당시엔 몰랐습니다.

바르샤바에서 철수하면서 알게 됐죠.

그게 유대인들이나 범죄자 같은 사람들이었다는 걸요….

　　　　　　　　　유대인들과 범죄자들이요….

네, 범죄자 같은 사람들이요.

　　　　　　　그렇다면 범죄자를 수송하기 위한

　　　　　　　　'특수 열차'였던 거군요?

아니요, 그건 그냥 그렇게 불렀다는 거고요.

정확한 사안에 대해서는 입을 다물어야 했습니다.

피곤하게 살고 싶지 않으면

아무 말도 하지 않는 게 상책이었으니까요.

그렇다면 그때 선생께서는
트레블링카나 아우슈비츠로 가는 열차들이…

열차가 있었다는 건 당연히 알고 있었죠!

제가 최종 결정권자였으니까요.

제가 내린 지시 없이는

열차가 목적지까지 가지도 못했을 테니까요.

가령, 에센Essen에서 열차 하나가 출발한다고 칩시다.

부퍼탈Wuppertal을 지나 하노버Hannover,

마그데부르크Magdeburg, 베를린, 오데르 강가의 프랑크푸르트,

포젠Posen, 바르샤바 등을 지나가는 노선으로요.

여기서 제가 맡았던 일은…

트레블링카가 절멸을 의미한다는 건 알고 계셨습니까?

아니요, 그럴 리가요!

아무것도 모르셨다고요?

거 참, 몰랐다니까요! 그걸 어떻게 알겠어요?

트레블링카에는 발도 한 번 디뎌본 적 없습니다.

크라쿠프, 바르샤바에 있는 사무실에서만 콕 박혀 지냈죠.

그러니까 선생께서는…

저는 순수하게 행정 일만 봤습니다.

알겠습니다. 그래도 '특수 열차 부서'에 계시면서
'최종 해결책'에 대해서는 전혀 모르셨다니 놀랍네요.

그땐 전쟁 중이었으니까요….

철도 선로에서 일했던 분 중 몇 분은
당시에도 상황을 알고 계셨더라고요.
기차 기관사 같은 분들이요.

그 사람들은 직접 목격했으니 알았겠죠.

당시 저로서는 무슨 일이 벌어지는지…

그렇다면 선생님께

트레블링카나 아우슈비츠는 어떤 곳이었죠?

트레블링카나 베우제츠 같은 이름들은

강제수용소를 뜻한다고 알고 있었습니다.

열차의 도착지…

네, 도착지 그 이상도 그 이하도 아닌 곳이었죠.

죽음을 의미하지는 않았고요.

그런 건 아니었고요. 사람들을 수용하는 곳이라고 생각했습니다.

예를 들어, 에센이나 쾰른Köln 아니면 다른 도시에서

열차가 한 대 출발한다고 합시다.

그러면 그 안에 탄 사람들이 지낼 곳이 필요하지 않습니까?

그땐 전쟁 중이었고, 사방에서 연합군이 쳐들어오는 상황이라…

그 사람들을 수용소 한곳에 모여서 지내게 해야 했던 거죠.

그럼 정확한 사실은 언제 알게 되셨습니까?

그게… 소문이 돌기 시작하면서…

사람들이 숙덕거릴 때 알았죠….

입 밖으로는 한 번도 내뱉은 적 없었고요. 어림도 없었죠.

그랬다면 당장 끌려갔을 테니까요! 그런 소리를 들었던 건…

소문이요?

네, 소문이요….

전쟁 중에요?

전쟁이 거의 끝나갈 무렵이었습니다.

1942년이 아니고요?

아니요. 그 전은 절대 아닙니다! 그땐 아무것도 몰랐어요.

어디 보자, 그게 그러니까 아마 1944년 말은 됐을 거예요.

1944년 말이요?

그전까지는 몰랐습니다.

그러면 선생께서는…

사람들을 강제수용소로 보냈는데

거기서 힘을 못 쓰는 사람들은

살아남지 못할 거라는 이야기는 있었죠.

　　　　　　　그렇다면 선생께도 학살은 충격적인 소식이었겠네요?

완전히 충격적이었죠.

　　　　　　　　　　　　　전혀 모르고 계셨고요?

아예 몰랐죠! 거기 수용소가, 그 이름이 뭐었더라.

그게⋯ 오펠른Oppeln 지역에 있는 거였는데⋯

아, 생각났다. 아우슈비츠요!

　　　　　　　　　　　　　　　　　　　　네.

　　　　　　　아우슈비츠가 오펠른 지역에 있었지요.

네, 오펠른이요.

아우슈비츠가 크라쿠프에서 그렇게 멀지 않거든요.

　　　　　　　　　　　　　　　　　맞습니다.

그런데도 한 번도 못 들었다니까요.

　　　　　　아우슈비츠에서 크라쿠프까지면 60킬로미터죠.

거봐요, 엄청 가깝잖아요!

그런데도 우리는 아무것도 모르고 있었어요.

정말로 아무것도요!

　　　　　　　그래도 적어도 나치가, 아니 히틀러가

　　　　　유대인들을 좋아하지 않는다는 건 알고 계셨겠죠?

그건 알고 있었죠.

이미 공공연하게 알려진 사실이었으니까,

비밀이 아니었으니까요.

하지만 그 사람들을 학살까지 했다는 건

우리에게도 새로운 소식이었습니다.

심지어 당시 학살 같은 건 없었다고

반박하는 사람들이 아직도 있습니다.

유대인이 그렇게나 많이 있었을 리가 없다면서요!

그 사람들 말이 맞을까요? 전 잘 모르겠네요.

그냥 그렇게 말하는 사람들이 있더라, 이 말입니다.

이런 단어를 사용해서 죄송하지만, 참 추잡했죠!

뭐가 말입니까?

학살 말이에요.

다들 비난하고 있지 않습니까. 양심이 있는 사람이라면요.

그래도 그때 사실을 알고 있었냐고 물으신다면,

우리는 몰랐습니다!

알겠습니다.

그런데 폴란드 사람들,

폴란드 민간인들은 전부 알고 있었더라고요.

그건 놀랄 일도 아닙니다. 소렐Sorel 박사가…

그 사람들은 근처에 살면서 직접 들었을 테니까요.

그러면서 서로 수군대기도 했겠죠….

그 사람들한테는 침묵해야 할 의무 같은 건 없었으니까요!

라울 힐베르크

홀로코스트 연구의 권위자인 미국 역사학자 | 미국 벌링턴

'노선 지침' 제587호입니다.

특수 열차를 운행하려면 항상 작성해야 했던 서류죠.

587번이라는 숫자가

그 전에 얼마나 많은 지침이 있었는지 보여줍니다.

여기 아래에는 누어 퓌어 덴 딘스트게브라우흐Nur für den Dienstgebrauch라고 쓰여 있어요.

'내부 관계자용'이라는 뜻인데

기밀의 정도로 따지자면 사실상 하급 수준에 해당하죠.

그런데 제가 놀랐던 부분은

죽음의 열차와 관련된 서류인데도,

이것뿐만 아니라 다른 서류들에서도 마찬가지지만,

'기밀'을 뜻하는 단어 게하임 geheim이 등장하지 않는다는 점입니다.

만약 문서에 '기밀'이라는 용어를 사용했다면

그걸 읽는 사람들이 그게 뭔지 더 궁금해해서

아마도 더 많은 의심을 사게 됐을 겁니다.

주의란 주의는 다 끌었겠죠.

이 작전을 진행하는 동안 심리적인 차원에서 명심해야 했던 게

수행하고 있던 임무를 절대로

명명하지 않아야 한다는 점이었습니다.

아무 말 말고 그냥 하라는 거였죠.

뭘 하는지 부연하지도 말고요.

그래서 '내부 관계자용'이라고 적혀 있는 겁니다.

여기 보시면 이 서류가

얼마나 많은 사람의 손에 들어갔는지 볼 수 있는데요.

'Bfe'. 기차역을 말하죠.

이 노선에만 기차역이 총… 8개나 돼요.

여기가 트레블링카에 도착하기 전에 마지막으로 들렀던

마우키니아 기차역입니다.

그러니까 라돔 Radom을 지나서 바르샤바 구역까지

이렇게 상대적으로 짧은 거리를 이동하는 데도

문서를 수신한 곳이 8곳이나 되는 거죠.

여기 8개의 역을 지나갈 때마다

각 기차역 담당자에게 통보해야 했으니까요.

그런데 한 장이면 충분한 것을 왜 두 장씩이나 썼을까요?

여기 보이는 PKR은

목적지를 향해 달리는 죽음의 기차를 뜻하는 약자예요.

그런데 트레블링카에 열차가 도착하면

곧바로 비워냈기 때문에

거기서 새로 출발하는 빈 열차가 하나 더 생기게 되는 거죠.

아시다시피 비어 있다는 뜻인 단어 레어leer를 나타내는

알파벳 L이 여기 이렇게 표시되어 있고요.

뤽라이퉁 데스 레어추게스Rückleitung des Leerzuges.

'빈 기차의 귀환'이라고 쓰여 있군요.

여기 보세요.

숫자를 매기는 방식에서 교묘함이라고는 찾아볼 수 없습니다.

9228번에서 9229번, 이어서 9230번, 9231번, 9232번.

전혀 특별할 것 없이

일반 열차를 운행하는 거나 다름없었던 거죠.

죽음의 열차였는데도요!

네, 죽음의 열차였는데도 말이에요.

이제 이 부분을 살펴보시면

어느 한 게토에서 내부를 비우는 작업이 진행 중이었고

거기서 기차가 출발해 트레블링카로 향했다는 걸

알 수 있습니다.

1942년 9월 30일 4시 18분에 출발한 거죠.

적어도 계획된 일정표상으로는 그렇습니다.

그리고 다음 날 오전 11시 24분에 트레블링카에 도착해요.

이건 길이가 아주 긴 열차였다는 걸 알 수 있습니다.

그래서 늦게 도착한 거고요.

여기 '50G' 표시가 보이시죠.

사람들을 가득 태운 화물칸이 50개였다는 뜻입니다.

중량이 굉장히 '무거웠던' 수송이었던 거죠.

트레블링카에 도착한 시간이 11시 24분,

오전이지 않습니까?

그리고 15시 59분에 열차가 다시 출발합니다.

그 사이에 기차에 실려 있던 것을 내리고

청소까지 한 다음 다시 출발할 수 있도록 준비를 마친 거죠.

그렇게 빈 기차에 다시 일련번호를 매긴 거고요.

그러니까 이 기차는 오후 4시경에

트레블링카에서 또 다른 작은 도시를 향해 출발했고

그곳에서 또 다른 희생자들을 실은 겁니다.

그리고 여기 보시면

새벽 3시에 다시 트레블링카를 향해 출발해서

다음 날 도착했어요.

그러면 이 두 기차가 같은 열차라고 볼 수 있는 건가요?

아, 그럼요. 같은 열차죠. 이 둘은 같은 열차입니다.

매번 번호만 바뀐 거고요.

그렇게 트레블링카로 다시 돌아가고 나면

새로운 수송이 또 있었겠죠.

도착하자마자 다른 곳으로 다시 출발하는 식이었던 겁니다.

매번 똑같은 상황에 똑같은 방식으로 운행을 반복했으니까요.

이 기차는 또다시 트레블링카로 돌아가서는

최종적으로 9월 29일 쳉스트호바에 도착합니다.

다시 원점으로 돌아온 거죠.

이게 바로 '노선 지침'이라고 부르던 서류입니다.

열차 안에 사람들이 꽉 차 있었다는 가정으로 계산을 하면

이런 식으로 '노선 지침'을 한 번 시행할 때마다

약 1만 명 정도의 유대인이 죽었다고 볼 수 있습니다.

1만 명은 훌쩍 넘을 것 같은데요!

최소한으로 잡아서요.

그런데 이런 문서에 이렇게까지

주목할 만한 이유가 있을까요?
실제로 트레블링카에 다녀온 입장에서
거기 현장과 이 문서를 동시에 보니까…

지금 제가 이 종이를 이렇게 손에 들고 있지 않습니까?
더군다나 이건 서류 원본이에요.
당시 행정을 집행하던 관료들도
이걸 두 손으로 직접 들고 있었다는 걸 생각해 볼 수 있죠.
유물이나 다름없습니다. 남아 있는 건 이것뿐이니까요.
죽은 사람들은 더는 말이 없으니까요.

독일 제국 국영 철도청에서는 돈만 되면
무슨 화물이든지 실어 나를 준비가 되어 있었습니다.
유대인들을 트레블링카나 아우슈비츠, 소비부르
아니면 다른 곳으로 보낼 수 있었던 것도
그런 원칙이 있었기 덕분에 가능했죠.
당시 법적 운임으로는 킬로미터당 요금을 계산해야 했어요.
1킬로미터마다 페니히를 꽤 많이 내야 했죠.
전쟁이 계속되는 동안은 항상 똑같은 시스템이었어요.
열 살 이하의 어린이는 운임을 절반만 받고
네 살 이하는 아예 무료였고요.
유대인들은 편도 요금만 내면 됐어요.
열차에 같이 올라탄 경비들 표에는
돌아오는 가격이 포함돼 있었고요.

잠시만요.
네 살 아래 애들을 절멸 수용소에서 가스로 질식시키는 데
아무런 비용도 들어가지 않았다고요?

네, 무료였어요.
거기다가 기차 요금을 부담하는 곳과 열차를 주문하는 곳이 아이히만이 담당했던 게슈타포로 같은 곳이었는데요.

게슈타포 기관에 재정상 문제가 있어서

국영 철도청에서도 단체 요금 운행에 동의해 준 거죠.

그렇게 단체 여행 운임으로 유대인들을 수송한 겁니다.

단체 여행 운임은 최소 400명부터 적용할 수 있었어요.

일종의 전세 운임 같은 거였죠.

실제로는 인원이 좀 못 미치더라도

유대인들은 400명분의 요금을 내곤 했어요.

그래야 성인들도 반값 가격을 적용받을 수 있었으니까요.

물론 그 밖에도 긴 여행을 하는 도중에

차량이 오염되거나 훼손되는 경우에는

손상에 대한 비용이 추가로 청구됐습니다.

수송되는 사람 중 5~10%가 이동 중에 죽었으니

그렇게 드문 일은 아니었죠.

다만 열차를 가동하려면

먼저 돈부터 내는 게 원칙이었습니다.

SS 측에서는 간혹 신용 거래를 하기도 했어요.

돈을 내기 전에 열차부터 이동시킬 수 있었던 거죠.

그게 왜냐하면, 생각해 보세요,

단체든 개인이든 어떤 형태의 여행이든지,

딱 하나 있는 여행업체를 통해야 했거든요.

영수증 작성이며 기차표 발행까지

전부 '중유럽 여행사'에서 진행했습니다.

> 아니, 여행사 한 곳에서 그걸 다 관리했다고요?

그렇습니다. 공식적으로 승인을 받은 여행사였어요.

휴가를 떠나는 사람들을 휴양지로 보내듯이

사람들을 가스실로 보냈죠.

같은 사무실에서 똑같은 절차를 거쳐서

똑같은 양식의 영수증을 발행했고요.

아무런 차이도 없었군요!

아무런 차이도 없었죠.

그게 마치 세상에서 가장 평범한 일이라도 되는 것처럼

아무렇지 않게 처리한 겁니다.

전혀 평범하지 않은 일을요!

그렇죠. 전혀 평범한 일이 아니었죠.

심지어 수송 도중에 국경을 건너야 했던 경우에는

복잡한 통화 절차를 적용한 사실을 확인했습니다.

그것도 드물지 않은 일이었죠.

예를 들면요?

음, 가장 흥미로운 사례는 그리스입니다.

1943년 봄 테살로니키에서 출발한 수송 열차에는

4만 6000명의 희생자가 타고 있었습니다.

이동 거리도 꽤 됐고요.

단체 운임을 적용한 영수증에는

200만 마르크가 찍혀 있습니다.

엄청난 금액이었죠!

세계 어디를 가도

본국의 화폐로 요금을 낸다는 기본 원칙은

지금이나 그때나 똑같습니다.

그러니 국경을 통과해야 했던 국가의 철도청에

그 나라의 화폐로 돈을 내야 했던 게 문제였죠.

그때 당시 그리스 테살로니키였으면⋯

드라크마화였겠네요.

네. 그런 다음에는 세르비아와

크로아티아를 통과해야 했고

마지막으로는 마르크화를 원하는

독일 국영 철도청을 상대해야 했고요.

여기서 한 가지 아이러니한 일이 발생합니다.

해당 운송의 총책임자로서

모든 비용을 부담해야 했던 테살로키니의 군사령관에게

마르크화가 없었던 거예요.

드라크마화만 있었던 거죠.

그건 심지어 유대인들의 재산에서 탈취한 돈이었고요.

바로 이런 목적으로 쓰려고 몰수해 뒀던 겁니다.

그러니 유대인은 자기의 수송비를 결국 직접 낸 거나

다름없었던 거죠.

SS고 군軍이고 할 것 없이 유대인들의 재산을 뺏어서

은행에 별도로 예금해 놓은 걸 가지고 수송비를 부담했어요.

그러니까 유대인들은 본인 돈으로

자기 죽음을 구매한 셈이군요!

그렇죠. 이 사실만은 잊어서는 안 됩니다.

말살을 위해 따로 편성된 예산 같은 건 존재하지 않았어요.

좋아요,

그렇게 유대인들의 은행 예금을

빼앗는 데까지는 성공합니다.

그런데 그건 그리스 화폐이지 않습니까?

독일 국영 철도청에서 원하는 건 마르크화고요.

드라크마화를 마르크화로 어떻게 바꿨을까요?

당시 독일이 점령하고 있는 유럽 지역에서는

어디에서나 환전 통제가 있었거든요.

그러니 해결책은 딱 하나뿐이었죠.

해당 국가에서 마르크화를 찾는 거요.

그런데 그게 어떻게 가능했겠어요?
전시 상황에서는 쉽지 않은 일이었죠.
그래서 이번에는 체납이 발생합니다.
아우슈비츠로 가는 열차를 무상으로 가동한 거죠.

필리프 뮐레르
존더코만도 출신의 아우슈비츠 학살 생존자

존더코만도의 생활은
수용소에 얼마나 많은 사람이 끌려오는지에 따라 달라졌습니다.

끌려온 사람 수가 많으면 존더코만도의 정원을 늘리곤 했죠.
독일군은 존더코만도가 없으면 안 되었기 때문에
이때는 선별 제거를 하지 않았죠.

반면 수송 열차의 수가 줄어든다는 건
우리에겐 곧바로 절멸을 의미했어요.

우리 존더코만도들은 언젠가 열차가 도착하지 않는 날에는
우리 목숨도 제거될 거라는 걸 알고 있었어요.

존더코만도는 극한의 환경에서 생활했습니다.
우리가 보는 앞에서 수천수만 명의 무고한 사람들이
매일같이 굴뚝의 연기가 되어 사라졌죠.
인간이란 도대체 어떤 존재인지
눈으로 직접 보면서 실감할 수 있었어요.

거기에 도착한 사람들은 남녀 구분 없이,

심지어 아이들까지도,

하나같이 죄가 없는 사람들인데도 덧없이 사라져 버렸죠….

그런 와중에도 세상은 쥐 죽은 듯 조용했고요!

우리는 세상 사람들로부터 버림받은 기분이었어요.

하지만 상황이 끔찍했기 때문에

거기서 기어코 살아남는다는 게

얼마나 가치 있는 일이 될지 더 와닿았죠.

인간의 목숨은 값을 매길 수 없을 만큼

소중하다는 걸 깨달았거든요.

살아 있는 동안에는

희망이 남아 있다고 믿기로 했어요.

살아 있는 한 절대로 희망을 저버려서는 안 된다고 생각했죠.

그 덕분에 하루하루, 매주, 매달, 해가 바뀌어도

계속 이어지는 그 힘든 삶 속에서도

맞서 싸울 수 있었던 겁니다.

전혀 불가능해 보일지라도

언젠가는 이 지옥에서 벗어날 수 있을 거라는

희망이 있었거든요.

프란츠 주호멜
전 나치 독일 SS 하사

요즘 같은 계절에는, 그러니까 1월이나 2월, 3월에는,

수용소에 도착하는 열차가 거의 없다시피 했습니다.

수송 열차가 없는 트레블링카는 우울했습니까?

유대인들이 슬퍼했다고는 말할 수 없겠죠.

나중에 상황 파악이 되고 나서는 분위기가 침울해졌지만요….

이 이야기는 이따가 따로 다시 하지요.

네, 이따가 따로 해주세요.

유대인들, 특히 '유대인 작업자들'은,

처음에는 자기들이 살아남을 수 있을 거라고 믿었어요.

그러다가 1월부터 배식을 중단하기 시작했습니다.

비르트 수용소장이 작업자 인원이 너무 많다고 했거든요.

제1수용소에만 500명에서 600명 정도는 됐으니까요.

저 위쪽 말씀입니까?

네.

그 사람들이 들고일어나지 못하도록

총으로 쏴서 죽이지도,

가스로 질식시키지도 않고 그냥 굶겼어요.

그러니까 전염병이 돌기 시작했죠.

일종의 티푸스 같은 병이었어요.

그 지경이 되니까 유대인들도 희망을 버리기 시작하더라고요.

그렇게 죽도록 내버려 뒀습니다.

파리처럼 픽픽 쓰러졌죠.

이미 상황이 종료된 거나 다름없었죠.

더는 아무것도 믿지 않았으니까요.

우리가 뭐라고 말을 한다고 해도…

저는… 우리는, 그 사람들한테 매일 같은 말을 계속 반복했어요.

살 수 있을 거라고요.

우리도 그렇게 믿었으니까요!

거짓말을 하면서 우리도 그 거짓말을 믿게 돼버린 겁니다.

그러면 그 사람들이 뭐라고 대답했냐면

아니라고, 자기들은 산송장이나 마찬가지라고 하더라고요.

리하르트 글라차르

트레블링카 학살 생존자 | 스위스 바젤

'침체기'라고 불리는 시기는 1943년 2월부터 시작됐어요.
그로드노와 비아위스토크에서부터
대량 수송이 있고 난 뒤였죠. 평온한 날들이 이어졌습니다.
이미 1월 말부터 시작해서 2월 내내
그리고 3월까지 소강 상태였어요.
아무것도 없었어요. 새로 도착하는 열차도 없었고요.
수용소도 완전히 텅 비어 있었죠.
그렇게 모두가 갑자기 굶주리기 시작했습니다.
허기는 갈수록 커져만 갔어요….
배고픔을 참는 것도 이제는 한계에 이른 시점에
하루는 쿠르트 프란츠 수용소장이
갑자기 찾아오더니
내일부터는 기차가 다시 도착할 거라고 하더라고요.
우리는 아무 대꾸도 하지 않고
그저 서로의 얼굴을 쳐다보기만 했죠.
내일이면 배고픈 것도 끝이라고 속으로 각자 생각하면서요.
그 당시 우리는 봉기를 일으킬 준비가
이미 완전히 끝난 상태였어요.
그날까지는 모두 어떻게든 살아남으려고 했죠.

테살로니키의 집단 수용소에서 출발한
수송 열차들이 들어왔습니다.
그중에는 불가리아, 마케도니아 출신 유대인들도 있었어요.
돈이 많은 사람들이었는지 객차 칸이
짐으로 가득 차 있더라고요.

그때 저나 같이 일하는 동료들은 너나 할 것 없이
모두 끔찍한 기분을 느꼈습니다.
이젠 할 수 있는 게 아무것도 없다는
생각과 수치심이 들었어요.
다른 게 아니라, 그때가 돼서야 먹을 것들을 던져주더라고요.
어떤 작업반에서 비스킷이 가득 채워진 상자 하나와
잼이 잔뜩 들어 있는 상자를 가져와서는
땅바닥에 일부러 떨어트리는 겁니다.
허겁지겁 달려들어서 닥치는 대로 입에 집어넣었죠.

발칸반도에서 출발한 기차들이 도착했을 땐
소름 끼치는 사실을 깨닫게 됐습니다.
어쨌든 우리는 트레블링카 공장에서 일하는 작업자들이고,
그 안에서 일어나는 모든 공정에…
트레블링카의 살인 공정에 가담한 사람들이라는 사실을요.
　　　　　그걸 새로운 기차들을 보고 갑자기 알아차리셨다고요?
그렇게 갑작스럽게 깨달은 건 아니었지만,
정말로 거짓말 하나 보태지 않고
발칸반도에서 온 기차들을 보고 나서야 비로소
분명하게 상황 파악을 하게 됐어요.
어떻게 그러냐고요?
거기에 실려 온 2만 4000명 중에
정말 단 한 명도 몸이 아프다거나
장애가 있는 사람이 없었거든요.
모두 완벽하게 건강하고 건장한 사람들이었죠.
그때 막사 안에서 이미 벌거벗은 상태로
여행 가방을 찾느라 정신이 없는 사람들을 쳐다보던 게
아직도 기억이 나요.

그때 다비트. 다비트 브라트David Bratt라는 친구가
시체가 왔다고,
시체들이 트레블링카에 도착했다고 하는 거예요.
보니까 다른 사람들과는 다르게
용모가 훤칠하고 신체적으로 건장한 사람들이었고요.

전사들처럼요?

네, 과거에 정말로 전사였던 사람들 같았어요.
그게 우리한테는 굉장히 충격적이었던 게
그렇게 잘생기고 예쁜 남녀들이
앞으로 닥칠 일에 대해 완전히 무지한 상태였다는 겁니다.
전혀 모르고 있더라고요.

작업은 어느 때보다도 더욱 침착하고 빠르게 진행됐습니다.
정말 빠르게요.

우리로서는 수치스러우면서도
이런 식으로는 더는 계속할 수 없다고,
뭐라도 일어나야 한다고 생각했어요.
몇 사람만 움직이는 게 아니라
모두가 참여하는 걸요.

그런 생각은 1942년 11월에도 이미 무르익어 있었어요.
그때부터는 한마디로 말해서
그 사람들이 우리를 '절약'하고 있다는 걸 깨달았죠.
슈탕글 수용소장이 작업을 더욱 효율적으로 진행하기 위해
이미 숙련된 사람들, 각종 작업의 전문가들을
남겨놓고 싶어 한다는 걸 이해했거든요.
분류에 능한 사람, 시체를 운반하는 사람,

여자들 머리를 자르는 이발사 같은 사람들 말이에요.
시간이 지나고 나서는 그때 그렇게 모이게 된 덕분에
봉기를 계획하고 기회를 엿볼 수 있게 된 거지만요.

1943년 1월부터 준비되어 있었어요.
암호명은 '시간'이었습니다.
정해놓은 시간이 되면
여기저기에 있는 SS 대원들을 찾아 공격하고
무기를 빼앗은 다음 소장실을 쳐들어가려고 한 거죠.
하지만 결국엔 아무것도 할 수 없었어요.
작업이 없는 '평온 상태'가 찾아오기도 했고
이미 티푸스 병이 돌고 있었거든요.

필리프 뮐레르
존더코만도 출신의 아우슈비츠 학살 생존자

1943년 가을이 되니까 모두에게 상황이 확실해졌죠.
우리끼리 서로 도와야지,
밖에서는 아무도 도와주러 오지 않을 거라는 걸요.
바로 그때 우리는 중요한 질문 하나를 던지게 됩니다.
과연 존더코만도 인원만으로 이 절멸의 파도를 잠재우고
우리의 목숨까지도 구할 수 있겠는가 하는 문제였죠.
떠오르는 방법은 단 한 가지뿐이었습니다.
무장봉기를 일으키기로 한 거죠.
무기 몇 개를 탈취한 다음
당시 아직 수용소에 남아 있던 다른 수용자들까지 동참시킨다면
들고 일어나는 데 성공할 것 같았거든요.

모든 수감자가 참여한다는 게 요점이었고요.

그래서 우리 연락 담당들은

다른 지역의 레지스탕스 사람들과 접촉하기 시작했습니다.

가장 먼저는 비르케나우와 접선했고,

그다음으로는 아우슈비츠 제1수용소와도 연결이 됐죠.

여러 군데서 한꺼번에 들고 일어났으면 했거든요.

아우슈비츠 제1수용소의 레지스탕스 조직에서는

우리의 계획에 동의하며 함께할 생각이 있다는 답변을 보내왔어요.

다만 안타깝게도 거기 레지스탕스 지도자 중에

유대인은 극소수였어요.

대부분이 정치적인 이유로 수감된 사람들이었죠.

그 사람들은 당장 목숨이 위태롭지도 않았고

하루하루 버티다 보면 어떤 식으로든 풀려날 가능성이 있었죠.

우리 존더코만도는 그 사람들과는 정반대의 처지였고요.

루돌프 브르바

아우슈비츠 학살 생존자 | 미국 뉴욕

아우슈비츠와 비르케나우는

유대인을 절멸하는 수용소였을 뿐만 아니라

그전부터 운영해 온 강제수용소이기도 했습니다.

그러다 보니 마우트하우젠*과 부헨발트, 다하우,

작센하우젠†에서처럼 내부 차원의 규율이 있었어요.

---

* Mauthausen. 1938년 8월에 지어졌고, 구젠Gusen의 강제수용소와 함께 당시 나
치 독일에 최대 규모로 노동력을 착취당했다.
† Sachsenhausen. 1936년 오라니엔부르크Oranienburg에 세워졌으며, 유대인 노동

다만 마우트하우젠에서는 강제 노역을 통해
채석장에서 캐낸 바위로 주로 대형 석재를 생산했다면,
아우슈비츠의 생산품은 죽음이었던 셈이죠.

거기 있는 모든 게 소각장이 잘 돌아가는 일에
일조했다고 보면 됩니다. 결국엔 그게 목표였으니까요.
수용자들이 소각장을 지어야 하니까
거기까지 가는 길도 뚫고, 또 그 사람들 지내라고
막사도 만든 겁니다.

아우슈비츠는 그런 일과는 별개로
일반적인 강제수용소의 기능도 했어요.
크루프와 지멘스의 공장들이 수용소 안에 들어와서는
수용자들을 노예로 부리며 노동력을 착취했죠.

예전부터 강제수용소에서는
주로 정치범들을 많이 데리고 있었어요.
노동조합원이나 사회민주주의자,
공산주의자, 스페인 내전 퇴역 군인 같은 사람들이요.
그러면서 상황이 아주 희한해졌어요.
아우슈비츠 수용소의 레지스탕스 조직의 주도권을
독일어를 하는 반나치 세력이 손에 쥐게 된 거예요.
이들은 독일 태생이었기 때문에 나치의 위계질서상에서는
순수 혈통으로 분류되는 사람들이었죠.

그 사람들은 다른 수용자들보다 처우가 더 좋았어요.

력 착취 외에 수용소 관리직이나 SS 간부를 교육하는 기능을 했다.

작업할 때 장갑이 없는 건 똑같았지만요!
시간이 지나고 나서는 SS 고관들에게 영향력을 행사할 수도 있었죠.
그 덕분에 강제수용소 내부의 생활 조건이
체계적으로 개선되기 시작했어요.
그러니까 1943년… 아니, 1942년 12월과 이듬해 1월에는
비르케나우에서 하루에 총 400명 정도가
평균적으로 죽어 나갔다면,
1943년 5월에는 날씨가 풀린 영향도 있었지만
레지스탕스 사람들의 활동 덕분에
수용소 내부 사정이 굉장히 나아져서
수용자들의 사망률이 극적으로 떨어지게 됐죠.
그것만으로도 꽤 상당한 소득이죠.

하지만 강제수용소 내부의 생활 조건이
더 나아졌다고 해서 SS의 높은 사람들이 하는 정책에
영향이 가는 건 아니었어요.
수용소의 원래 목적은
거기에 끌려온 사람들을 죽이는 거였으니까,
거기에는 아무런 영향도 없었죠.
일반적으로는 이런 식으로 진행됐습니다.
수송되어 온 사람 중에 노역에 적합한 사람들을 골라서
강제수용소로 데려가곤 했습니다.
신체 조건이 좋거나, 너무 늙지도 너무 어리지도 않은 사람들이요.
어린아이나 임산부는 당연히 제외됐고요.
죽은 사람들을 대체하는 새로운 인력이었던 거죠.
그때 한번은 이런 장면을 목격했습니다.
수송 열차 한 대가 이제 막 도착한 참이었어요.
네덜란드였는지 벨기에였는지,

어디서 온 건지는 기억이 잘 안 나는데,

SS 의사가 나와서는

가스실로 끌고 갈 사람들 가운데

건강해 보이는 사람들을 몇 명 골라서 가더라고요.

나머지는 가스실로 끌려가 질식해 죽었고요.

그런데 강제수용소에서 SS 간부가 나와서

그 사람들을 받지 않겠다고 거절하는 겁니다.

그러면서 두 사람이 대화하는 걸 우연히 들었는데,

의사가 저 사람들 왜 안 데려가느냐고,

네덜란드산 치즈를 먹고 자라서 엄청 건강한 유대인들이라고,

수용소에서 부려먹는 데 최적이라고 하니까

SS 상급상사 프리스 Jakob Fries 가 하는 말이

이미 수용소에서 일하고 있는 놈들이

이제는 쉽게 나가떨어지지 않는다고,

그러니 이 사람들을 또 데려가는 건 불가능하다는 거예요.

그게 무슨 말이냐 하면,

수용소에서 수용할 수 있는 인원이 가령 3만 명이라고 해봅시다.

그러다가 그중에서 5000명이 죽으면

수송 열차로 실려 온 유대인 중에

새로운 인력을 골라서 대체합니다.

1000명만 죽으면

그걸 대체할 만큼 1000명만 고르면 됐던 거고요.

그럴수록 가스로 죽여야 하는 사람 수는 점점 더 많아졌겠죠.

그러니까 강제수용소 내부에서

수용자들의 생활환경이 개선된다는 건

결과적으로 가스실의 사망률을 높이는 것이나

마찬가지였던 겁니다.

수용소 수감자들의 사망률은 낮아진 반면에요.

그때 가서야 깨달았어요.
강제수용소의 생활 조건이 나아지는 것과
집단 학살 공정을 막는 것은 아무런 상관이 없다는 걸요.
결과적으로 레지스탕스 활동과 그 목적에 대해서
제 생각은 이렇게 바뀌었습니다.
수용소의 생활 조건 개선은
그저 첫 번째로 통과해야 할 관문일 뿐이며,
레지스탕스 활동의 궁극적인 목적은
기계적인 살인 공정, 대량 학살을
중단시키는 것이 되어야 한다고요.
그때부터는 체계적인 조직을 꾸려서
수용소 내부의 SS 사람들을 공격할 수 있는 인력을
모집하기로 했죠.
그게 비록 자살행위나 마찬가지일지라도
학살의 공정을 무너뜨려야 했으니까요!
이러한 면에서 제 눈에는
그 목표가 충분히 합리적이고 타당하게 보였어요.
그러면서도 다른 한편으로는 알고 있었어요.
이 모든 게 철저한 준비가 뒷받침되지 않는다거나
시기적으로 상황이 도와주지 않는다면
하루아침에 이루어질 수 없다는 걸요.

저로서는 레지스탕스라는 전체 조직의
일개 한 톱니바퀴일 뿐이었으니
뭘 어떻게 준비해야 하는지도 몰랐고
결정할 수 있는 권한도 없었죠.
그래도 한 가지 확실했던 건 아우슈비츠 강제수용소에서
레지스탕스 활동을 통해 얻고자 하는 최종 목적이

마우트하우젠과 다하우 강제수용소에서의 목적과는
달라야 한다는 거였어요.
마우트하우젠과 다하우에서는
레지스탕스의 활동 정책으로
정치범들의 생존이 가능했던 반면,
아우슈비츠에서는 그 숭고한 정책이
결국에는 기계적인 집단 소멸의 공정에
기름을 붓는 결과를 낳았으니까요.

루트 엘리아스 Ruth Elias
테레지엔슈타트 출신의 아우슈비츠 학살 생존자 | 이스라엘

테레지엔슈타트에서는
항상 동쪽으로 출발하는 기차가 있었어요.
우리도 결국에는 그 기차에 타게 된 거죠.
가축을 운반하는 칸에 실려서 이틀 동안 이동했습니다.
그 안에서 하룻밤을 보냈고요.
… 그때가 〔1943년〕 12월이었는데도 차량 내부는 따뜻했어요.
같이 타고 있는 사람들의 몸에서 따뜻한 체온이 느껴졌거든요.
그러다가 저녁이 되니까 열차가 멈추더라고요.
이튿날 저녁이었죠.
기차 문이 열리자마자 엄청난 고함이 들리기 시작했어요.
"밖으로, 밖으로 나와, 밖으로!" 어안이 벙벙했죠.
이게 도대체 무슨 상황인지.
지금 어디에 와 있는 건지 모르겠더라고요.
보이는 거라곤 SS 사람들과 개들이 다였어요.
저 멀리에는 불빛이 줄지어 있는 게 보였고요.

여기가 도대체 어디인지,
저 수많은 불빛은 뭘 의미하는 건지도 모르겠는데
계속 고함을 질러대더라고요.
"밖으로, 밖으로 나와, 밖으로!" 하면서요.

라우스*Raus!**

네, 딱 그렇게요. "빨리, 빨리, 빨리!"라고도 했고요.
기차 밖으로 나가니까 반듯하게 줄을 지어 세우더라고요.
거기에 줄무늬 패턴의 제복을 입은 남자들이 있었는데
그중 한 명에게 체코어로 여기가 어디냐고 물어봤죠.
그 사람은 폴란드인이었는데 체코어를 알아들었는지
여긴 아우슈비츠라고 대답해 주더군요.
그때는 그 말이 무슨 뜻인지 전혀 몰랐죠.
'아우슈비츠'라니 그게 뭘 의미하는지 알 도리가 없었죠….

우리는 일명 '가족 수용소'라고 불리는
BIIB 수용소로 안내를 받았어요.
아이들부터 남자 여자 할 것 없이 모두 다 같이요.
미리 선출당하는 사람도 없었죠.
그때 옆에 남자 수용소에 있던 사람들이
우리 쪽으로 다가와서는 이렇게 말해 주더라고요.
아우슈비츠는 절멸 수용소라는 곳이라고,
사람들을 태워서 죽이는 곳이라고요.
그땐 그 말을 믿지 않았죠.
당시 BIIB 수용소에는 이미 9월에 우리보다 먼저 끌려온
다른 테레지엔슈타트 사람들이 있었어요.
우리보다 석 달 먼저 와 있었던 거예요.

---

* 독일어로 '밖으로'라는 뜻이다.

그 사람들도 그 말을 믿지 않았어요.
이렇게 모두가 같이 모여 있기도 했고,
여태 아무도 어딘가로 끌려가지도 않고
불에 타 죽지도 않았으니까요.
그러니 그런 말을 믿을 리가 있나요.

루돌프 브르바

아우슈비츠 학살 생존자 | 미국 뉴욕

프라하 근처에 있는
테레지엔슈타트의 게토에서 끌려온 유대인들은
수용소에서 BIIB라고 불리는 구역에 자리를 잡았어요.
당시 저는 BIIA 수용소 수감자들의
등록 업무를 맡고 있었고요.
BIIA와 BIIB 구역은
울타리 하나를 사이에 두고 구분되어 있었는데,
감전 장치가 있어서 넘나들 수는 없어도
대화를 나눌 수는 있었죠.

어느 날 아침에는 등록부를 점검하다가
굉장히 놀라운 사실을 발견했습니다.
거길 보니까 남자, 여자, 아이들까지
온 가족이 모여 있더라고요.
아무도 가스실로 끌려가지 않은 거죠.
그 사람들은 가져온 여행 가방도 그대로 가지고 있었어요.
머리카락도 밀리지 않고 원래 머리카락 그대로인 채 말이에요.

그 사람들의 모습은

그전까지 보았던 것과는 굉장히 달랐어요.

무슨 이유에서인지 도무지 짐작이 가지 않았죠.

아무도 무슨 상황인지 이해하지 못했어요.

다만 중앙 관제 기록실에 있었던 사람들 말로는

그 사람들은 모두

'6개월 격리 후 SB'라는 문구가 적힌 특별 카드를

한 장씩 가지고 있다고 하더라고요.

SB가 무슨 뜻인지는 알고 있었죠.

존더베한틀룽Sonderbehandlung,

직역하면 '특수 처리'라는 뜻이었는데

가스 질식사를 의미하는 단어였습니다.

'격리'라는 단어는 보나 마나 뻔한 거였고요.

그런데 아무리 머리를 굴려 봐도

어차피 가스로 질식시켜 죽일 거라면

왜 수용소에서 굳이 6개월씩이나 데리고 있는지

도무지 이해가 안 되더라고요.

결국엔 '특수 처리'라는 말이

이전처럼 계속해서 가스 질식사를 의미하는 건지,

아니면 이번엔 또 다른 의미로 쓰인 건지의 문제였죠.

6개월이라고 하면 3월 7일이 만료일이었고요.

12월 20일 즈음이었을 거예요.

테레지엔슈타트에서 수송 열차가 또 한 대 도착했습니다.

그 안에 4000명 정도가 타고 있었는데

그 사람들도 앞서 온 사람들과 같이

BIIB 수용소에 합류하게 됐어요.

이번에도 가족들끼리 분리하지 않고 같이 지내도록 했어요.

나이가 많든 젊든 상관없어요.

그 사람들한테서는 아무것도 빼앗지 않더라고요….

머리카락도 그대로고 여행 가방도

계속 가지고 있을 수 있었죠.

입고 온 옷을 계속해서 입고 있을 수도 있었고요.

완전히 다른 대우를 받았죠.

그 사람들이 지내는 막사에 학교도 세우더라고요.

얼마 지나지 않아 거기서 아이들이

연극 공연을 하기도 했어요.

물론 생활이 아주 편하지는 않았을 겁니다.

그렇게 좁은 공간에서 다 같이 6개월을 지냈으니까요.

먼저 왔던 4000명 중에서는 이미 1000명이나 죽었거든요.

　　　　　　　　　그 사람들도 노역이 의무였습니까?

네. 다만 오로지 수용소 내부의 일만 맡았죠.

막사들 사이로 새로운 길을 낸다거나

기존에 있는 막사를 손보는 일 같은 거요.

특히 SS 대원들은 그 사람들한테

테레지엔슈타트의 가족이나 지인에게

편지를 쓰라고 권유하기도 했어요.

다 같이 잘 있다, 뭐 이런 내용으로요.

　　　　　　　　　먹는 사정도 그 사람들이 더 좋았나요?

그럼요. 더 잘 먹기도 했고 훨씬 좋은 대우를 받았죠.

지내는 게 얼마나 좋았으면, 생각해 보세요,

6개월 동안 4분의 1밖에 안 죽었다니까요.

노인들이고 애들이고 다 포함해서요.

아우슈비츠 기준으로는 아주 예외적인 경우였죠!

SS 대원들은 거기 아이들이 하는 연극을 보러 가기도 하고

같이 어울려 노는 걸 좋아했어요.

서로 사이가 꽤 좋았죠.

물론, 수용자들을 등록하는 업무를 하는 동안
그 체코 유대인들 가운데
레지스탕스에 가담할 만한 사람들을 찾는 게
저의 임무였고요.
외부와 접촉할 수 있는 연줄을 쌓아야 했으니까요.

그때 이미 레지스탕스의 일원이셨던 건가요?

네. 거기서 등록 일을 맡은 덕분에
그나마 자유롭게 이런저런 구실을 들면서
수용소 안을 돌아다닐 수 있었죠.
가령 중앙 관제 기록실에 서류를 가져다준다거나
그러면서 여러 사람의 소식을 전달하기도 하고
또 답신을 받아서 돌아오기도 했고요.
제가 있던 수용소가
체코 사람들 수용소 바로 옆에 있었기 때문에
그중에서 레지스탕스의 핵심인물로 활동할 만한 사람이
몇 명이나 있는지 파악하고 물색하는 게 임무였죠.
그렇게 얼마 지나지 않아서
스페인 내전에서 다국적 자원병으로 싸웠던
퇴역 군인을 여러 명 찾아냈습니다.
그리고 얼마 안 가서
약 40명 정도로 구성된 리스트를 만들 수 있었죠.
과거에 반나치 활동을 한 경험이 있는 사람들이었어요.
그중 특별히 기억에 남는 사람이 한 명 있는데요.
이름은 프레디 히르슈 Fredy Hirsch,
태어난 곳은 독일이지만
프라하로 이주해서 살았던 유대인이었어요.

그 사람은 특히 수용소의 아이들을 교육하는 일에

관심을 보였죠.

아이들 한 명 한 명의 이름을 다 기억할 정도였어요.

행동이 바르고 품성이 좋아

가족 수용소 전체의 정신적인 지주 같은 존재가 됐고요.

그러는 와중에 문제의 3월 7일은 점점 가까워지기만 했죠.

우리는 앞으로 일어날 일을 예고하는

신호 같은 것이 있나 하고

이리저리 동태를 살피기 시작했어요.

무슨 일이 일어날지는 여전히 확신할 수 없었지만요.

필리프 뮐레르

존더코만도 출신의 아우슈비츠 학살 생존자

2월 말이었나 5번 소각장에서 야간 근무를 서고 있었어요.

자정 즈음인가 정치부에서 사람이 한 명 나왔는데

후스테크 Josef Hustek✦ 상사더라고요.

와서는 포스 Hans-Erich Voß✦ 상사에게 쪽지를 남기고 돌아갔죠.

당시 포스는 네 군데의 소각장을 총지휘하던 책임자였어요.

포스가 쪽지를 열어보더니 혼자 중얼거리기 시작하는 거예요.

"나 참, 그래, 맨날 포스만 찾아대지.

포스 없으면 어떻게 하려나 몰라!

이걸 나 말고 누가 해?"라면서

자기가 자기 이름을 직접 부르면서 말하더라고요.

그리고는 갑자기 저를 부르더니

카포들을 데리고 오라고 했고요.

그래서 카포 중에…

슐로이메Schloime와 바체크Wacek를 불러서 데려갔죠.
두 사람이 들어오자마자
몇 개가 남았냐고 물어보더라고요.
시체 이야기를 하는 것 같았어요.
그 사람들이 500개 정도 남았다고 하니까,
그 500개를 전부 다음 날 아침까지
재로 만들어야 한다고 하면서
500개가 확실하냐고 되묻더라고요.
카포들이 대략 그 정도 된다고 대답하니까,
"이 멍청한 새끼들, 그 정도 된다는 게 도대체 무슨 소리야!"라고
하면서 본인이 눈으로 직접 확인해야겠다고
시체들이 쌓여 있는 탈의실 쪽으로 갔습니다.
5번 소각장에서는 탈의실을
시체 쌓아두는 창고로도 사용했거든요.

가스실에서 나온 시체들 말입니까?
네, 가스실에서 꺼낸 시체들을 탈의실에 던져두곤 했어요.
포스가 바로 거기를 확인하러 간 거고요.
탁자 위에 쪽지를 올려둔 걸 깜빡한 채로요.
저는 그 틈을 타서 재빨리 쪽지를 훑어보다가
거기에 적혀 있는 내용을 보고 깜짝 놀랐습니다.
체코 가족 수용소의 '특수 처리' 작업을 진행할 것이니
소각장을 완벽하게 준비시키라고 적혀 있더라고요.

다음 날 아침, 주간 작업자들이 도착했습니다.
거기에 존더코만도 소속으로
레지스탕스를 지휘하는 지도자 중 한 사람인
카포 카민스키Kaminski가 있었어요.
저는 달려가서 새로 알게 된 사실을 전달했죠.

그러니까 그 사람이 하는 말이
2번 소각장에서도 이미 준비 작업이 진행 중이라는 거예요.
거기는 화덕까지 전부 준비가 끝났다고요.
그러면서 저한테 권하면서 하는 말이
지금 지내는 수용소에 친구들과 고향 사람들이 있지 않느냐고,[*]
빨리 가서 그 사람들을 만나보라는 겁니다.
그 사람들은 자물쇠를 다룰 줄 아니까
수용소 문을 따고 BIIB 수용소로 건너갈 수 있을 거라고요.
거기 가서 어떤 운명이 그 사람들을 기다리고 있는지
분명하게 알려야 한다고 했어요.
그 사람들이 잘 싸워주기만 한다면
소각장 몇 개를 잿더미로 만들 수 있을 거라고,
그러고 나면 곧바로 BIIB 수용소에서도
막사에 불을 지를 수 있을 거라고 했죠.

다음 날 밤이면 거기 사람들 모두가
이미 가스에 질식해 죽어 있을 거라고 확신했거든요.
결국에는 야간 작업반 사람들을 호출하지 않는 걸 보면서
한숨을 돌릴 수 있었고요.
알고 보니 격리 만기일이… 며칠 정도 연기된 거더라고요.
그러는 동안 가족 수용소에 있는 체코 사람들을 포함해서
수많은 수용자가 우리를 비난했어요.
헛소문을 퍼뜨려서 공포 분위기를 조장했다면서요.

---

[*] [저자 주] 필리프 뮐레르는 체코 출신 유대인이었다.

루돌프 브르바
아우슈비츠 학살 생존자 | 미국 뉴욕

〔1944년〕2월 말 즈음에 나치들이 소문을 퍼뜨렸어요.
체코에서 끌고 온 가족 수용자들을
하이데브레크† 라는 곳으로 이동시킬 거라고요.
그러면서 먼저 온 첫 번째 그룹과
나중에 온 두 번째 그룹을 따로 떼어놓겠다는 지침을 내렸죠.
당시 제가 지내고 있던 BIIA 격리 수용소로
먼저 도착한 체코 사람들을 한밤중에 이동시키더라고요.

덕분에 그 사람들과도 직접 이야기를 나눌 수 있게 됐죠.
프레디 히르슈를 만나서 사실을 전했어요.
그와 함께 끌려온 첫 번째 그룹을
격리 수용소로 이동시킨 이유 중 하나가
어쩌면 3월 7일에 거기 있는 사람들을
모두 가스 질식으로 죽이기 위해서일 거라고 설명해 줬죠.
확실한 거냐고 물어보더라고요.
확신할 수는 없지만
그래도 그럴 가능성이 아주 크다고 했죠.
당시 아우슈비츠에서 다른 곳으로
열차가 출발할 것 같은 조짐이 전혀 보이지 않았거든요.
레지스탕스에서 소식통들을 심어놨으니
그게 사실이라면 사무실에도

---

† Heydebreck. 현재 폴란드 남서부 지방의 켕지에진-코질레Kędzierzyn-Koźle에
  해당하는 지역으로 나치 독일의 강제수용소가 있었다. 아우슈비츠의 절멸 수용
  소와 가깝다는 지리적 조건을 활용하여 유대인 수용자의 노동력을 착취했다.

안내가 나갔을 건데 그렇지 않았어요.
실제로는 존재하지 않는 정보였던 거죠.

저는 지금이 아니면 기회가 없을 거라고 상황을 설명했습니다.
사람들이 수용소 안에서 이렇게까지 좋은 환경에서 지내는 게
이번이 처음이라고 말했어요.
그건 그저 사람들 사기가 떨어지지 않도록 한 것일 뿐
어차피 죽을 운명이라고,
지금까지 그런 식으로 진행돼 왔다고 했죠.
사람들도 곧 사실을 알게 될 거라고,
그때까지 기다리면 이미 때가 늦을 거라고,
그러니 어쩌면 바로 지금이 움직일 때라고 했고요.
다만 행동의 개시는 체코 사람들이 해야 할 거라고도 덧붙였어요.
다른 사람들은 죽음이 코앞에 다가와 있는 위험한 상황이었거든요.
심지어 소각장에서 작업하는 존더코만도들까지도
정기적으로 교체되었으니까요.
체코 사람들이 가스실로 끌려가기 전에 SS를 공격해 주기만 하면
존더코만도에서는 곧바로 합류할 준비가 되어 있었죠.
프레디 히르슈가 반대를 하더라고요.
이성적인 사람이었어요.
그렇게나 많은 사람을 6개월이나 데리고 있었는데
아이들한테는 우유에 흰 빵까지 줘놓고는
결국엔 가스로 질식시켜 죽일 거라는 게
아무리 생각해도 말이 안 된다는 겁니다.

다음 날 아침 레지스탕스 측에서 연락이 왔어요.
그 사람들을 가스실로 보낼 게 확실하다고 했죠.
존더코만도에서는 사람들을 소각할 때 쓰는 석탄까지

이미 전달받은 상태였고요.

어떤 사람들이 총 몇 명이나 가스에 질식당해 죽게 될지

전부 알고 있더라고요….

사전에 계획된 일이었던 거죠!

저는 다시 프레디를 찾아가서

의심할 여지 없이 확실한 사실이라고 설명했습니다.

그를 포함해 함께 끌려온 사람들이

48시간 이내에 가스에 질식당해 죽을 거라고 전했죠.

그러니까 그가 갑자기 심하게 불안해하더라고요.

그러면서 만약 자기들이 봉기를 들고 일어나면

애들은 어떻게 되는 거냐고 물었죠.

애들한테 마음이 쓰였던 거예요.

아이들이 몇 명이나 있었는데요?

100명 정도 있었어요.

싸울 수 있는 어른은요?

핵심 인원은 한 30명 정도였지만,

그땐 신중하게 행동하는 거 자체가

이미 소용이 없었던 때였어요.

앞을 내다볼 수 없는 상황이었죠….

일단 한번 봉기가 시작되고 나면

나이 많은 할머니도 돌멩이 하나는 집어 던질 수 있잖아요.

누구나 맞서 싸울 수 있는 거라 그런 것까지는

가늠하기 어려웠죠.

그래도 중심이 돼서 지시를 내릴 조직과

대장 역할을 할 사람이 필요하긴 했습니다.

결국엔 그런 사소한 것들이 중요한 결과로 이어지니까요.

그러니까 프레디 히르슈가 하고 싶은 말은

자기들이 봉기를 들고 일어나면

아이들은 어떻게 되냐는 거였죠.

그땐 누가 아이들을 돌보는 거냐고요.

저는 한 가지 확실한 사실은 무슨 일이 있든 간에

아이들에게는 여기서 빠져나길 길이 없다고 내납했습니다.

상황이 어떻게 되든 아이들은 죽게 될 거라고,

그것만은 확실하게 말해줄 수 있다고,

어떻게 더는 손쓸 방법이 없다고 했죠.

반면 아이들과 함께 죽을 건지

아니면 SS를 몇 명이나 죽일 건지.

학살 공정에 어디까지 제동을 걸 수 있는지는

아직 우리 손에게 달려 있다고 했어요.

그중에서 몇 명은 싸우는 도중에 수용소를 탈출하거나

돌파를 시도할 수도 있다는 건 일부러 말하지 않았어요.

봉기에 일단 한번 불이 붙고 나면

무기를 입수하게 될지도 모르는 상황이었으니까요.

그러면서 프레디에게 다시 한 번 더 설명했습니다.

우리가 알고 있는 한

본인이나 그와 함께 기차를 타고 온 사람들이

지금부터 48시간 뒤에도 계속 살아남아 있을 가능성은

전혀 없다고요.

> *그 이야기는 어디서 나누셨죠?*

구역 안 제가 지내는 감방에서요. 또 그런 얘기도 했어요.

사람들을 이끌어 줄 누군가가 필요한데

그가 그걸 맡아주면 좋겠다고요.

그러니까 히르슈가 상황이 어떤지는 잘 알겠지만

아이들을 생각하니 결정을 내리기가 힘들다고 하더라고요.

아이들의 운명이 그렇게 내몰리는데
자기가 그걸 어떻게 보고만 있을 수 있냐면서요.
거기 애들한테는 '아빠'나 다름없었어요.
고작 서른 살밖에 되지 않았는데도요.
아이들과의 관계가 정말 끈끈했죠.

히르슈는 물론 제 말에도 일리가 있다면서
1시간 정도 생각할 시간이 필요하다고 했어요.
1시간 동안 혼자 있는 게 어떻게 가능했냐면
당시 제가 담당했던 업무 덕분에 방 하나를 혼자 쓸 수 있었거든요.
제 방에서 있으라 하고 저는 밖으로 나왔죠.
방 안에는 책상과 의자가 하나씩 있었고
침대와 무언가를 적을 수 있는 필기구가 있었고요.

1시간 뒤에 방으로 돌아오니까
히르슈가 제 침대 위에 누워 있더라고요.
거의 숨이 끊기기 직전이었죠.
얼굴은 백지장처럼 하얗게 질려서
입에는 흰 거품을 물고 있었어요.
음독을 시도했다는 걸 바로 알아차렸죠.
하지만 숨이 완전히 끊긴 상태는 아니었어요.
그때 클라인만Kleinmann이라는 의사를 한 명 알고 있었는데,
폴란드에서 태어난 프랑스 유대인으로
실력이 아주 좋은 사람이었어요.
곧바로 그를 불러서 제 방으로 와달라고 했죠.
그리고 어떻게 해서든 히르슈를 꼭 살려달라고 부탁했어요.
우리한테 중요한 인물이었으니까요.
클라인만이 히르슈를 살펴보더니

바르비투르산*을 많이 삼킨 것 같다고,
목숨은 어떻게 구한다고 하더라도
오랫동안 자리에서 일어나지 못할 거라고 하더라고요.
그러면서 어차피 48시간 뒤에는 가스실로 끌려갈 처지이니
그냥 아무 조치도 취하지 않고 그대로 내버려 두는 게
낫겠다고 하더라고요.

프레디 히르슈가 자살한 뒤로는 상황이 빠르게 전개됐어요.
먼저 히르슈에게 전달한 사실을 다른 사람들에게도 알렸죠.
그다음에는 BIID 수용소로 가서
거기 레지스탕스 지도자들과 접촉을 시도했어요.
그 사람들이 체코 사람들한테 가져다주라면서
저한테 빵과 양파를 주더라고요.
그러면서 하는 말이 아직은 아무것도 결정된 바가 없으니
나중에 다시 오라는 겁니다….
그렇게 수용소로 돌아와서
거기서 받아온 빵을 배급하고 있는데
갑자기 수용소에 특별 통행 금지령이 떨어졌어요.
행정 업무가 중단되고 경비들의 숫자가 이중으로 늘어났죠.
격리 수용소 주변에는 기관총들이 깔렸고요.
그렇게 모든 연락이 끊겼어요.
그리고 그날 저녁 체코 사람들은 가스에 질식해 죽었습니다.
가스실까지는 트럭에 실려 갔는데
그 사람들도 그때 알게 됐을 거예요.
하지만 아무런 저항도 할 수 없었겠죠.
그래도 마지막까지도 의심할 수 없었던 게…

---

* 수면제나 항불안제로 사용되는 향정신성 약물의 한 종류.

가스실로 끌고 가면서도
SS 사람들은 하이데브레크로 가는 거라고 한 거예요.
실제로 수용소 밖으로 나가는 트럭들은
오른쪽으로 꺾어야 했는데요,
트럭이 왼쪽으로 꺾는다는 건 목적이 딱 하나였죠.
거기서 500미터 거리에 소각장이 있었거든요.

필리프 뮐레르
존더코만도 출신의 아우슈비츠 학살 생존자

그날 밤 저는 2번 소각장에 있었습니다.
트럭에서 내리자마자 그 위로 야간 조명을 쏘아대니
사람들이 눈도 제대로 못 뜨더라고요.
그렇게 통로를 지나 계단을 타고 탈의실까지 이동했죠.
앞에 뭐가 있는지 보이지도 않는데 무작정 달려야 했고요.
심하게 두들겨 맞았어요.
빨리 뛰지 못하는 사람들은 SS 대원들한테 죽도록 얻어맞았죠.
그렇게 격렬한 폭력은 처음 봤어요.
그러다가 갑자기⋯

어떤 말이나 설명 하나 없이요?

한마디 말도 없이요.
사람들이 트럭에서 내리는 순간부터
미친 듯이 때리기 시작했어요.
사람들이 탈의실 안으로 들어올 때,
저는 뒷문 근처에 자리를 배정받아서 있었거든요,
거기서 그 끔찍한 장면을 전부 목격했어요.
그 사람들은 완전히 피범벅이 된 상태로

그제야 자기들이 어디에 와 있는지 알게 된 거죠.

아까 말씀드렸던

소위 '국제 안내소'라는 문구가 적힌 기둥들을 보면서요.

모두 벌벌 떨더라고요.

그런 문구를 읽고 안심이 되기는커녕

오히려 반대로 공황 상태에 빠져버린 거죠.

BIIB 수용소에서 지내면서 들은 게 있었으니까요.

앞서 끌려간 사람들에게 무슨 일이 있었는지 알고 있었던 거죠.

모두 절망에 빠졌어요.

아이들은 엄마한테 딱 달라붙어서 떨어지지 않으려고 하고

부모들과 노인들도 흐느껴 울더라고요.

자기들의 슬픈 운명을 그제야 느꼈던 겁니다.

그때 갑자기 SS 장교 몇 명이

탈의실 안으로 걸어 들어오더라고요.

그중에는 수용소 총책임자인

슈바르츠후버 Johann Schwarzhuber도 있었죠.

그가 SS 장교로서 내리는 명령이라면서

거기 있는 사람들 모두

하이데브레크로 가게 될 거라고 하니까

모두 울부짖고 애걸을 하는 겁니다.

하이데브레크는 속임수라고,

자기들한테 거짓말을 하는 거라고,

살려 달라고, 일을 하겠다고요.

그 사람들이 똑바로 올려다보면서 말하는데도

형을 집행하는 SS 대원들은 꿈쩍도 안 하더라고요.

그저 무표정으로 가만히 서 있기만 했죠.

그러다가 갑자기 사람들이 술렁거리기 시작했어요.

SS 사람들한테 달려들어서

자기들을 왜 기만했는지 따지고 싶었던 것 같아요.

그러니까 경비들이 앞으로 나와서 곤봉을 휘둘러댔어요.

그러면서 다치는 사람들이 생겼고요.

그게 탈의실 안에서 일어난 일인가요?

네. 그 사람들에게 강제로 옷을 벗기려고 하면서

폭력은 정점을 찍었죠.

그중에서 아주 몇 안 되는 사람들만 고분고분 말을 듣고

대부분은 명령을 따르지 않겠다면서 거부했어요.

그러다가 갑자기 다 같이 노래를 불렀어요.

그게 무슨 노래였느냐면…

거기 있는 사람들 모두 노래를 부르기 시작했어요.

탈의실 전체에 체코 국가와 하티크바*가 울려 퍼졌죠.

그걸 들으면서 감정이 얼마나 북받치던지… 참….

여기까지만 하면 안 되겠습니까?

저와 같은 민족이 그 지경을 당하는데…

그 노래를 들으면서 깨달았어요.

나 혼자 산다고 무슨 의미가 있나,

이렇게 살아서 뭐하겠냐고,

도대체 뭘 위해 사는 건가 싶었습니다.

그래서 그 사람들을 따라 같이 가스실로 들어갔습니다.

그 사람들과 함께 죽어야겠다고 마음먹었거든요.

그때 그중에서 몇 명이 저를 알아보고는 다가왔어요.

수용소 자물쇠를 담당했던 동료 작업자들과 같이

체코 가족 수용소에 몇 번 다녀간 적이 있었거든요.

아주머니 몇 분이 저한테 가까이 다가오셔서 하시는 말씀이

---

* Hatikva. 이스라엘의 국가. 히브리어로 '희망'이라는 뜻이다.

왜 벌써 들어왔느냐 하시는 거예요.

이미 가스실 안에 들어가신 거군요?

네. 그중에서 한 분이 이러시더라고요.

"당신도 죽고 싶은 거군요. 그래봤자 의미 없어요.
당신이 죽는다고 해서 우리가 살게 되지는 않잖아요.
그러지 말아요. 반드시 여기시 살아나가서
우리가 얼마나 참혹하고 부당하게 죽었는지
바깥세상에 알리세요."

루돌프 브르바
아우슈비츠 학살 생존자 | 미국 뉴욕

체코에서 끌려온 첫 번째 그룹은
그렇게 생을 마감했어요.
그때부터 분명해지더라고요.
레지스탕스가 쟁취해야 할 목표는
봉기가 아니라 생존,
레지스탕스 조직원들의 생존이라는 걸요.
그래서 저는 결심했죠.
조직에서는 무정부주의적이고 개인주의적인 행동이라고
생각하겠지만 이제는 이곳을 등지고 떠나야겠다고,
그때까지는 한배를 탄 거나 다름없었던
공동체를 벗어나야겠다고요.
레지스탕스 조직의 정책에 반하는 결정이었지만
마음을 먹기까지는 얼마 안 걸렸죠.
그리고 친구 베츨러 Alfréd Wetzler *와 함께
탈출 준비에 박차를 가하기 시작했어요.

실제로 탈출할 때 베츨러가 아주 중요한 역할을 했어요.

그곳을 떠나기 전에는

후고 레네크Hugo Lenek와 이야기를 나눴어요.

두 번째로 끌려온 체코 사람들 그룹에서

레지스탕스 활동을 지휘하는 사람이었죠.

저는 레지스탕스 중앙 본부로부터

아무것도 기대해서는 안 된다고 설명했어요.

빵 조각 말고는 도움이 되는 게 없다고요.

결전의 시간이 찾아오면

오로지 그들 스스로만을 믿어야 할 거라고요.

그때까지만 해도 제 생각으로는

만약 여기서 무사히 탈출해서

높은 자리에 있는 사람들에게

제때 진실을 전달하는 데 성공하기만 한다면

어떻게든 의미가 있을 것 같았죠.

어쩌면 외부에서도 도움을 줄 수 있을 거라고 생각했어요.

왜냐하면 아우슈비츠였기 때문에

이런 사태가 벌어질 수 있었던 거라고 확신했거든요.

일단 아우슈비츠로 끌려온 희생자들은

거기서 무슨 일이 벌어지는지 아무것도 모르는 상태였죠.

만약 밖에 있는 누군가 알았더라면

그러니까… 그 사람들은 아무것도 모르고 있었으니까요.

정말로요!

그래서 생각한 게

어떻게든 이 진실을 유럽 전역과 헝가리에 알린다면,

외부의 레지스탕스 조직에서도

아우슈비츠를 구하기 위해 움직여 줄 것 같았죠.

5월에는 헝가리에서도 약 100만 명의 유대인들이

아우슈비츠로 끌려올 거라는 걸

그때만 해도 이미 알고 있었거든요.

그렇게 바로 계획을 세워서

마침내 1944년 4월 7일 탈출하게 됐습니다.

그게 선생님께서 탈출하기로 마음먹으신

결정적인 이유였습니까?

네, 그리고 곧바로 실행으로 옮길 수 있었던

이유이기도 하고요.

한순간도 더는 지체할 수 없었죠.

최대한 빨리 탈출해서 세상에 알려야 했으니까요.

아우슈비츠에서…

네.

무슨 일이 일어나는지를 말이죠?

네.

얀 카르스키
전 폴란드 망명정부 밀사, 現 대학교수 | 미국

지금 당장… 35년 전으로 돌아간다고 하면…
아니요, 돌아가고 싶지 않습니다… 그럴 수 없어요….*

준비됐습니다….

1942년 중반 무렵 폴란드 레지스탕스 조직과
런던에 있던 폴란드 망명정부 사이에서
밀사의 임무를 다시 수행해야겠다고 생각했습니다.
바르샤바의 유대인 지도자들에게도 그 소식이 들어갔죠.
접선은 게토 밖에서 이뤄졌습니다.
그쪽에서는 두 명이 나왔는데
게토에서 거주하는 사람들은 아니었어요.
각자 자기소개를 하는데 한 명은 분트†의 대표,

---

* [영상 주] 북받치는 감정을 주체하지 못하고 잠시 자리를 떠났다가 돌아온다.
† Bund. 리투아니아·폴란드·러시아의 유대인 노동자 연맹. 1897년 9월 러시아 제
   국의 소수 유대인 사회를 대표하기 위해 창설된 사회주의 정당으로 진보적인 성
   격이 강했다. 게토 내의 유대인 레지스탕스 조직에서 핵심 역할을 했다.

다른 한 명은 시온주의의 대표라고 하더라고요.

그러니까 이야기를 어디서부터 해야 하는 건지 모르겠네요.
그때 어떤 대화를 나눴는지부터 이야기해 드릴까요?
처음에는 저 스스로가 준비가 안 된 상태였어요.
폴란드에서는 꽤 고립된 상황에서 임무를 수행했던지라
아는 게 많이 없었죠.
전쟁 이후 35년이나 지났습니다.
그때 기억을 되새기지는 않습니다.
26년 동안 교수 생활을 하면서도
학생들에게 유대인 문제를 단 한 번도 언급해 본 적이 없어요.
무슨 영화를 찍고 싶으신 건지 알겠습니다.
역사를 기록하는 일이라고 하시니 노력해 보지요….
두 사람은 당시 유대인들이
어떤 일을 겪고 있는지 설명해 주더라고요.
그걸 저도 알고 있었냐고 물어보신다면,
아니요, 전혀 모르고 있었습니다.
그 두 사람이 하는 말이
먼저 지금 유대인들에게 닥친 문제는
역사상 전례가 없는 것이라고,
폴란드나 러시아가 겪었던 것과는
비교할 수 없는 문제라고 하더군요.
히틀러는 이 전쟁에서 패배하겠지만
결국엔 모든 유대 민족을 절멸시켜 버릴 거라고요.
이게 무슨 뜻인지 이해하느냐면서,
연합국들은 각자의 국민과 인류 전체를 위해 싸우고는 있지만
폴란드에서 유대인들이 몰살당하고 있다는 사실을
잊어서는 안 된다고 했죠.

비단 폴란드 유대인들뿐만 아니라

유럽 전역에서 온 유대인들이라고 했어요.

그렇게 말하면서도 좌절한 듯한 모습이었어요.

방 안을 계속 왔다 갔다 하면서 중얼거리면서 말하더라고요.

서로에게 말을 할 때는 목소리를 낮춰서 말을 했고요.

저에게는 악몽이나 마찬가지였습니다.

완전히 절망스러운 모습이었나요?

네. 이야기하는 도중에도 여러 번 감정을 주체하지 못하더라고요.

저는 의자에 꼼짝하지 않고 앉아서

그 사람들이 하는 말을 그냥 듣고만 있었어요.

뭐라고 반응하지도 않고 질문을 던지지도 않았습니다.

가만히 듣기만 했죠.

선생님을 설득하려고 하던가요?

제가 보기에는 처음부터 다 알고 있었던 것 같아요.

제가 이 문제에 대해 전혀 들은 바가 없고

무슨 일이 일어나고 있는지 아무것도 모른다는 걸요.

그 사람들이 원하는 메시지를 전달해 주겠다고 하니까

자기네들 사정을 알려 주려고 하더라고요.

그때까지만 해도 저는 게토라는 곳을 한 번도 가본 적이 없었죠.

유대인들과 관련된 일에 엮였던 적도 한 번도 없었고요.

당시 바르샤바에 살고 있던 유대인 대부분이
이미 학살당했다는 사실을 알고 계셨습니까?

알고는 있었지만 직접 본 게 있어야 말이지요.

하물며 저한테 이야기해 주는 사람도 없었어요.

그 현장에 직접 있었던 게 아니니까…

통계나 그런 걸로….

폴란드인 중에서 수십만 명이나 죽임을 당했고

러시아, 세르비아, 그리스에서도 그런 일이 있었다고

그때도 이미 알고 있었어요.

다만 통계 수치로만 알고 있었죠.

그쪽에서 계속 정말 특별한 상황이라고 강조하던가요?

네. 그 사람들의 입장은 저를 설득하는 거였으니까요.

그래야지 나중에 제가 다른 사람들을 만나서

사태의 심각성을 제대로 전달할 수 있을 테니까요.

당시 유대인들이 처한 상황은

역사상 전례를 찾아볼 수 없는 거라고,

이집트의 파라오도 그런 적이 없었고,

바빌로니아 사람들도 그런 짓은 하지 않았다고,

정말로 역사에서 처음 있는 일이라고 그러더라고요….

그러면서 그 사람들은 이런 결론을 내렸습니다.

연합국들에서 군사적 전략과는 상관없이

이 문제에 관하여 전례 없는 조치를 실행하지 않는다면

유대인들은 모조리 절멸될 거라고 했어요.

그러면서 자기들은 그걸 지켜볼 수만은 없다고 했죠.

그러니까 그 사람들은
뭔가 특별한 조치를 원했던 겁니까?

네, 둘이서 서로 돌아가면서 이야기하더라고요.

분트 대표가 말하면

그다음에는 시온주의 대표가 말하는 식으로요….

그래서 당신들이 바라는 게 뭐냐고,

내가 어떤 메시지를 전달해야 하는 거냐고 물으니까

자신들의 메시지를 전달해 주더라고요.

그 메시지들은 다양했어요.

먼저, 연합국들의 정부에게 보내는 게 있었죠.

가능한 한 많은 정부 관료들을 만나야 했어요.

폴란드 정부부터 시작해서 폴란드 공화국 대통령에

전 세계의 유대인 지도자들,

영향력 있다는 정치인들과 유명한 지식인들까지요.

될 수 있는 대로 최대한 많은 사람과 접촉하라고 하더라고요.

그러면서 어떤 메시지를 누구에게 전해야 하는지

자세하게 설명해 주기 시작했죠.

그 두 사람과는 그런 식으로 두 번을 만났어요.

악몽이었죠!

마지막으로 자기들이 요구하는 사항은 이러이러하다면서

길게 목록을 읊으며 설명해 주더라고요.

내용은 이랬습니다.

"히틀러의 학살을 더는 용납해서는 안 된다.

한시가 급하다.

연합국에서는 이 전쟁을

단지 군사적인 전략의 관점에서만 생각해서는 안 된다.

물론 그러한 접근 방식으로는 전쟁에서 승리하게 될 것이다.

그런데 그 승리가 우리 유대인들에게 무슨 의미가 있는가?

우리 유대인들은 이 전쟁에서 살아남지 못할 것이다.

연합국 정부에서는 그런 입장을 견지해서는 안 된다.

우리 유대인들은 인류의 발전에 기여해 왔으며

수 세기에 걸쳐 학자들을 배출해 왔다.

위대한 종교들을 탄생시키기도 했다.

우리는 인간이다.

그게 무슨 뜻인지 아는가? 그게 뭘 의미하는지 아는가?

지금 우리 민족이 겪고 있는 사태는

역사상 단 한 번도 없었던 일이다.

이번 일로 세상의 양심이 깨어날 것이다.

물론 우리가 나라가 없는 처지라는 걸 알고 있다.

우리에겐 정부도 없다.

우리는 국제 협의회에서도 발언권이 없다.

그러므로 당신과 같은 사람들의 도움이 필요하다."

이런 내용을 전달할 수 있겠냐고,

연합국 지도자들과 접촉하는 임무를

완수할 수 있겠냐고 묻더라고요.

자기들은 연합국들이 공동 선언을 발표해 줬으면 한다고요.

각 국가에서 전쟁의 승리를 쟁취하기 위해

군사적인 전략을 따지는 문제를 떠나서

유대인 학살 문제는 그 자체로 다뤄주기를 바란다고요.

"그리고 연합국에서는 이 문제가 자신들의 문제이기도 하며,

이 전쟁에서 각자가 취하는 전반적인 전략 중 하나로서

이 문제를 바라볼 것이라고

단도직입적이고 공개적으로 선언하기를 요망한다.

독일을 격퇴하는 것도 중요하지만

아직 남아 있는 유대 민족도 구해야 하지 않겠는가?

이렇게 공식 선언을 발표하고 난 뒤

연합국들에서는 전투기를 보내

독일을 폭격할 수 있을 것이다.

자기네 정부가 유대인들에게 어떤 짓을 저질렀는지

독일 사람들도 알 수 있도록

수백만 장의 전단을 살포할 수도 있을 것이다.

어쩌면 그 사람들은 모르고 있을 수도 있지 않나?

그런 다음 만일 독일 정부에서

현재의 정책을 변경할 태도를 보이지 않는다면

그들이 저지른 범죄에 대하여 책임을 물어야 할 것이며,

그러한 징후가 보이지 않을 시
유대인들을 대상으로 저지른 범죄에 대한 보복으로
연합국들이 독일의 특정 지역을
폭격하여 파괴할 것임을 경고한다는 내용으로
한 번 더 공식 선언을 할 수도 있다.”

“단, 이러한 폭격은 군사적인 전략과는 아무런 관련이 없고
오로지 유대인 문제를 해결하기 위함일 뿐이며,
폭격 이전과 이후에는 이러한 사태와 앞으로도 있을 폭격이
폴란드에서 유대인들이 학살당한 결과라는 것을
독일 국민에게 알려야 한다.”

이렇게만 해준다면 아마도… 도움이 될 거라고,
이 정도는 해줄 수 있는 거 아니냐고,
연합국이라면 들어줄 수 있을 거라고 하더라고요.

그게 바로 제가 첫 번째로 전달해야 했던 메시지였습니다.

두 번째 메시지를 이야기하기 전에
두 사람 모두, 그중에서도 특히 시온주의 대표가
귓속말로 말하기 시작하더라고요.
그러다가 중얼거리면서 내용을 읊었습니다.
“조만간 뭔가 일이 하나 터질 거다.
바르샤바 게토에 있는 유대인들 사이에서
그런 이야기가 오가고 있다.
특히 젊은 층에서 맞서 싸우고 싶어 한다.
그 사람들은 나치 독일 제국에 맞서
역사상 길이길이 기록에 남을 전쟁이자

지금까지 한 번도 일어난 적 없는 종류의 전쟁을
선포하려고 한다.
죽더라도 두 손에 무기를 들고 죽고자 하는 사람들이다.
그들에게서 그런 죽음을 빼앗을 수는 없다.”
당시 저는 유대인 내부에 군사조직이 만들어졌다는 사실도
전혀 모르고 있었습니다.
그 두 사람도 그거에 대해서는 아무런 설명도 하지 않고
그냥 이렇게만 말하더라고요.
“뭔가 일이 하나 터질 거다.
유대인들이 맞서 싸우게 될 건데 그 사람들이 쓸 무기가 필요하다.
이전에도 폴란드의 지하 레지스탕스 조직인
‘국내군’*의 지휘부와 접촉을 시도한 적이 있었는데
요구를 거절하더라.
빌려줄 수 있는 무기가 있으면서도 거절한다는 건
있을 수 없는 일이다.
당신들이 무기를 가지고 있다는 걸 알고 있다.”
당시 총사령관이었던 시코르스키 Władysław Sikorski◆에게 보내서
유대인들에게 무기를 지급하라는
명령을 내리도록 하기 위한 목적이었죠.

세 번째로 주어진 임무는
전 세계의 유대인 지도자들을 접촉해
직접 만나 이런 메시지를 전달하라는 거였어요.
“당신들은 유대인 지도자다.
당신들의 민족이 죽어가고 있다,

---

* 제2차 세계대전 당시 나치 독일의 점령에 저항하여 폴란드 내부에서 구성된 군사
  조직. 폴란드어로는 ‘Armia Krajowa’이고 줄여서 AK라고 표기한다.

이러다간 유대인의 씨가 마를 것이다.
지도자가 있다고 한들 그게 무슨 의미가 있단 말인가!

우리 두 사람도 죽을 운명이다.
하지만 우리는 도망가지 않고 여기에 남을 것이다.

그러니 런던이든 어디가 됐든 간에
각 국가의 내각들을 불러 모아
행동으로 나서주기를 촉구해야 한다.
그래도 아무런 일도 일어나지 않는다면
당장 거리로 나가서 요구해야 한다.
아무것도 먹지도 마시지도 말고
그렇게 모든 인류가 보는 앞에서 죽어야 한다.
또 누가 아는가?
그렇게 해야만 세상 사람들의 양심이 흔들리게 될지!"

유대인 대표로 나온 그 두 사람 중에서는
인간적인 친화력으로 봤을 때
분트 대표가 더 가깝게 느껴졌습니다.
물론 그 사람의 태도 덕분이었죠.
폴란드 귀족 집안 출신처럼 보였어요.
신사처럼 보였죠.
몸이 꼿꼿하고 행동에서도 품격과 위엄이 느껴졌어요.
그 사람도 제가 마음에 들었던 것 같아요.
그러다가 갑자기 그 사람이 이런 제안을 하는 거예요.
"비톨트Vitold † 씨, 제가 서쪽 사람들을 좀 압니다.

---

† 얀 카르스키는 당시 밀사의 임무를 수행하는 동안 비톨트, 피아세츠키Piasecki,

조만간 영국 사람들을 만나 협상하실 때

여기 상황을 말로 전달하셔야 하지 않습니까.

그때 선생님께서 분명하게

두 눈으로 직접 목격한 거라고 하시면

그 말에 설득력이 더 생길 겁니다.

게토를 힌번 둘러볼 수 있게 일정을 잡아볼 수 있는데

어떻게 생각하세요?

제안을 받아들이신다면 제가 동행해 드리죠.

그러면 선생님 안전에도 문제가 없을 겁니다."

그러고 나서 며칠 뒤 우리는 다시 접선했습니다.

1942년 7월까지는 바르샤바의 게토에는

분명하게 경계가 있었어요.

당시에는 이미 사라지고 없는 상태였죠.

거기 있던 40만 명가량의 유대인 중에

30만 명 정도가 이미 다른 곳으로 끌려간 뒤였고요.

게토를 둘러싸고 있는 울타리 벽 안에서는

총 4개로 구역을 구분할 수 있었죠.

그중에서 가장 큰 구역을 '중앙 게토'라고 불렀고요.

각각의 구역은 다시 몇 개의 지구로 나뉘는데,

그중 몇 군데는 이미 아리아인들이 들어와 거주하고 있었고

다른 곳은 텅 비어 있었죠.

거기에 건물이 하나 있었는데…

뒷문 전체가 게토의 울타리 벽과 연결되어 있었어요.

바로 그 맞은편은 아리아인들이 사는 곳이었고요.

쿠하르스키Kucharski 등의 여러 가명을 사용했다.

건물 아래에 굴이 하나 나 있었는데
딱히 어렵지 않게 통과할 수 있었어요.
그런데 갑자기 거기서 사람 한 명이 뛰어나오더라고요.
폴란드 귀족처럼 보였다는 분트 대표였죠.
그분 옆에 붙어서 다니는데 뭔가 낙심한 모습이더라고요.
게토에 사는 유대인들처럼 허리가 구부정했죠.
마치 거기서 전부터 살던 사람 같았어요.
아마도 그게 본모습이었던 것 같아요.
그곳이 바로 그분이 사는 세상이었던 거죠.

우리는 그렇게 게토 길가로 나갔어요.
그분은 제 왼쪽에서 걸으셨고요.
서로 대화를 많이 나누지는 않았어요….

이제 거리가 어떤 모습이었는지 듣고 싶으시죠?

이야기해 드리죠.
길가에는 사람들이 나체로 널브러져 있었어요.
그분에게 저 사람들을 왜 저렇게 두는 거냐고 물어봤죠.
시체 말씀입니까?
네, 시체요.
그분이 하시는 말이 게토에서는 뭐가 문제냐면,
죽은 유대인에게 묘지를 만들어 주고 싶으면
가족이 세금을 내야 한다는 거예요.
그래서 죽은 사람들을 저렇게 길가에 두는 거라고요.
세금을 낼 수 없어서요?
네, 돈이 없으니까요.
그러면서 그분이 하시는 말이

여기서는 누더기 하나도 돈이 되기 때문에
가족들이 옷은 벗겨서 가져가는 거라고.
일단 길가에 시체를 내놓으면
유대인 평의회*에서 맡아서 처리한다고 하더라고요.

엄마들은 길에서 대놓고 아이에게 젖을 먹였어요.
그런데 그 여자들을 보면…
젖가슴이라고 할 게 없었어요….
완전히 평평했죠.
아기들은 눈을 희멀겋게 뜨고 있었고요.

그 안은 완전히 다른 세상이었군요?
한 번도 본 적 없는 새로운 세상이요.
세상이라고 부를 수도 없었죠.
사람이 살 수 있는 곳이 아니었으니까요!

길가는 사람들로 완전히 꽉 차 있었어요.
마치 모두가 밖에서 사는 사람들이라도 되는 것처럼요.
사람들이 뭐라도 들고 나와서 서로 바꾸려고 하더라고요.
각자 자기가 가지고 있는 걸 팔고 싶어 했어요.
어떤 사람은 양파 3개, 양파 2개,
또 어떤 사람은 비스킷 몇 개를 내놓기도 했고요.
모두 뭔가를 팔려고 하면서 서로에게 구걸하는 모습이었죠.
사람들이 배고프다고 우는 소리며,
참담한 몰골로 여기저기를 뛰어다니는 아이들.

---

* 제2차 세계대전 발발 직후 라인하르트 하이드리허의 지시로 구성된 유대인 단체.
  표면상으로는 나치 독일과 유대인 공동체 사이에서 유대인의 목소리를 대변하는
  단체였으나, 실제로는 나치 독일의 만행에 일조했다는 평가를 받기도 한다.

그런 애들은 혼자 남겨진 아이들이었고,

다른 애들은 엄마 옆에 꼭 붙어 앉아 있었죠.

사람 사는 곳이 아니었어요.

뭐랄까…

거긴 일종의… 지옥에 가까웠죠.

바로 그때 그 구역에, 그러니까 중앙 게토에,

독일 장교들이 지나가더라고요.

일과를 마친 게슈타포 장교들이

게토를 가로질러 나가는 길이었죠.

제복을 입은 독일 병사들이 지나가니까…

쥐 죽은 듯이 조용해지더라고요.

다들 무서워서 그 자리에 얼어붙어 버린 거죠.

꼼짝도 하지 않고 입도 뻥끗하지 않더라고요.

그렇게 모든 게 멈췄어요.

독일 병사들은 경멸하는 표정이더라고요.

저것들은 인간보다 못한 더러운 것들이라고,

인간만도 못하다고 말하는 듯한 표정이었죠.

그때 갑자기 사람들 사이에서 동요가 일더니

우리와 같은 거리에 있던 유대인들이 도망가기 시작했어요.

덩달아 우리도 어떤 집 안으로 달려 들어갔죠.

분트 대표가 문 앞에서

"문 열어요! 문! 문 좀 열어줘요!"라고 속삭이니까

안에서 문을 열어줘서 들어가게 된 거죠.

길가 쪽 창문을 보니 사람들이 뛰어 다니더라고요.

문을 열어준 아주머니께서 계속 그 자리에 서서 계시니까

그분이 아주머니께 다가가서는 무서워하지 마시라고,

우리도 유대인이라고 하더라고요.

그러면서 저를 창문 쪽으로 데려가더니
저길 봐보라고 하더군요.
어린 남자애 두 명이 보였죠.
훤칠한 얼굴에 제복을 입고 있었고요.
히틀러를 따르는 젊은이들이었죠.
그 둘이 걸어 다니면서 한 발 한 발 옮길 때마다
거기 있던 유대인들이 줄행랑을 친 거였어요.
두 사람은 서로 이야기를 나누는가 싶더니
갑자기 그중에서 한 명이 주머니에 손을 집어넣더라고요.
그리고 한 치의 망설임도 없이 바로 총을 쏘는 겁니다.
유리창 깨지는 소리에 사람들 비명이 들렸어요.
그러니까 다른 한 명이 잘했다고 하면서
축하해 주는 것 같더라고요.
그러고는 자기들 가던 길을 계속 갔죠.

그 모습을 보고 저는 온몸이 굳어버렸어요.
그러니까 유대인 아주머니가
제가 유대인이 아니라는 걸 알아채셨는지
저를 밀치면서 여기서 당장 나가라고,
여긴 제가 있을 곳이 아니라고 하더라고요.
그렇게 그 집에서 나와서 그 길로 바로 게토를 빠져나왔습니다.
그분께서 이건 아직 덜 본 거라고…
나중에 다시 와보지 않겠냐고, 자기가 또 동행해 주겠다고,
제가 전부 다 봤으면 좋겠다고 하시더라고요.
그 말에 저는 그렇게 하자고 했고요.

다음 날 게토를 다시 찾아갔습니다.
전날과 같은 건물과 같은 굴을 지나서요.

그때는 충격이 조금 덜한 대신

다른 것들이 더 민감하게 느껴졌어요.

악취… 매스껍고… 썩은 내가 나더라고요.

어디를 가나 숨이 막혔죠. 길이 아주 더러웠어요.

어딜 가나 북새통이었지만

여전히 긴장감이 흐르고 있었습니다.

정말이지 믿을 수 없는 풍경이었어요.

거기가 무라노프스키 Muranowski 광장이었는데

광장 한쪽에서 애들이 놀고 있는 게 보이더군요.

구겨진 옷가지 같은 것을 서로 던지며 주고받으면서요.

그걸 보고 그분이 그러더군요.

"애들이 놀고 있군요.

보세요, 그래도 삶은 계속됩니다.

어떻게든 살아집니다."

그 말에 저는 이렇게 대답했습니다.

"저 애들은 노는 척을 하는 겁니다.

진짜로 놀고 있는 게 아니에요."

게토 안에 나무도 있었습니까?

몇 그루 보이긴 했는데 말라빠진 상태였죠.

아무튼 우리는 계속 걸었습니다. 그냥 걷기만 했어요.

거기 사람들과는 아무와도 말을 나누지 않았고요.

그렇게 약 한 시간 정도를 걸었죠.

그분은 저한테 가끔 말을 걸곤 했는데,

한번은 "저 유대인 좀 봐요!"라고 하기에 보니까

유대인 한 명이 미동도 없이 서 있는 거예요.

그분에게 죽은 거냐고 물어보니까

"아니요, 아닙니다. 살아 있습니다.

비톨트 씨, 기억하세요.

저 사람은 지금 죽어가는 중입니다. 죽어가고 있다고요.
저 사람을 잘 보고 사람들한테 가서 전하세요.
선생님께서 직접 보셨다고요.
이 순간을 절대 잊지 마세요!"
우리는 다시 걸었습니다. 주변이 으스스했죠.
그분은 한 번씩 작은 목소리로
"이걸 기억해 두세요. 이것도 기억하시고."라고 말했어요.
아니면 어떤 여자를 보고는 "저걸 보세요!"라고 하기도 했죠.
그럴 때마다 저는
저 사람은 저기서 뭘 하는 거냐고 물어봤어요.
그러면 그분은 "저렇게 죽어가는 겁니다."라고 했어요.
계속 "기억해 둬요, 기억하세요."라고 하면서요.

그렇게 아마도 한 시간 정도를 돌아다니다가
다시 게토 밖으로 나왔습니다.
더는 견딜 수 없을 것 같아서 제가 나가자고 했죠.
그 뒤로는 그곳에 다시 돌아가지 않았어요.
그때 제가 몸이 아팠거든요.
제가… 지금도 그때만 생각하면…
감독님께서 무슨 작업을 하고 싶으신지 이해합니다.
그래서 지금 이 자리에 있는 거고요.
그래도 그 기억 속으로는 다시 돌아가고 싶지 않습니다.
도저히 더는 견딜 수가 없었어요….

그래도 전달은 제대로 했습니다.
거기서 보았던 모든 것을 이야기했죠.

거긴 사람 사는 곳이라고 할 수 없다고,

인간이 살 수 있는 곳이 아니라고요.

거기에 제가 낄 수는 없었죠.
거기에 속한 사람이 아니었으니까요.
그런 광경은 처음 봤습니다.
그렇게 생긴 세상은 책에서도
어떤 연극이나 영화에서도 본 적이 없었죠.
거긴 인간이 사는 세상이 아니었습니다.
거기 사는 사람들도 다 같은 사람이라고 말하곤 했지만
사람처럼 보이지 않았어요.
그때 게토를 빠져나오면서 그분이 저를 안고 그랬죠.
"행운을 빕니다."라고요.
저도 "행운을 빕니다."라고 했어요.
그러고 나서는 다시 만나지 못했고요.

프란츠 그라슬러 Franz Grassler
전 바르샤바 게토 나치 경찰서장 아워스발트 Heinz Auerswald[*]**의 보좌관 | 독일**

그때 당시가 기억나지 않으십니까?

거의 기억이 없습니다.
전쟁이 있기 전에 등산 다니던 건 생생한데
전쟁 동안 바르샤바에서 있었던 일들은 가물가물하네요.
그땐 사실… 이래저래 슬픈 시기였으니까요.
이런 거죠.
하느님께 감사드려야 하는 게
사람은 좋은 기억보다 나쁜 기억을 더 쉽게 잊기 마련이에요….
끔찍했던 순간들은 기억에서 지워버리죠.

　　　　　그럼 기억이 나시게 도와드리겠습니다.
　　　그때 바르샤바에서 아워스발트 박사의 보좌관으로 계셨죠?
네.

　　　　　　　　　　　　아워스발트 박사는…
바르샤바 유대인 지구의 경찰서장이었죠.
　　　　그라슬러 씨, 이게 체르니아쿠프*의 일기인데요.
　　　　　　　　　여기 선생님 이야기가 나옵니다.
아… 인쇄본으로… 그런 게 있습니까?
　　　　그분이 쓰던 일기가 아주 최근에 출판됐거든요.
　　　　　　여기 1941년 7월 7일 자를 보면…
1941년 7월 7일이요?
정확한 날짜를 떠올리는 건 처음이라서요….
메모를 좀 해도 되겠습니까?
그러고 보니 저도 궁금하네요….
그러니까 제가 7월에 벌써 거기 있었군요!
　　　　네, 1941년 7월 7일 날짜로 "아침에 조합에서",
　　　조합이라면 유대인 평의회 본부를 말하는 거겠죠.
　　　　　　　"아워스발트, 슐로서Schlosser, …"
슐로서라면…

　　　　　　"그라슬러와 함께 업무를 봤다."
　　　　　　　이 대목에서 처음으로…
제 이름이 언급되어 있다고요?
맞습니다, 그때 우리 셋이 거기 있었죠….
슐로서는… 어디였더라… '재정부' 담당이었을 거예요.
이름을 들어보니 재정과 관련된 사람이었던 것 같네요.
　　　　그리고 두 번째로 7월 22일에도 등장하는군요.

---

* [저자 주] 체르니아쿠프는 바르샤바 유대인위원회의 회장이었다.

254

일기를 매일 쓴 건가요?

네, 매일 쓴 겁니다.
참 놀라운 일이지요….

그 난리 통에도 보존이 돼서
지금에 와서도 읽을 수 있다니 놀랍군요!

라울 힐베르크
홀로코스트 연구의 권위자인 미국 역사학자 | 미국 벌링턴

아담 체르니아쿠프는 전쟁이 터진 바로 그 첫 주부터
일기를 쓰기 시작합니다.
바르샤바에는 독일군이 아직 들어오지도 않았을 때였죠.
유대인 평의회에서 본인이 회장직을 맡기도 전이었고요.
그렇게 스스로 목숨을 끊게 되는 날 오후까지
매일 계속해서 써나갑니다.
당시 그곳의 유대인 사회를,
최후의 순간에서 스러져 가고 있지만
사실은 처음부터 그런 운명이 정해진 거나 다름없었던
공동체의 모습을 들여다볼 수 있는 창을 내준 거죠.

그런 면에서 아담 체르니아쿠프는
아주 중요한 임무를 완수한 겁니다.
비록 다른 유대인 지도자들처럼
본인이 아끼는 사람들의 목숨을 구하지는 못했지만,
당시 그들에게 닥친 일들을 매일 기록으로 남겼으니까요.
쉬는 날도 없이 일하면서도 일기는 계속 쓴 거예요.
휴가를 낸다거나 쉰다는 걸 모르는 사람이었죠.

거의 매일 기록을 했습니다.

날씨는 어떤지, 아침에는 어딜 다녀왔는지,

그날 일어난 모든 일을 하루도 빠트리지 않고 적었어요.

그의 내면에서 어떤 힘 같은 것이 그를 꽉 붙잡고는

수년 동안 놓아주지 않았던 겁니다.

독일의 점령을 받는 동안 거의 3년씩이나요.

어쩌면 그의 문체에 전혀 과장이 섞여 있지 않은 덕분에

그가 그 시기를 어떻게 겪었는지,

그 일을 어떻게 인식하고 인지했는지,

어떻게 반응했는지를 지금에 와서도 알 수 있는 거죠.

심지어는 그가 기록을 남기지 않은 부분에서조차도

무슨 일이 일어났던 건지 유추하는 게 가능하니까요.

일기는 마지막 장까지도 암시의 연속입니다.

그리스 신화에 푹 빠져 있던 그는

본인을 헤라클레스처럼

독이 묻은 튜닉을 입은 모습으로 묘사해요.

마음속 깊은 곳에서는 죽음을 면할 수 없는

바르샤바 유대인의 운명을 알고 있었던 거죠.

이와 관련해 일기에 인상적인 대목이 몇 군데 있습니다.

1941년 12월을 보면, 이런 단어가 어울릴지 모르겠지만,

빈정대는 말투로 이젠 지식인 계급도 죽어간다고 적고 있어요.

그전까지는 가난한 사람들만 죽어 나갔는데

지식인들도 더는 피할 수 없었던 거죠….

　　　　　　　　　　　특히 지식인 계급을 언급한 이유가 있을까요?

왜냐면 그때 게토 안에서는 계급에 따라서

굶주림에 취약한 정도가 달랐거든요.

대개 가난한 사람들이 먼저 죽었고,

그다음에는 중산층이 죽었죠.

중산층 다음으로는 지식인 계급이었고요.

지식인들까지 죽는 상황이었다면

사태가 아주 심각했다는 거죠.

여기서 한 가지 알아두셔야 할 게 있어요.

당시 게토의 하루 평균 식량은

1인당 1200칼로리뿐이었습니다.

또 어떤 일이 있었냐면

한번은 어떤 남자가 체르니아쿠프에게 다가와서는

돈을 좀 줄 수 있냐고, 먹을 걸 사려고 그러는 게 아니라

집세, 자기 집 월세를 내야 한다고,

길에서는 죽고 싶지 않다고 그러더랍니다.

체르니아쿠프에게는

일기에 적을 만한 가치가 있는 일화였던 거예요.

그런 상황에서도 품위는 지키려는 모습이었으니까요.

체르니아쿠프는 그 남자에게 이렇게 이야기합니다.

그러니까 누가 체르니아쿠프한테 와서…
돈을 달라고 했다는 거죠?

네. 그런데 빵을 사 먹으려고 그런 게 아니라

월세를 내야 한다고, 길에서는 죽고 싶지 않다고 하면서요.

흔히 있는 일이었죠,

길에 죽어 있는 사람들을 신문지로 덮어놓곤 했으니까요.

왜 빵보다 집이 더 중요했을까요?

배를 채울 식량은 없어도

길에서 쓰러져 죽고 싶지는 않았던 거죠.

이러나저러나 죽는 건 마찬가지니
이왕이면 집에서 죽으려고 했던 거군요….

그렇죠.

이런 식으로 체르니아쿠프는 불가해한 상황을 냉소합니다.

일기를 읽어보면 이상한 부분이 계속 나옵니다.

빈소 앞에서 팡파르 소리가 울려 퍼진다거나

술에 취한 마부들이 영구차를 운전한다거나

죽은 아이가 여기저기를 뛰어다닌다는 식으로요.

죽음에 대해 냉소적이었죠.

이미 죽음 속에서 살고 있었으니까요.

프란츠 그라슬러

전 바르샤바 게토 나치 경찰서장 아워스발트의 보좌관 | 독일

게토에 직접 가보기도 하셨습니까?

네. 정말 가끔가다 한 번 체르니아쿠프를 만나러 갔습니다.

당시 게토의 생활은 어땠나요?

끔찍했죠. 차마 눈 뜨고는 볼 수 없을 정도로요.

그래요?

그 안을 한 번 보고 나서는

다시는 발도 들이지 않았어요.

부득이한 경우를 제외하고요.

전부 합쳐서 한두 번 정도밖에 못 갔어요.

경찰서에서는 게토의 노동 인구를 유지하기 위해 총력을 다했죠.

특히 티푸스 같은 전염병을 막으려고 애를 썼고요.

당시 상황이 심각했거든요.

그렇군요.

티푸스에 관해서 조금 더 이야기해 주시죠….

아! 제가 의사는 아니라서요.

그게 아주 위험한 전염병이었다는 것만 알고 있습니다.

거의 페스트와 비슷한 수준으로 사람들 목숨에 치명적이라

게토처럼 좁은 곳일수록 더 위험하다는 것만 알고 있어요.

만약 그때 티푸스가 발생했다면

폴란드 사람들이든 우리든

아무도 피해갈 수 없었을 테니까요.

실제로 발생했던 건 아니지만 그런 공포는 존재하고 있었죠.

그런데도 왜 결국 게토에서
티푸스가 발생하게 된 거죠?

실제로 발생했는지는 모르겠습니다만 위험이 도사렸죠.

거기서는 사람들이 굶주렸으니까요.

배를 채울 수 있는 게 아무것도 없다시피 했죠.

그런 게 끔찍했어요….

… 경찰서에서 우리가 하는 일은

게토 사람들이 더 잘 먹을 수 있도록

최선을 다하는 것이었습니다.

구체적으로 말하자면,

게토가 전염병의 발원지가 되지 않게 하려고 했죠.

인도적인 차원의 문제를 차치하고서라도

그건 중요한 문제였으니까요.

실제로 발생한 적은 없었지만,

그때 만약 게토에 티푸스가 퍼졌다면

게토 안에서만 그칠 일이 아니었을 테니까요.

체르니아쿠프의 일기에는
독일 사람들이 게토에 벽을 쌓아 올린 이유 중 하나가
티푸스가 무서워서라고 적혀 있어요.

그럼요, 당연하죠! 걱정할 수밖에 없었죠.

그러면서 독일 사람들이 티푸스를
유대인들하고만 연관시킨다고도 쓰고 있어요.

뭐, 그랬을 수도 있지만

확실한 근거가 있는 이야긴지는 잘 모르겠습니다.

그 많은 사람이 게토 인에 꽉 차 있다고 생각해 보세요.

거기엔 바르샤바 출신 유대인들만 있었던 게 아니에요.

나중에는 다른 나라 유대인들도 끌려왔거든요.

그러니 위험이 사그라질 리가 있나요.

라울 힐베르크
홀로코스트 연구의 권위자인 미국 역사학자 | 미국 벌링턴

게토에 어떤 남자를 사랑하는 한 여자가 있었습니다.

그러던 어느 날 남자가 심하게 다친 거예요.

몸 안의 장기들이 밖으로 다 빠져나올 정도로요.

여자는 그 장기들을 자기 손으로

직접 남자의 몸 안으로 집어넣고

병원으로 데려가지만 남자는 결국 죽고 말죠.

사람들이 공동으로 시체를 매장하는 구덩이에 남자를 묻으니까

여자가 시체를 파내더니 남자를 묻을 묘지를 직접 만들어요.

체르니아쿠프에게는 이 짧은 이야기가

미덕의 절정을 보여준 거죠.

그분은 한 번도 저항하지 않았습니까?

그런 건 그의 관심사가 아니었습니다.

봉기에 대해서는 아무런 내용이 없어요.

몇몇 다른 유대인들에게 경멸을 표현한 게 전부였죠.

일찍 망명해서 공동체를 버리고 떠난 사람들이나

간츠바이흐Abraham Gancwajch ◆처럼 나치 독일에 협력한 사람들이요.

독일 사람들에 대해서는 아무런 반감도 적혀 있지 않습니다.

그건 논외로…

독일 사람들 그 자체를 비난하지는 않고 있어요.

아주 드물긴 하지만

자기가 독일의 어떤 법령에 토를 달았다는 내용은 있습니다.

하지만 독일 사람들과 논쟁하는 일은 없었던 거죠.

입장을 변호하고 중재는 해도 논쟁은 하지 않았어요.

게토 주위에 벽을 쌓는 일과

그 비용을 대는 문제에 대해서는 자기 의견을 피력했어요.

만약 벽을 쌓는 것이 유대인들의 전염병으로부터

독일인과 폴란드인을 보호하는 일종의 위생 조치라면

그 돈을 왜 유대인들이 부담해야 하는 거냐고 적었습니다.

그건 면역이 생긴 사람들한테 백신 값을 내라는 것과

마찬가지이니 그 비용은 독일인들이 내야 한다는 거죠!

그러니까 아워스발트가 이렇게 대꾸하더랍니다.

"훌륭한 논거요. 언젠가 국제회의가 열린다면…

거기서 그렇게 주장하시오.

다만 지금 당장은 대금을 내시오!"라고요.

체르니아쿠프는 이 모든 걸 기록하고 있습니다.

아워스발트의 답변까지 말이죠.

독일을 향한 비난은 이것보다 수위를 넘는 법이 없었어요.

그 사람들이 저지르는 짓도 더는 놀라울 게 없었으니까요.

그는 그저 상황을 예측하고

유대인들에게 닥칠 모든 일을 예상할 뿐이었습니다.

물론 최악의 경우까지 포함해서요.

프란츠 그라슬러
전 바르샤바 게토 나치 경찰서장 아워스발트의 보좌관 | 독일

바르샤바 게토에 대한 독일의 정책이 있었다고 하던데,
그게 정확히 어떤 조치였죠?

그 부분은 제가 답해 드릴 수가 없는 게
결국에는 절멸, '최종 해결책'으로 이어진 그 정책에 대해서
당시 우리는 정말로 아는 게 아무것도 없었습니다.
우리의 임무는 게토를 유지하고
가능한 한 유대인들의 노동력을 유지하는 일이었죠.
다시 말해 경찰서에서 실현하고자 했던 궁극적인 목적은
훗날 절멸로 이어지게 된 정책과는 완전히 달랐습니다.

그래도 1941년 당시 매달 얼마나 많은 사람이
게토에서 죽어 나갔는지는 알고 계시잖습니까?

모릅니다.
아니, 설령 알고 있었다고 해도
지금은 잊어버렸죠.

알고 계셨잖아요. 정확한 통계가 나와 있는데요.

그땐 알고 있었을 수도 있고요….

그래요? 당시 매달 5000명이 죽었습니다.

매달 5000명이요? 그렇군요….

어마어마한 숫자죠.

네, 어마어마하네요.
하지만 당시 게토에는 사람이 심각하게 많았어요!
지나치게 많았죠. 그게 바로 난점이었고요.

지나치게 많았다고요?

지나치게 많았죠!

이건 좀 철학적인 질문입니다만
선생께 게토란 어떤 의미인가요?

아이고! 제가 알고 있기로
게토는 인류의 역사에서 수 세기 전부터 존재해 왔습니다.
유대인 학살은 독일이 만들어 낸 게 아니에요.
제2차 세계대전부터 시작된 것도 아니고요.
폴란드에서도 유대인들을 박해했었지요.

그래도 바르샤바처럼 규모가 큰 수도에서
도시 한가운데에 게토가 있었던 경우는…

그런 경우는 드물었죠.

선생께서는 게토를 유지하고 싶었다고 하셨는데요.

우리가 맡은 임무는 게토를 소멸시키는 게 아니라
게토가 살아남도록 하는 일이었죠.
유지하는 일이요….

그런 끔찍한 환경 속에서
'살아남는다'는 게 무슨 의미가 있죠?

바로 그게 문제였습니다. 정말 그게 문제였어요….

길에서 사람들이 죽어가고
사방에 시체가 널려 있는 상황이었잖아요.

그러니까요… 그러니까 역설적이었죠!

역설적이었다고 생각한다고요?

그렇고말고요.

왜죠? 설명해 줄 수 있습니까?

설명해 드릴 수 없습니다.

왜 없습니까?

뭘 설명하라는 말입니까?

그건 '유지'한 거라고 볼 수 없죠!
게토에서 매일 유대인들이 죽어 나갔잖습니까.

체르니아쿠프는 일기에 뭐라고 적고 있냐면···

게토를 원활하게 유지하려면

식량을 더 많이 배급해야 했습니다.

사람 수가 그렇게 많아서도 안 됐고요.

그렇다면 식량 배급을 더 인도적인 차원에서

진행할 수 없었던 이유가 있었나요?

독일 측에서 그렇게 결정한 것 아니었습니까?

게토 사람들을 굶겨 죽이라는 지침 같은 건 없었습니다.

절멸이라는 큰 결정은 한참 뒤에야 내려진 거고요.

그렇죠. 한참 뒤 1942년에요.

네, 정확히 말하자면 그렇습니다.

그로부터 1년 뒤인데요.

그러니까요.

제가 기억하는 바로 당시 우리가 맡았던 임무는

게토를 관리하는 일뿐이었어요.

식량은 그렇게 부족한데 사람 수는 지나치게 많으니

당연히 극단적인 수준의 높은 사망률은 피할 수 없었고요.

그렇군요. 그런데 식량이나 위생 등의 관점에서 볼 때

그런 환경에서 게토를 '유지한다'는 게 무슨 뜻입니까?

그런 조치에 대해서 유대인들은 뭘 할 수 있었죠?

유대인들이 할 수 있는 건 아무것도 없었습니다.

라울 힐베르크

홀로코스트 연구의 권위자인 미국 역사학자 | 미국 벌링턴

체르니아쿠프는 전쟁 전에 영화를 한 편 봤던 것 같네요.

그 영화에서 침몰하고 있는 여객선의 선장은

오케스트라에게 재즈를 한 곡 연주하라는 지시를 내리죠.
그가 1942년 7월 8일에 쓴 일기를 보면,
시기상 사망하기 2주 전쯤인데요,
본인을 가라앉는 배의 선장이라고 표현한 부분이 있습니다.
다만 그분의 경우에는
게토의 아이들을 위해 축제를 열었던 거고요.
맞습니다.
체스 대회에 연극까지 준비해서 아이들을 위한 축제를 열었죠.
마지막 순간까지도 모든 게 그대로 존재했던 거예요.
하지만 더 중요한 건 그것들이 뭘 상징하느냐는 겁니다!
그런 문화 행사들은 당시 체르니아쿠프가 믿고 싶었던 것처럼
사람들의 사기를 진작시키는 계기가 됐을 뿐만 아니라
게토의 변함없는 처지를 상징적으로 보여줍니다.
곧 가스에 질식해 죽을 운명이라고 해도
병든 사람들을 어떻게 해서든 치료하고 낫게 해주려고 하고,
결국엔 어른으로는 절대 자라지 못하겠지만
어린 학생들에게는 교육을 제공하며,
코앞에 파산을 직면한 상황에서도
사람들에게 일을 주고 일자리를 만들려고 했던 거죠.
꼭 자기들의 삶이 계속되기라도 할 것처럼
유대인들은 그렇게 살아 나갔습니다.
비록 모든 게 정반대의 상황을 가리키고 있기는 했지만,
그래도 그들에게는
게토가 살아남을 것이라는 믿음이 있었던 거예요.
마지막 순간까지도 그 사람들의 전략은 이랬습니다.
"끈질기게 버텨야 한다. 이것 말고는 방법이 없다.
타격과 손실, 인명 피해를 최대한으로 줄이되
앞으로 계속 나아가야 한다."라는 거였죠.

계속 나아가는 것만이 유일한 보호 수단이었던 거죠.

그런 상황에서 체르니아쿠프가 자기 자신을
가라앉는 배에 타고 있는 선장과 비교했다는 건
결국엔 앞으로 닥칠 일을…

네, 알고 있었던 겁니다.

제 생각에 그는 끝을 이미 알고 있었거나

그 기운을 감지했던 것 같아요.

아마도 1941년 10월부터였을 거예요.

그쯤부턴가 이듬해 봄이 되면

바르샤바 유대인들에게 이런 일이 닥칠 거라면서

걱정스러운 내용의 소문들을 기록하기 시작하거든요.

또 게토와 수용소 사이에서 수송을 책임졌던

SS 소속 비쇼프 Helmut Bischoff 한테서

어차피 게토는 일시적으로 머무는 곳일 뿐이고,

그다음에 대해서는 아직 정해진 바가 없다는

이야기를 듣기도 했고요.

그렇게 서서히 예감하면서 알게 됐을 거예요.

1월부터는 리투아니아에서도

유대인들을 끌고 온다는 소문이 들렸거든요….

이후 1942년 1월 20일에

아워스발트가 돌연 베를린으로 떠나는 걸 보고

걱정하기 시작합니다.

그게 무슨 날이었냐면, 아시다시피

'최종 해결책'이 결정된 반제 Wansee 회의가 열렸던 날입니다.

비록 체르니아쿠프는 게토의 울타리 벽에 갇혀서

거기서 정확히 무슨 일이 일어나는지는 알 수 없었겠지만

아워스발트의 출장 소식만 듣고도 불안했던 거죠.

왜 베를린까지 가야 했던 건지 이유는 몰라도

최소한 좋은 일은 아닐 거라는 걸 확신했던 겁니다.
그렇게 2월이 되자 소문은 더 무성해져만 갔고
3월부터는 구체적인 이야기가 돌기 시작합니다.
그때부터 그는 루블린, 미엘레츠, 크라쿠프, 르부프의 게토에서
유대인들을 차출해 가는 날짜를 기록하기 시작합니다.
그러면서 어쩌면 바르샤바 게토에서도
곧 무슨 일이 일어나리라고 생각한 거죠.
그 이후 날짜부터는
페이지를 한 장씩 넘길 때마다 무거운 근심이 느껴지죠.

1942년 3월 루블린, 르부프, 크라쿠프의 게토에서
유대인들을 끌고 갔다는 소식을 알게 됐을 때,
그 사람들을 어디로 왜 데려가는 건지
체르니아쿠프도 궁금해했을까요?
물론 지금은 그게 베우제츠행이었다는 게 밝혀졌지만요.
아니요. 그런 부분은 찾아볼 수 없습니다.
장소의 이름은 한 번도 적지 않았죠.

그렇다고 해서 그가 그런 수용소들의 존재를
모르고 있었다고는 쉽게 결론을 내릴 수 없습니다.

일기에 쓰지 않았다, 그게 다입니다!

어쨌거나 다른 출처를 통해 확인된 사실은
당시 바르샤바에서도 6월쯤에는
죽음의 수용소의 존재를 이미 알고 있었다는 거예요.

프란츠 그라슬러

전 바르샤바 게토 나치 경찰서장 아워스발트의 보좌관 | 독일

체르니아쿠프는 왜 스스로 목숨을 끊게 됐을까요?

게토에 더는 미래가 없다는 걸 깨달았기 때문이겠지요.

유대인들을 학살할 거라는 걸

어쩌면 저보다도 먼저 이해하고 있었던 것 같아요.

제 생각에는, 이걸 뭐라고 해야 하나…

유대인들은 이미 엄청난 첩보 조직을

갖추고 있었던 것으로 보입니다.

알아서는 안 되는 것 이상의 내용을

우리보다 더 많이 알고 있었거든요.

그렇게 생각하세요?

네, 저는 그렇게 생각합니다.

유대인들이 선생보다 더 많은 걸 알고 있었다고요?

네, 확신합니다. 확실해요.

이 부분은 받아들이기가 어렵네요.

독일 행정 기관에서는 유대인들에게 닥칠 일들에 대해서

단 한 번도 어떤 정보를 전달받은 적이 없습니다.

트레블링카로의 첫 번째 추방이 언제 있었죠?

아워스발트가 자살하기 전이라고 알고 있습니다.

아워스발트요?

아니… 체르니아쿠프요. 죄송합니다.

7월 22일입니다.

날짜가… 그렇게 되는군요….

그러니까 1942년 7월 22일 추방 작업이 시작됐다는 거죠.

네.

트레블링카로요.

체르니아쿠프는 23일에 자살했고요.

아, 그러니까 그게 바로 다음 날이었군요.

그럼 이런 거네요.

본인 생각에는 유대인들의 처우를 개선하려면

독일 측과 원만한 관계를 유지하면 될 줄 알았는데

그 꿈이 무산됐다는 걸 깨달아서가 아닐까요.

그랬을 것 같은데요.

본인의 계획이 한낱 꿈에 불과했다는 걸요?

그렇죠. 그런데 그 꿈이 사라지고 나니까

더는 버텨야 할 이유가 없었던 거죠.

라울 힐베르크
홀로코스트 연구의 권위자인 미국 역사학자 | 미국 벌링턴

체르니아쿠프가 마지막으로 일기를 쓴 건 언제인가요?

스스로 목숨을 끊기 몇 시간 전입니다.

어떤 내용으로요?

"15시다.

이미 4000명이 떠날 채비를 마쳤다.

16시까지 9000명을 준비시키라고 한다."

그날 저녁 자살할 사람이 마지막으로 남긴 말입니다.

바르샤바 유대인들을 트레블링카로 처음 '수송'해 간 게

1942년 7월 22일입니다.

그러니까 체르니아쿠프는 바로 그다음 날 자살한 거군요.

맞습니다.

그러니까 22일 일기에 SS 장교 회플레 _{Hermann Höfle}◆가 등장합니다.

당시 '수송' 책임자로서 작전의 지휘를 담당했던 사람이죠.

22일에 회플레가,

잠깐. 여기서 짚고 넘어가야 하는 부분이 있습니다.

체르니아쿠프가 너무 심하게 동요한 나머지

날짜를 잘못 적게 됩니다.

1942년 7월 22일을 1940년 7월 22일이라고 적은 거죠.

그러니까 그날 회플레가 아침 10시에

체르니아쿠프의 사무실을 찾아와서는 전화선을 끊어버리고

유대인 평의회 건물 앞에서 놀고 있는 아이들에게도

집으로 돌아가라고 해요.

그러면서 체르니아쿠프에게

"면제받은 몇 사람만 제외하고

남녀노소 상관없이 모든 유대인을

동쪽으로 이동시킬 것이오."라고 합니다.

늘 그렇듯이 동쪽이라고만 밝힌 거죠.

오늘 당장 오후 4시에 6000명을 보내야 하고

앞으로도 매일 최소 6000명이 이동할 거라는 걸

1942년 7월 22일 당일에 알려준 거예요.

체르니아쿠프는 어떻게든 중재를 해보려고 시도하죠.

유대인 평의회 사람들이나 구호 단체의 요원들도

제외해 달라고 요청해요.

그 와중에 고아들도 추방될 거라는 말에 마음이 걸려서

그 애들만은 봐달라고 계속 사정하기도 하고요.

그렇게 23일이 됐고, 고아들을 제외한다는 약속은

여전히 받아내지 못합니다.

체르니아쿠프에게는 본인이 게토의 고아들을

더는 돌봐줄 수 없게 된다면

자기 자신과의 전쟁에서 진 거나 마찬가지였죠.

자신과의 투쟁에서 패배했다고 생각한 거예요.

그게 왜 하필 고아들이었을까요?

게토에서 가장 힘이 없는 계층이었으니까요.

나이가 아주 어린 애들이었거든요….

앞으로 살아갈 날들이 많이 남은 아이들인데

그 애들 혼자서는 아무것도 할 수 없을 테니까요.

그런데 이 고아들조차도 추방을 면제받지 못하고,

그저 빈말일 뿐이라도 SS 장교의 입에서

긍정적인 대답이라곤 한마디도 듣지 못하는 상황인데

어떤 결론을 내릴 수 있겠어요?

아이들을 위해 해줄 수 있는 게 더는 아무것도 없다면요….

전해지기로 체르니아쿠프는 일기를 덮고 나서

최후의 메모를 한 줄 남겼다고 합니다.

"저들이 내 두 손으로 직접 아이들을 죽이라고 한다."라고요.

프란츠 그라슬러

전 바르샤바 게토 나치 경찰서장 아워스발트의 보좌관 | 독일

그러니까 선생께서는 게토를 좋은 곳이라고,

일종의 자치 구역 같은 곳이라고 생각하셨다는 말씀입니까?

네, 자치령이요.

규모가 작은 국가 같은 거요?

유대인들의 자치가 워낙 잘 돌아갔어야지요!

하지만 그건 죽음을 위한 자치였지 않습니까?

그건 지금에 와서야 보면 그렇지만, 그때 당시에는…

그때 당시에도 그랬죠!

271

그렇지 않습니다.

체르니아쿠프는 이렇게 적고 있어요.

"우리는 꼭두각시다. 우리에겐 아무런 힘도 없다."라고요.

그랬군요.

아무런 힘도 없었다는데요.

그건 그랬죠…. 그게 그러니까…

선생 같은 독일인들이 지배자였고요.

그랬죠.

주인 행세하는 지배자 말입니다.

맞는 말입니다.

그럼 체르니아쿠프는 단지 도구일…

네, 도구였죠. 그것도 아주 잘 듣는 도구요.

유대인들의 자치는 잘 돌아갔어요.

그건 제가 장담합니다. 믿어도 돼요.

3년 동안은 잘 돌아갔겠지요…

1940년, 1941년, 1942년… 2년 반 동안은요.

그러다가 결국엔…

결국에는…

뭘 위해 '잘 돌아간' 거죠? 어떤 목적으로요?

자기 보존을 위해서였죠…!

아니죠, 죽음을 위해서였죠!

그렇지만… 그게…

자치, 자기 보존은 무슨… 죽음을 위한 거였잖습니까!

지금에야 그렇게 말하기는 쉽겠지요!

하지만 선생께서도

당시 그곳의 환경이 비인간적이었다고,

끔찍하고… 잔혹했다고… 시인하지 않으셨습니까?

그건 사실입니다.

그럼 모든 게

처음부터 분명했던 것 아닌가요….

아닙니다. 절멸만큼은 분명하지 않았어요….

오늘에서야 명백한 사실로 드러났지만요!

절멸이라는 건 그렇게 간단한 작업이 아닙니다.

조치 하나를 내리고 나면 그에 이어서 또 다른 조치들을

계속해서 더해 나가야 하는 거잖아요….

맞습니다.

그렇다면 그 절차를 이해하기 위해서는 우선…

다시 한 번 말씀드리지만,

절멸은 게토에서 일어난 일이 아닙니다.

적어도 초반에는요. 절멸의 시작은 수송부터였죠.

어떤 수송이요?

트레블링카로 보낸 수송 열차들 말입니다.

사실 모르긴 몰라도 무기로 게토를 전멸시킬 수도 있었어요.

결국엔 봉기가 일어나는 바람에 실제로 감행해야 했지만요.

그땐 제가 이미 떠나고 없을 때입니다….

하지만 처음에는…

란츠만 감독님, 이렇게 한다고 답이 나오는 게 아니에요.

새로 결론을 내릴 수 있는 게 아무것도 없지 않습니까!

사실 역사를 다시 쓸 수 있을 거라고는

생각하지 않습니다….

지금은 알게 된 것들을 당시 저는 모르고 있었어요.

바르샤바 '유대인 지구'의 경찰서에서

이인자였잖아요….

정말입니다!

중요한 직책이었잖아요.

제 역할을 과대평가하시네요.

아니죠.

실제로도 거기서 두 번째 결정권자였죠….

그러긴 했지만… 아무런 권력도 없었습니다!

아무런 권력도 없었다니요!

독일이라는 그 막강한 권력의 일원이었는데요.

그건 맞는 말입니다만 아주 작은 역할이었죠!

당시 고작 스물여덟 살이었던 보좌관의 위치를

과대평가하고 계십니다.

거의 서른 살이었네요.

스물여덟 살이었습니다.

30대면 성숙한 나이죠.

그렇긴 합니다.

하지만 스물일곱에 학위를 딴 법률가로서는

당시 신임이나 다름없었죠.

그때 '박사 학위'도 가지고 계셨군요.

그저 학위일 뿐 아무런 의미가 없습니다.

아위스발트도 박사 학위를 가지고 있었나요?

아니요. 학위는 업무와 아무런 상관이 없습니다.

법학 박사였다니.

그럼 전쟁이 끝나고 나서는 어떤 일을 하셨습니까?

산악 전문 출판사에서 일했습니다.

아, 정말요?

네. 등산 가이드를 쓰고 출간하는 일을 했어요.

등산 전문 잡지를 편집하기도 했고요.

등산을 즐겨 하시나 봐요?

네.

산에서 맡는 공기…

네.

게토의 공기와는 차원이 다르죠.

게르트루드 슈나이더 Gertrude Schneider *와 그녀의 모친
리가 Riga 게토 생존자 | 미국 뉴욕

내가 당신에게 쓰는 이 편지는
잉크가 아니라 눈물로 쓰는 거라오
좋았던 시절은 이제 끝났지
떠나버리고 돌아오지 않네
부서진 것을 고치는 것은 힘들다네
우리 사랑을 다시 합치는 것도 힘들지
오, 당신의 눈물을 봐
나의 잘못이 아니야
그래야만 하기 때문이지
그래야만 해, 그래야만 해
우리는 서로 헤어져야 해
그래야만 해, 그래야만 해
사랑은 우리 모두에게 끝났어
내가 당신을 떠나던 때를 기억하는가?
나의 운명은 당신을 떠나라고 명령했지
그래야만 내가 다신 괴롭지 않을 테니까
그래야만 하니까*

---

* [영상 주] 게르트루드 슈나이더가 독일어 노래를 부르는 동안 그녀의 모친은 옆에
  서 흐느끼며 듣고 있다.

이스라엘 로하메이 하게타오트 키부츠 박물관[*]

1942년 7월 28일 바르샤바 게토에서는
유대인 전투조직이 공식적으로 창설되었다.
트레블링카로의 최초 대량 강제 수송 작업이 9월 30일로 중단되고
이후 게토에는 약 6만 명의 유대인들이 남아 있었다.
강제 수송은 1943년 1월 18일에 다시 시작됐다.
무기 보유량이 터무니없이 부족했음에도 불구하고
조직원들은 저항을 외치며 돌격에 나서 독일을 놀라게 했다.
전투는 3일간 계속됐다.
타격을 입은 나치가 후퇴하면서 버리고 간 무기는
유대인들의 손에 넘어갔다.
강제 수송 작업은 중단됐다.
이후 독일은 오로지 전투를 통해서만
게토를 점령할 수 있다는 사실을 깨달았다.
1943년 4월 19일 저녁, 전투가 시작됐다.

---

[*] '로하메이 하게타오트Lohamei HaGeta'ot'는 히브리어로 '게토의 전사들'이라는 뜻
으로 홀로코스트에서 살아남아 이스라엘에 정착한 유대인들이 1949년 설립한
키부츠의 이름이다. 나치 독일에 맞서 유대인 게토에서 봉기를 일으킨 전사들
을 기리기 위해 농장의 이름을 딴 홀로코스트 역사박물관을 운행하고 있다.

유대교의 부활절인 페사흐의 전날이었다.
목숨을 건 사투가 이어졌다. [†]

이자크 주커만 Yitzhak Zuckerman,[✦] **일명 '안테크** Antek'
전 유대인 전투조직 부사령관

전쟁이 끝난 뒤부터 술을 마시기 시작했습니다.
너무 힘들었거든요….
클로드 씨, 그 당시 제 심정이 어땠냐고 물으셨죠?
그때 누군가 제 심장을 핥았다면
치명적인 독상을 입었을 겁니다.

모르데하이 아니엘레비치 Mordechaï Anielewicz [✦]*의 지시를 받고*
당시 유대인 전투조직의 사령관이었던 안테크는
독일군의 공격이 있기 6일 전 게토를 떠났다.
그의 임무는 폴란드 레지스탕스 조직의 지도자들을 만나
유대인들이 사용할 수 있는 무기를 요청하는 일이었다.
결과는 거절이었다. [†]

게토를 나온 게 봉기가 일어나기 6일 전입니다.
그리고 명절인 유월절 전날 19일에는 돌아가려고 했죠.
그때 모르데하이 아니엘레비치와 지비아 Zivia에게
편지를 썼었어요. 지비아는 제 아내입니다.
그러고 나서 모르데하이 아니엘레비치한테서는

[†] 이 부분은 란츠만의 내레이션이다.
[✦] 이 부분 또한 란츠만이 이차크에게 던지는 인터뷰 질문이 아니라 내레이션이다.

아주 공손하고 정중한 답장을 받았어요.

반면 지비아는 굉장히 공격적으로 답장을 보냈더라고요.

아내가 편지에 뭐라고 적었냐면,

"당신은 지금까지 이뤄낸 것이 아무것도 없다.

아무것도 한 게 없다."라고 하더라고요.

그래도 다시 집으로 돌아가려고 마음먹었죠.

하지만 그러기엔 너무 늦은 상황이었어요.

당시 저는 게토에서 무슨 일이 일어나려고 하는지

아는 바가 전혀 없었어요.

알고 있기는커녕 상상도 하지 못했죠.

반면 심하 Simcha Rotem ◆의 동료들 같은 경우에는

독일군이 포위할 거라는 소식을 저보다도 먼저 알고 있었더라고요.

심하 로템, 일명 '카지크 Kazik'
전 유대인 전투조직 조직원

유월절이 가까워지면서

게토 안에서 곧 무슨 일이 터질 것 같은 예감이 들었습니다.

긴장감이 감돌았죠.

유월절 당일 저녁, 독일군이 공격해 왔어요.

그중에는 독일 병사들만 있는 게 아니라

우크라이나와 리투아니아 출신 병사들,

폴란드 경찰들과 라트비아 병사들도 있었고요.

그 많은 사람이 한번에 게토를 들이닥쳤습니다.

우리는 마침내 최후의 순간이 다가온 걸 직감했죠.

독일군이 게토를 쳐들어온 날 아침

중앙 게토에서부터 공격이 시작됐어요.

그때 우리가 있던 곳은 거기서 조금 떨어져 있어서
멀리서 무언가 폭발하는 소리나 총소리만 들렸죠.
총을 쏘고 나면 메아리처럼 반사돼서 돌아오는 소리 같은 거요.
중앙 게토 안에서 굉장히 치열한 전투가
벌어지고 있다는 걸 느낄 수 있었습니다.

전투가 시작되고 첫 사흘 동안은 유대인들이 더 우세였어요.
독일군에서는 얼마 가지 않아 수십 명의 부상자가 발생했죠.
그렇게 다친 사람들을 데리고
게토 출구 쪽으로 빠르게 후퇴했고요.

그때부터는 게토 안으로 들어오지 않고 밖에서만 공격을 해왔죠.
공습하거나 대포를 발사하는 식으로요.
우리의 군사력으로는 공습까지는 막아낼 수가 없었어요.
특히 게토 안에 불을 지르는 공격에는 속수무책으로 당했죠.

게토 안이 온통 불길뿐이었습니다.

그렇게 게토에 남아 있던 모든 생명이 흔적도 없이 사라졌죠.
우리 조직원들은 지하에 있는 벙커 안으로 모두 몸을 숨겼습니다.
거기서 다시 작전을 개시하기로 한 거죠.
우리는 주로 밤에 작전을 펼쳤어요.
독일 병사들이 낮에는 게토 안으로 들어왔다가
밤이 되면 철수하곤 했거든요.
사실 그 사람들한테도 한밤중에 게토에 들어간다는 건
정말 무서웠던 거죠.
사실 그 지하 벙커를 마련한 건 전투 조직원들이 아니라
당시 게토에 살고 있던 시민들이었어요.

우리가 지상 길가에서 더는 버티지 못하니까
벙커에서 받아준 거죠.
벙커 안은 내부 구조가 전부 비슷했어요.
특히 놀라웠던 건 거기서 지내는 사람들의 밀집도였죠.
숫자가 아주 많았거든요.
그 안이 정말 더웠던 걸로 기억해요.
얼마나 끔찍하게 더운지 숨을 쉬는 것도 힘들었죠.
벙커 안은 초 하나 켜지 못 할 정도로
엄청 더운 상태였어요.
그렇게 찌는 듯한 더위 속에서 제대로 숨을 쉬려면
어떤 때는 바닥에 배를 대고 엎드려서 자야 하기도 했고요.
우리 전투 조직원들이 지하로 피신해야 할 수도 있는 상황을
사전에 예상하지 못했다는 사실만 봐도 알 수 있듯이
우리는 독일군과 맞서 싸운 이후에도
목숨이 붙어 있을 거라고는 생각하지 않았습니다.

당시 게토에서 생활하면서 느꼈던 공포를
인간의 언어로 설명한다는 건 불가능할 겁니다.
사실 길이라고 할 만한 곳이 없었으니
길가라는 단어가 어울릴지는 모르겠지만,
게토 길가에서는 겹겹이 쌓여 있던
시체 더미 위를 넘어 다녀야 했어요.
도무지 그 옆으로는 지나갈 수 있는 공간이 없었거든요.
우리에게 적은 독일군만이 아니었습니다.
허기와 갈증에도 맞서 싸워야 했죠.
바깥세상과 연락을 취할 방법도 없었고요.
세상과 단절된 채로 완전히 고립된 상태였죠.
그 지경까지 이르고 나니까

결국에는 여기서 싸움을 더 이어나가는 게
도대체 무슨 의미가 있는지도 모르겠더라고요.
그래서 바르샤바의 아리아인 지구가 있는 쪽으로 벽을 뚫고
게토 바깥으로 나가야겠다고 생각해 낸 겁니다.

5월 1일 직전이었어요.
조직에서 저와 지그문트를 보내서
바르샤바 아리아인 지구의 '안테크'라는 사람과
접선해 보라고 하더군요.

마침내 보니프라테르카Bonifraterka 거리 아래에
바르샤바의 아리아인 지구로 연결되는 땅굴 하나를 찾아냈죠.

그게 아주 이른 아침이었어요.
그렇게 해가 쨍쨍한 길가 한복판으로 갑자기 나가게 된 거죠.
생각해 보세요.
5월 1일이었으면 햇살이 얼마나 좋았겠어요.
그런데 길 한가운데에서 멀쩡한 사람들 사이에
서 있으려니 어안이 벙벙할 수밖에요.
완전히 딴판인 세상에서 이제 막 빠져나온 거였으니까요.

사람들이 우리를 보더니 곧바로 달려들더라고요.
그때 우리가 굉장히 지쳐 보이기도 했고
몸은 야윈 채로 누더기를 걸치고 있었거든요.
당시 게토 주변으로
폴란드 사람들이 유대인들을 잡아내겠다고
의심스러운 눈초리로 항상 어슬렁거리고 있던 때였어요.
우리는 구사일생으로 도망쳐 나왔습니다.

바르샤바의 아리아인 지구는 꼭 옛날로 돌아가기라도 한 것처럼
아주 평범하고 자연스러운 일상이 이어지고 있었어요.
카페와 식당도 정상적으로 영업을 하고 있었고,
버스와 전차도 다녔고요. 영화관도 열려 있었어요.
그렇게 정상적인 삶 한가운데에서
게토는 외딴섬이나 다름없었던 거죠.

우리의 임무는 이차크 주커만과 접선에 성공해서
당시 게토 안에서 아직 생존하고 있을
몇몇 조직원들을 구출하는 것이었습니다.
그렇게 이차크 주커만과 연락이 닿았어요.
하수도 회사에서 일하는 인부도 2명이나 구했고요.
8일에서 9일로 넘어가는 밤에
또 다른 조직원 동료인 리셰크Riszek와
하수도 인부 2명과 함께 게토 안으로 들어가기로 했어요.
통금 시간이 되기를 기다렸다가 하수구 안으로 들어갔죠.
우리는 두 인부의 안내만 믿었어요.
게토 지하의 배치도를 알고 있는 유일한 사람들이었으니까요.
그렇게 지하를 통과하고 있는데
갑자기 그 두 명이 돌아가야겠다고 하는 거예요.
자기들은 더는 동행해 줄 수가 없을 것 같다고 하면서요.
결국엔 가지고 있던 무기로 협박을 할 수밖에 없었죠.
그렇게 게토 내부의 하수도에까지 이르렀어요.
얼마쯤 지났을까,
인부 한 명이 바로 지금 게토 아래에 와 있다고 그러더라고요.
인부들이 달아나지 못하게 감시하는 역할을 리셰크가 맡고,
저는 맨홀 뚜껑을 밀어 올려서
게토 지상으로 올라갔습니다.

밀라Mila 18가*에 있던 사람들은
하루 차이로 구하지 못했습니다.
게토로 들어간 게 8일에서 9일로 넘어가는 밤이었는데
8일 아침에 독일군이 그 벙커를 먼저 발견했거든요.
벙커 안에서 생존해 있던 사람 중 대부분은
스스로 목숨을 끊었거나
독일군이 투입한 가스에 질식해 죽은 상태였고요.

이어서 프란치스칸스카Francziskanska 22가 벙커로 향했어요.
암호를 외쳤지만 아무런 반응이 없었죠.
그래도 계속해서 게토 곳곳을 뒤지며 돌아다녔어요.
그러다가 갑자기 폐허 한가운데에서
여자 목소리 하나가 들렸습니다.
그때가 밤이라 주변이 어두워서
아무것도 보이지 않는 상황이었어요.
빛 하나 없이 완전히 깜깜했죠.
폐허가 된 건물들에 무너져 내린 집들만 보이는 와중에
사람 목소리 하나가 들린 거예요.
무슨 악령의 저주를 듣는 것 같았죠.
잔해 깊숙한 곳에서부터
여자 목소리 하나가 새어 나왔으니까요.
저는… 무너진 건물들 사이를 살펴봤습니다.
물론 당시 시계를 본 건 아니지만,
저를 부르는 목소리가 어디에서 나오는 건지 찾으려고
그 주변을 30분 정도 쭉 돌아본 것 같아요.
안타깝게도 목소리의 주인공은 결국 찾지 못했고요.

---

* [저자 주] 당시 밀라 18가 아래에는 유대인 전투조직 본부의 벙커가 있었다.

그걸 불길이라고 부를 수는 없을 것 같아요.

불꽃이 계속해서 솟아오르고 있지는 않았거든요.

그래도 연기는 아직 남아 있었어요.

살이 타는 냄새가 역겨웠죠.

사람들은 분명히 살아 있는 상태로 불에 타 죽었을 테니까요.

그렇게 여기저기를 돌아다니면서

어쩌면 전투 조직원들이 아직 살아서 숨어 있을지도 모르는

다른 벙커들을 찾아다녔습니다.

어딜 가나 상황은 마찬가지였어요.

제가 '얀Jan'이라고 암호를 외쳐도…

'얀'이면 폴란드 이름이네요.

네.

… 아무런 대답도 돌아오지 않았어요.

그런 식으로 벙커에서 나와

또 다른 벙커를 찾으며 돌아다녔죠.

그렇게 게토 안에서 몇 시간을 뛰어 다니고 난 뒤…

하수구가 있었던 곳으로 다시 돌아갔습니다.

그때 그렇게 혼자 돌아다니신 건가요?

네, 저밖에 없었어요.

아까 말씀드렸던 여자 목소리와

처음에 하수구에서 나오면서 마주친 남자 한 명을 제외하고는

게토 안을 헤매면서 돌아다니는 내내 저 혼자였어요.

살아 있는 사람이라곤 그림자도 보지 못했죠.

지금도 기억이 나는 게

그렇게 돌아다니는 도중에 한번은

평화롭고 고요한 느낌이 드는 거예요.

그때 혼자 그랬어요.
"내가 마지막 유대인이다,
이렇게 아침이 올 때까지
독일군을 기다리자." 라고요.

게르트루드 슈나이더 Gertrude Schneider

1928년 오스트리아 빈에서 태어났으며 1942년 2월 가족과 함께 나치 독일 치하 라트비아의 리가로 수송되어 게토에서 강제 수용 생활을 했다. 이후 1943년과 1944년에는 온 가족이 각각 카이저발트Kaiserwald 강제수용소와 슈투트호프Stutthof 강제수용소로 이동했다. 종전 후 미국으로 건너가 홀로코스트 관련 연구로 박사 학위를 수여받고 대학교수로 지냈다.

라울 힐베르크 Raul Hilberg

홀로코스트 관련 연구에서 세계 최고 권위를 인정받는 역사학자. 1926년 오스트리아 빈에서 유대인으로 태어났으며 1938년 3월 나치 독일의 점령을 피해 미국 뉴욕으로 이주했다. 대표 저서 *The Destruction of the European Jews*(1961)는 국내에 『홀로코스트, 유럽 유대인의 파괴 1·2』라는 제목으로 출간되었다.

라인하르트 하이드리히 Reinhard Heydrich

1904년 독일의 부유한 음악가 집안에서 태어나 1922년 해군사관학교에 입학하여 중위까지 복역했다. 1931년 나치당에 가입한 뒤 SS에 들어갔다. 제2차 세계대전의 발발과 함께 본인이 지휘하던 SS 소속 보안대를 기존의 보안 경찰과 통합하여 '국가보안본부'라는 새 조직을 창설했다. 유대인 문제의 '최종 해결책'을 지시하라는 괴링의 편지를 받고 1942년 베를린 근교 반제의 한 별장에서 SS와 행정부처의 수장들을 모아 회의를 주재했다. 반제 회의에서 그동안 의미가 불명확했던 '최종 해결책'이 '절멸'로 구체화됐다. 폴란드 유대인 대학살 계획이었던 라인하르트 작전을 초반에 진두지휘했고, 1942년 체코슬로바키아 망명정부와 영국군의 암살 작전에서 입은 부상으로 사망했다.

로렌츠 하켄홀트 Lorenz Hackenholt

1933년부터 SS에 소속해 활동했다. 1939년 11월부터 나치 독일의 장애인 말살 계획인 T4 작전의 대원들을 6곳의 시설로 실어 나르고 가스실에서 시체를 꺼내 소각하는 업무를 맡았다. 이러한 경험을 바탕으로 이후 베우제츠와 소비부르, 트레블링카에서 가스실 설치 공사를 감독했다. 종전 후 행방불명되었으나 위조 신분으로 도피 생활을 했을 것으로 추정된다.

막시밀리안 그라프너 Maximilian Grabner

1938년 SS에 합류했다. 1940년부터 1943년 까지 아우슈비츠 게슈타포의 정치부 부장직을 맡았다. 수용소 내부의 레지스탕스 조직을 퇴치하고 유대인 수용자들을 감시/심문하는 임무를 수행했다. 이후 크라쿠프 재판에서 사형을 선고받고 1948년 교수형을 당했다.

모르데하이 아니엘레비치 Mordechaï Anielewicz

유대인 전투조직의 총사령관. 1919년 폴란드 비슈쿠프 Wyszków 출생. 제2차 세계대전 당시 스탈린의 군대가 폴란드 동부 지역을 침입하면서 소련에 포로로 잡혔다가 이후 해방되어 바르샤바로 돌아왔다. 1942년 라인하르트 작전의 일환으로 바르샤바 게토의 유대인들이 수용소로 추방당하기 시작하자 여러 분파를 막론하고 나치 독일에 맞서 싸울 조직원들을 모아 유대인 전투조직을 창설했다. 바르샤바 게토 봉기 당시 1943년 5월 8일 독일군의 공격이 거세지자 지하 벙커에서 스스로 생을 마감한 것으로 알려져 있다.

브와디스와프 시코르스키 Władysław Sikorski

1939년 나치 독일이 침공해 오자 폴란드 대통령 브와디스와프 라치키에비치 Władysław Raczkiewicz의 요청으로 폴란드 망명정부를 구성하여 초대 수상직을 지냈다. 1943년 7월 4일 지브롤터 해협에서 비행기 추락 사고로 사망했다.

심하 로템 Simcha Rotem

1924년 바르샤바 출생. 바르샤바 게토 봉기 당시 조직원들 사이에서 메신저 역할을 했다. 종전 후 1947년 봉기에서 살아남은 가족들과 함께 당시 영국 위임 통치령이었던 팔레스타인으로 건너갔다.

아담 체르니아쿠프 Adam Czerniaków

1880년 바르샤바에서 태어나 바르샤바 유대인 공동체의 직업학교에서 교사로 근무했으며 1927년부터 1934년까지 바르샤바 시의회 의원으로 활동했다. 제2차 세계대전 당시에 유대인 평의회 회장으로 활동하며 독일과 협의를 나눈 사항들과 바르샤바 게토 안팎에서 일어난 사건들을 매일 기록했다.

아브라함 간츠바이흐 Abraham Gancwajch

1902년 폴란드 쳉스트호바에서 태어나 젊은 시절 우치에서 기자와 편집자로 일했다. 이후 폴란드를 떠나 오스트리아 빈으로 갔다가 1930년대 중반 무렵 추방당해 다시 폴란드로 돌아왔다. 제2차 세계대전 전에는 시온주의를 대표하는 기자로 반나치 활동을 적극적으로 펼쳤으나, 전쟁이 발발하자 독일의 승전을 확신하며 개인과 공동체의 생존을 위한 협력의 길을 걷기 시작했다. 이후 1943년 초 행방이 묘연해졌는데, 바르샤바에서 가족과 함께 살해당했거나 우여곡절 끝에 살아남아 이스라엘로 건너갔다는 소문이 있다.

알프레트 베츨러 Alfréd Wetzler

슬로바키아 출신 유대인. 1942년 비르케나우 절멸 수용소로 끌려갔다가 1944년 루돌프 브르바와 함께 탈출에 성공한다. 이후 요제프 라니크 Jozef Lánik라는 필명으로 당시 본인이 경험한 수용소 생활을 기록한 《단테가 보지 못한 것 Čo Dante nevidel》을 출판했다.

얀 카르스키 Jan Karski

1914년 폴란드 우치 출생으로 1935년부터 외무부에서 근무했다. 1939년 8월 말 나치 독일의 폴란드 침공 후 폴란드 지하운동 조직에 합류했다. 주로 폴란드 망명정부와 지하운동 조직을 연결하는 밀사 임무를 맡았으며, 이후 유대인 학살의 실체를 세상에 알리기 위해 몰래 게토를 방문하거나 가짜 신분으로 강제수용소에서 직접 생활하기도 했다. 국제 사회에 나치 독일의 홀로코스트 중단을 호소하는 보고서를 작성하여 런던의 폴란드 임시정부와 영국의 외무부 장관, 미국의 프랭클린 루스벨트 대통령 등을 만나 행동을 촉구했으나 즉각적인 반응은 없었다. 종전 후 미국 워싱턴의 조지타운 대학교에서 교수로 재직했다. 2000년에 만 86세의 나이로 생을 마감했다. 현재 '홀로코스트 고발자'의 대명사로서 인류의 영웅으로 불린다.

오딜로 글로보치니크 Odilo Globočnik

제2차 세계대전 당시 나치 독일 산하 폴란드 총독부 소속으로 하인리히 힘러의 신임을 받아 라인하르트 작전을 지휘하는 임무를 맡았다. 종전 직후 오스트리아에서 체포되었으나 심문 직전 청산가리 캡슐을 깨물어 자살했다.

요제프 후스테크 Josef Hustek

수용소 내부에서는 정치부, 여성 수용소 등 다양한 분야의 직책을 수행했다. 1944년 요제프 에르버로 이름을 바꾸었다. 종전 후 1945년 미군에 포로로 잡혔다가 2년 뒤 석방되어 방적 공장에서 일하며 생활했다. 이후 1966년 아우슈비츠 재판에서 종신형을 선고받아 복역하다가 1986년에 석방됐다.

이름프리트 에베를 Irmfried Eberl

1942년 7월 트레블링카 절멸 수용소의 초대 수용소장으로 부임했으나 무능하다는 이유로 한 달 만에 해임됐다. 그사이에만 무려 약 28만 명에 달하는 유대인이 학살당한 것으로 추정된다. 나치 독일의 T4 작전에 의사로 참여했으며, 그 혐의가 인정되어 1947년 미군에 체포되었고 구류 중에 자살했다.

이차크 주커만 Yitzhak Zuckermann

바르샤바 게토 봉기를 일으킨 유대인 전투조직의 핵심 조직원. 종전 후 1961년 아돌프 아이히만의 공개 재판에서 증언을 하기도 했으며, 이스라엘 로하메이 하게 타오트 키부츠 집단농장의 창립 일원이기도 하다.

잉게 도이치크론 Inge Deutschkron

1943년 2월부터 독일의 제2차 세계대전 패전까지 베를린 게슈타포의 눈을 피해 아리아인 신분으로 꾸며 은신 생활을 했다. 전쟁 직후 영국 런던으로 건너갔다가 1955년 다시 독일에 돌아와 이스라엘 일간지 《마아리브 Maariv》에서 기자로 일했다. 이후 1972년부터 텔아비브에 정착하여 기자와 작가로 활동하다가 2022년 3월 사망했다.

쿠르트 퀴트너 Kurt Küttner

제2차 세계대전이 발발하기 전부터 독일 경찰 소속 교도소장으로 근무했으며, 이후 라인하르트 작전 시 트레블링카 제2수용소로 발령됐다. 이후 트레블링카 재판에 소환되었으나 1964년 재판이 시작하기 전에 사망했다.

쿠르트 프란츠 Kurt Franz

1937년부터 SS 대원으로 활동했다. 베우제츠와 트레블링카의 절멸 수용소에서 우크라이나 경비병들을 감독하는 일을 했다. 이후 이름프리트 에베를과 프란츠 슈탕글 Franz Stangl의 후임으로 1943년 8월부터 수용소가 폐쇄되기 전까지 약 3개월 동안 트레블링카 절멸 수용소의 소장직을 맡았다. 종전 후 트레블링카 재판에서 종신형을 선고받았으나 1993년 노화로 인한 건강 악화를 이유로 석방되어 1998년 사망했다.

크리스티안 비르트 Christian Wirth

1931년 나치당에 가입하여 SS 대원으로 활동하다가 1939년 T4 작전을 수행하는 임무를 맡았다. 이후 1941년 라인하르트 작전의 개시와 함께 베우제츠 절멸 수용소의 건설 담당자로 임명되어 초대 수용소장을 지냈다. 수용소의 가스실을 샤워실로 위장하는 방법을 직접 고안한 것으로 알려져 있다. 이후 1943년 유고슬라비아와 국경을 접하고 있는 이탈리아 동북부의 트리에스테 Trieste 지방에 사령관으로 파견되어 근무하던 중 등에 총을 맞고 사망했다.

프란츠 주호멜 Franz Suchomel

체코슬로바키아의 친親 독일 지역 주데텐란트 Sudetenland 출신. 1938년 나치당의 하위 군사조직이었던 NSKK, 일명 '국가사회주의 자동차군단'의 단원으로 활동하다가 나치 독일의 T4 작전과 라인하르트 작전에서 임무를 수행했다. 1964년 트레블링카 재판에서 약 30만 명 이상의 유대인 학살에 가담한 죄를 인정받아 징역 6년을 선고받았으나 이듬해 석방됐다.

프란츠 슈탕글 Franz Stangl

오스트리아의 정치부 소속 경찰로 근무하다가 오스트리아의 정치 경찰이 나치 독일의 게슈타포에 편입되면서 1940년 11월 T4 작전을 시작으로 유대인 학살에 가담하게 됐다. 이후 1942년 2월 소비부르 절멸 수용소로 발령받았으며, 1942년 9월부터는 이름프리트 에베를의 후임으로 트레블링카 절멸 수용소의 소장직을 지냈다. 종전 무렵 미국군의 포로로 잡혔다가 탈출에 성공하여 이탈리아로 건너간 뒤 온 가족과 함께 브라질로 망명했다. 독일로 송환되어 1970년 제2차 트레블링카 재판에서 종신형을 선고받았으나 이듬해 뒤셀도르프 교도소에서 심장마비로 사망했다.

프란츠 회슬러 Franz Hößler

1933년 1월 히틀러의 당 집권과 함께 SS 대원이 되었다. 1933년 7월 다하우 Dachau 강제수용소가 지어질 당시 경비병으로 근무했으나 나중에는 요리사로 일했다. 1942년 말부터는 아우슈비츠-비르케나우 절멸 수용소에서 소각장 관리 업무를 담당했다. 1945년 뤼네부르크 Lüneburg에서 열린 전범 재판에서 사형을 선고받고 교수형을 당했다.

필리프 뮐레르 Filip Müller

1922년 체코슬로바키아 세레트Sered에서 태어나 1942년 약 1000명의 다른 슬로바키아 유대인들과 함께 아우슈비츠로 이송됐다. 당시 수용소에서 '존더코만도Sonderkommando'로 선발되어 절멸의 현장에서 노동력을 착취당했다. 이후 1979년 《특수 처리. 아우슈비츠 소각장과 가스실에서의 3년Sonderbehandlung. Drei Jahre in den Krematorien und Gaskammern von Auschwitz》이라는 제목으로 당시 존더코만도로서의 삶을 기록해 출판했다.

하인리히 힘러 Heinrich Himmler

1923년 나치당에 입당했으며, 1929년 SS의 사령관으로 임명되면서 영향력을 키워나갔다. 이후 여러 행정부처의 총책임직을 거쳐 1943년에는 내무장관직에 올라 막강한 권한을 가지게 되면서 헤르만 괴링Hermann Göring과 함께 히틀러의 뒤를 이을 유력한 후계자로 주목받기도 했다. 패전 후 가명으로 탈출을 시도하다 영국군에게 체포되었고, 수용소에서 청산가리 캡슐을 깨물어 자살했다.

하인츠 아워스발트 Heinz Auerswald

베를린 출신 변호사로 1933년 SS에 합류했다. 1941년 5월부터 1942년 11월까지 바르샤바 게토의 경찰서장으로 있었다. 종전 후 뒤셀도르프에서 변호사로 일하다가 1960년부터 독일 연방공화국의 수사를 받기 시작했으나 재판을 받기 전 1970년 사망했다.

한스 아우마이어 Hans Aumeier

1931년부터 하인리히 힘러Heinrich Himmler의 운전기사로 근무했다. 1942년부터 1943년까지 아우슈비츠 제1수용소의 소장직을 맡았으나 부정부패 혐의로 쫓겨나 에스토니아의 바이바라Vaivara 강제수용소로 전출됐다. 종전 후 폴란드 크라쿠프Kraków에서 열린 재판에서 아우슈비츠에서는 자신과 부하 대원 그 누구도 살인을 저지르지 않았으며 가스실의 존재조차도 몰랐다고 증언하였으나, 1948년 교수형을 당했다.

한스 에리히 포스 Hans-Erich Voß

히틀러를 포함한 주요 나치 간부들을 수행했으며, 1944년 7월 20일 히틀러 암살 미수 사건의 현장에 있기도 했다. 1952년 러시아 모스크바에서 열린 군사재판에서 25년 형을 선고받았으나 1954년 소련과 동독 간의 협정으로 풀려나 1969년 사망했다.

헤르만 괴링 Hermann Göring

나치 독일 정권의 2인자. 육군사관학교를 졸업한 뒤 제1차 세계대전에 육군 항공대의 전투기 조종사로 참전했다. 이후 1922년 뮌헨에서 히틀러를 만나 나치당에 가입했다. 1933년 히틀러 정권 아래 프로이센 州의 내무장관으로 임명되었으며, 기존의 정치경찰 조직을 재정비하여 게슈타포를 창설했다. 1941년 괴링이 국가보안본부장 라인하르트 하이드리히에게 유럽 전역에 만연했던 유대인 문제에 대한 '최종 해결책'을 마련하라고 지시한 것을 시발점으로 본격적인 유대인 학살이 시작됐다. 종전 직후 1945년부터 1948년까지 진행된 뉘른베르크재판에서 교수형을 선고받았으나 집행 하루 전날 청산가리 캡슐을 깨물어 자살했다.

헤르만 회플레 Hermann Höfle

1933년 나치당 오스트리아 지부에 가입한 뒤 1942년 오딜로 글로보치니크의 지시를 받아 라인하르트 작전의 부사령관직을 맡았다. 트레블링카와 베우제츠, 소비부르 절멸 수용소로 폴란드 유대인을 수송하는 업무를 담당했다. 종전 후 1962년 체포되었지만 오스트리아 빈으로 이송되어 재판을 기다리던 중 감방에서 목을 매 자살했다.

해제

먼저 보고, 그런 다음 읽어야 합니다.
〈쇼아〉를 위한 독서 안내서

쇼아. Shoah. 히브리어로 절멸絶滅을 가리키는 말. 그리고 클로드 란 츠만이 1985년에 만든 다큐멘터리의 제목. 상영시간 9시간 26분. 무 언가 여기에 수식어를 더하는 것이 두려워지는 영화. 그러니 무미건 조하게 소개를 시작할 수밖에 없는 영화.

상황을 설명하기 위해서 시몬 비젠탈의 증언을 먼저 인용하겠다. 시몬 비젠탈은 1941년 나치에게 체포되어 강제수용소에 그의 가족, 친척들과 함께 잡혀갔다. 그리고 거기서 일가친척 89명이 처형되거 나 가스실로 보내지는 것을 지켜볼 수밖에 없었다. 시몬 비젠탈은 매 일매일 위험한 상황에서 살았다. 그리고 기적적으로 오스트리아 마 우트하우젠 수용소에서 살아 돌아왔다. 시몬 비젠탈은 나치 친위대 군인들이 자신들에게 한 말을 기록하고 있다. "(…) 이 전쟁이 어떤 식으로 끝나든지 간에 너희와의 전쟁은 우리가 이긴 거야. 너희 중 아무도 살아남아 증언하지 못할 테니까. 혹시 누군가 살아 나간다 하 더라도 세상이 믿어주지 않을걸. 아마 의심도 일고 토론도 붙고, 역 사가들의 연구도 있을 테지만 확실한 건 아무것도 없을 거야. 왜냐하면 우리가 그 증거들을 너희들과 함께 없애버릴 테니까. 그리고 설령 몇 가지 증거가 남는다 하더라도, 그리고 너희 중 누군가 살아남는다 하더라도 사람들은 너희가 말하는 사실들이 믿기에는 너무도 끔찍하다고 할 거야, 연합군의 과장된 선전이라고 할 거고, 모든 것을 부인하는 우리를 믿겠지. 너희가 아니라 라거(강제수용소)의 역사, 그것을 쓰는 건 우리가 될 거야"(영화 〈살인자들은 우리 가운데 있다〉, 프리모 레비, 이소영 옮김 《가라앉은 자와 구조된 자》에서 재인용)

클로드 란츠만은 1974년에 이스라엘 정부로부터 유대인 학살에 관한 영화 제작을 의뢰받았다. 상황은 간단치 않았다. '유대인 학살' 문제는 유럽에서 시기마다 다르게 수용되었다. 계속해서 (나치 장교의 예언처럼) 집단 학살이 벌어진 강제수용소의 존재에 대해 부정하는 역사학자들이 나타났다. 여기에 더해 이스라엘에서도 건국 이후 정치적인 이유로, 다른 한편으로는 중동 내부의 역사적인 상황 아래서 매 시기마다 '쇼아'에 대해 새롭게 정의 내리면서 그 거리를 다시 설정하였다. 이 문제는 이스라엘 정부의 입장에서 건국 신화와 연결된 문제이기도 하며, 한편으로 전통적 유대주의자들과의 관계에서 논쟁의 주제가 되기도 하였다. 가장 까다로운 반문은 '쇼아'를 국가 이데올로기로 사용하려는 정치적 관점이었다. '쇼아'에 대한 질문만큼 '쇼아'가 질문을 던져왔다. 이스라엘 정부가 클로드 란츠만에게 관심을 갖게 된 것은 1973년에 그가 만든 첫 다큐멘터리 〈왜 이스라엘인가〉를 보고 나서였다. 클로드 란츠만이 제안을 받은 시기는 이스라엘이 중동에서 욤 키푸르 전쟁을 치른 직후였다. 전쟁을 경험하고 유럽에서 이스라엘로 이주한 세대와 새로운 유대 국가 건설을 준비하는 세대 사이의 견해 차이가 벌어지기 시작한 시기이기도 하다.

이스라엘 정부가 기대한 영화는 2시간 분량의 아우슈비츠에 관한 이제까지의 역사적 자료들을 모은 아카이브 성격의 다큐멘터리였다. 그러나 클로드 란츠만은 나치 장교가 시몬 비젠탈에게 말한 바로 그 문제에 부딪혀야만 했다. 너희들의 주장을 알겠어. 그런데 증거는 어디에 있지? 클로드 란츠만은 증거를 찾는 대신 증인을 찾아 나섰다. 그리고 그 과정은 4년간의 준비와 6년간의 인터뷰, 350시간에 이르는 촬영 분량, 5년간의 편집으로 이어졌다. 당신이 들고 있는 이 책은 정말 귀중한 증언의 아카이브일 뿐만 아니라 클로드 란츠만이라는 한 개인의 영웅적인 작업의 기록이기도 하다.

이 상황을 염두에 두고, 무엇보다도 시몬 비젠탈의 증언을 반복해서 떠올리면서, 당신에게 이 책을 읽어 나가는 방법을 설명해야 할 것 같다. 이 책은 시나리오를 읽는 것처럼 상상을 동원해서 읽어 나가면 안 된다. 그렇게 되면 가장 중요한 것을 놓치게 될 것이다. 그건 맨 나중에 할 일이다. 단지 이 영화가 다큐멘터리이기 때문이 아니다. 클로드 란츠만은 〈쇼아〉에서 원칙을 세웠다. 여기서는 어떤 역사적 자료 화면도 동원하지 않았으며, 설명을 위한 자막이나 화면 바깥에서의 해설voice-off narration도 없다. 끝없이 질문과 대답으로만 이어진다. 이때 카메라 앞에 세 종류의 증인이 차례로 번갈아 선다. 강제수용소의 피해자, 가해자, 목격자. 모든 등장인물이 카메라 앞에 서는 것에 동의한 것은 아니다. 그중에는 몰래카메라를 동원해서 찍은 장면도 있다. 하지만 출연에 동의한 증인들로 하여금 클로드 란츠만은 그들이 그때 거기에 있었던 기억의 장소를 재연하는 방식을 취했다. 그래서 시몬 스레브니크는 나치 장교들을 위해 노래를 불렀던 바로 그 강가에서 작은 배를 타고 노래하고 증언한다(이 증언이 이 영화의 첫 장면이다). 아브라함 봄바는 강제수용소에서 곧 가스실에 들어갈 유대인 여자들의 머리를 깎았다. 그는 이발소에서 머리 깎는 시늉을 하면서 자기가 한 일, 자기가 본 일을 증언한다. 유대인들을 싣고 트레블링카 강제수용소로 향하는 기관차를 운전했던 헨리크 가프코프스키의 증언을 듣기 위해서 클로드 란츠만은 기관차를 빌린다.

일부러 나는 장면을 묘사했다. 이 책은 영화를 먼저 본 다음 읽어야 한다. 이렇게 정식화시키겠다. 〈쇼아〉를 먼저 본 다음 《쇼아》를 읽어야 한다. 어떤 상상의 노력을 기울여도 행간 사이에 읽을 수 없는 것이 있기 때문이다. 책에 없는 것이 있다. 증언하는 사람들의 표정과 목소리. 그러므로 이렇게 다시 말하고 싶다. 〈쇼아〉를 먼저 본 다음 '다시 한번' 《쇼아》를 읽어야 한다. 그래서 목소리를 읽어야 한다. 그러면 문장이 표정처럼 보이기 시작할 것이다.

클로드 란츠만은 〈쇼아〉를 제작하면서 (나는 일부러 연출이라는 표현을 피하는 중이다) 선언과 같은 말을 한다. "이해하지 않는 것이 이 영화를 만드는 원칙이었고, 입장이며, 나의 윤리였습니다." 왜냐하면 '쇼아'는 이해하면 안 되는 재난이며. 그것도 두 번 다시 반복되어서는 안 되는 일회적인 재난이(어야 하)기 때문이다.

그러면 질문할 것이다. 왜 클로드 란츠만은 증언의 아카이브에 만족하지 않고 영화로 만들었는가. 아마 이 질문이 핵심일 것이다. 〈쇼아〉는 증언을 모으는 데 목표가 있는 것이 아니라 증언의 행위를 보는 것이 목적이기 때문이다. 증언과 증언의 행위 사이에는 간극이 있다는 것을 놓치면 안 된다. 증언은 기록의 전달이 아니다. 그것은 사건을 통과하고, 상황을 경험하고, 재난 속에서 돌아온 사람이 가진 트라우마의 담론이다. 더 간단하게 말하겠다. 증언은 트라우마의 진술이다. 이때 증언에는 그것이 드러내는 표면적 고백의 이면에 무엇이 숨어 있는지가 문제가 되는 것이다. 여기에 클로드 란츠만의 원칙, 말 그대로 윤리가 기대어 서 있을 것이다. 증인이 증언을 할 때 클로드 란츠만은 질문을 하지만 증인이 진실을 이야기하는가라는 의문의 자리에 가지 않는다. 반대로 클로드 란츠만은 계속해서 증언에 진실이 어디에 위치하고 있는지를 탐색한다. 이것이 〈쇼아〉에서 피해자와 가해자, 목격자라는 서로 다른 자리에 있는 등장인물들 사이의 배치를 놓고 때로는 생존자들로만, 가끔은 교차 편집을 통해서, 그러면서 목격자들이 차례로 사라지고 점점 가해자들인 나치 부역자들이 그 자리를 차지하면서, 클로드 란츠만의 개입이 더 많은 비중을 차지하는 몽타주의 방법론이고 프레임의 전술일 것이다.

그러면 우리는 〈쇼아〉를 어떻게 보아야 하는가, 그리고 본 다음 어떻게 읽어야 하는가. 여기서 증언에는 반드시 두 사람이 포함된다는 것을 생각해야 한다. 증언을 하는 증인. 그리고 증언을 듣는 사람, 바로 당신. 〈쇼아〉를 보면서, 그리고 읽으면서, 당신은 어떤 수단을 동원해도 수수방관하는 자리에 있을 수 없다. 당신은 이 영화의 맞은편 스크린이며, 이 증언을 읽는 당신은 증언의 증인이라는 자리에 불려가는 것이다. 물론 증언의 일부가 사실을 오해했거나, 사실의 일부가 마모되었거나, 사실 중의 일부에 대해서 침묵하거나, 사실의 일부에 대해서 거짓말을 하는 것일 수 있다. 증언의 역설은 어떤 경우에도 증언이 사실 전체일 수 없다는 것이다. 그 대신 그 말이 증언이기 때문에 진실인 것이다. 정확하게 그런 의미에서 증언은 역사의 구멍 안으로 들어가는 입구이다. 《쇼아》는 그 입구를 보게 만든다. 바로 여기에 《쇼아》의 교훈이 있다. 역사는 끝나지 않았으며, 그러므로 끝나지 않을 것이다. 바로 그 자리에서 영화를 보고 책을 읽었다면 이제 당신은 비로소 상상할 의무를 짊어지게 된 것이다. 증언의 말, 말의 흔적, 흔적의 결함을 채워 넣기 위해서 우리는 상상해야 한다. 당신의 상상은 의무의 윤리이다. 나는 그렇게 생각한다.

정성일

쇼아

초판 1쇄 발행 | 2022년 7월 30일

지은이 | 클로드 란츠만
옮긴이 | 이채영
펴낸이 | 이은성
기   획 | 김경수
편   집 | 김하종, 구윤희, 최지은
디자인 | 최승협

펴낸곳 | 필로소픽
주   소 | 서울시 종로구 창덕궁길 29-38, 4-5층
전   화 | (02) 883-9774
팩   스 | (02) 883-3496
이메일 | philosophik@hanmail.net
등록번호 | 제2021-000133호

ISBN 979-11-5783-264-4   03860

필로소픽은 푸른커뮤니케이션의 출판브랜드입니다.